比较文学与世界文学 研究丛书

主编 曹顺庆

二编 第 3 册

世界华文文学学科史（下）

古远清 著

花木兰文化事业有限公司

国家图书馆出版品预行编目资料

世界华文文学学科史（下）／古远清 著 －－ 初版 －－ 新北市：
花木兰文化事业有限公司，2023〔民 112〕
目 4+172 面；19×26 公分
（比较文学与世界文学研究丛书 二编 第 3 册）
ISBN 978-626-344-314-3（精装）
1.CST：中国文学史
810.8   111022106

比较文学与世界文学研究丛书
二编 第三册   ISBN：978-626-344-314-3

世界华文文学学科史（下）

作　　者 古远清
主　　编 曹顺庆
企　　划 四川大学双一流学科暨比较文学研究基地
总 编 辑 杜洁祥
副总编辑 杨嘉乐
编辑主任 许郁翎
编　　辑 张雅淋、潘玟静　美术编辑 陈逸婷
出　　版 花木兰文化事业有限公司
发 行 人 高小娟
联络地址 台湾 235 新北市中和区中安街七二号十三楼
　　　　　电话：02-2923-1455 ／传真：02-2923-1452
网　　址 http://www.huamulan.tw 信箱 service@huamulans.com
印　　刷 普罗文化出版广告事业
初　　版 2023 年 3 月
定　　价 二编 28 册（精装）新台币 76,000 元

世界华文文学学科史(下)

古远清 著

目

次

第七章　世界华文文学学科的主要著作

第一节　台湾文学专题学科史

　　《世界华文文学学科史》也有自己的史前史，那就是汪景寿、王剑丛、杨正犁、蒋朗朗合著、由天津教育出版社于 1991 年出版的《台湾香港文学研究述论》，系对早期的台港文学史研究的历史进程所做的系统清理和总结，但他们对台港文学学科的起源与发展没有做出有深度的论述，对台港文学的历史与现状、分期与分派、动因与动向等问题未作出自己的全面系统的考察，其资料性远大于学术性——尽管开创之功不可没，尤其是将台港文学与大陆当代文学研究"述论"并列，带有台港文学也就是华文文学是一门独立学科之意，值得肯定。学术价值较大的则是由江苏大学出版社出版曹惠民、司方维合著的《台湾文学研究 35 年（1979-2013）》，属专题学术史之作。

　　该书构架如下："导言"、"进程篇"、"专题篇"、"学者篇"、"史料篇"。其中"导言"为：从胡风和范泉说起、从学科边界和命名说起。"进程篇"为："开放"、"解严"背景下的启动（1979-1990）、学科构建推动下的拓展（1991-2001）、文化研究新视域下的深入（2002-2013）。"专题篇"为日据时期文学研究、乡土文学研究、现代派文学研究、女性文学研究、"同志"文学与"酷儿"写作研究、新世代作家与都市文学研究、眷村文学与客家文学研究、台湾少数民族文学研究、自然写作研究、小说、诗歌与戏剧研究、散文与报导文学研究、儿童文学与理论批评研究、文学期刊与报纸副刊研究、两岸文学比较研究、两岸文学整体研究。"学者篇"先有学者综观、学术形象与学术个性，后有学者选评对象：汪景寿、王晋民、封祖盛、黄重添、陆士清、古继堂、刘登翰、古远清、章亚昕、汪毅夫、朱双一、刘红林、樊洛平、黎湘萍、计璧瑞、方忠、刘俊、刘小新以及博硕士群观察：求深务新锐意精进。"史料篇"为：学术论著书目（1983-2014）、期刊论文要目（1979-2013）、会议论文目录、博士硕士论文一览、研究机构一览、专业期刊一览、学术会议一览。该书从不同角度，让我们看到各个时期及各个领域不一样的研究视角和不大相同的研究内容。读者可以看到改革开放及对岸"解严"背景下台湾研究的启动以及学科建构推动下的拓展、文化研究新视域下的深人，还可以了解到从"台港文学"到"台港澳文学"再到"海外华文文学"、"世界华文文学"变化的历史，以及台湾文学研究怎样从当年的热门走向当下的冷门。读此书可窥见台湾文学研究者的不同学术形象和相异的学术个性，以及硕士生和博士生如何锐意进取的精神。

　　作为较早一批研究台湾文学的学者曹惠民，将35年的台湾文学研究的历史浓缩在一本书中，用跨越友情、跨越地域、跨越学科的视野，用客观公正的态度叙说众多风格不同的研究者业绩，同时也指出他们的局限性，如指出早期研究者封祖盛在其著作中流露出"重乡土、轻现代的倾向"，并否定其他流派的重要性，把复杂丰富的台湾文学分为"乡土"与"现代"两大派"过于简单化了"，这十分符合当年的研究实际。

　　这部台湾文学研究史共写了19人，著者尽量避免对不同研究者贴标签的简单化做法，而是结合各人的实际与不同的学术背景来归纳他们的研究特点，引导读者辨识那些在学科建设过程中留下的误置、重叠、交叉、延伸抑或停滞不前的足迹，于是我们才知道"一个新的学科概念的出现，并不意味着研究范式的必然更新，但也往往能够起到开辟新思维、引发新意念的作用"。因为，著者告诉我们"正是在阐释和质疑的往返论辩驳诘过程中，学术理念与构想方面得以明确，学术研究方得以深人。"

台湾文学研究史的书写主要得益于研究资源的丰富，特别是研究队伍的年轻化。当初依赖地利而成为研究重镇的闽粤、京沪四地，至今仍然生机勃发。后来随着两岸文学交流的扩大与深化，台湾文学研究队伍已扩展到全国各地。但论著的增加和研究布局的变化，与水准的提升不一定成正比·比如台港文学或华文文学教程不断增删和出版，不一定就能催生出成熟的论著，其中还有不少重复性的劳动或陈陈相因的构架。但不可否认，台湾文学研究领域的扩展尤其是加人了一些有较高理论素养的青壮年学者，是值得庆贺的事。他们不满足于追踪台湾文学发展现状，还注意开拓新的研究格局，比如由"世代"与"个体"纵观思潮的朱双一，台湾女性文学史书写的开拓者樊洛平，穿越记忆与悲悯介人的黎湘萍，还有从白先勇研究到跨区域观照的刘俊，便属这类学者。对他们评论道路的勾勒，正构成了该书的亮点。

《台湾文学研究 35 年》注重还原历史现场，保留台湾文学研究的历史真相。读者不难从"进程篇"所分的台湾文学研究三个阶段，看到台湾文学研究随着时代潮汐的起伏所发生的从政治本位向学术回归的微妙变化，以及看到这种变化的相关细节。由于历史的原因，祖国大陆台湾文学研究的起步阶段资料奇缺，存在着研究对象提供什么便研究什么的弊端，其中所投射的是一个时代筚路蓝缕的真实侧影。此外，最早进入大陆研究者视野的为什么是旅外作家聂华苓、於梨华、白先勇，北京权威出版机构出版的《台湾小说选》为什么乡土作家会执牛耳，后来随着时间的推移为什么又会逐渐形成"台湾旅外作家、乡土作家与现代派文学三足鼎立之势"？曹惠民对这些问题的研究和回答，将读者带人了台湾文学研究起步阶段的荒烟野蔓之间。当年研究者是那样恭心苦搜苦读台湾作家作品，力图排除政治干预，其濡墨挥毫所费之功，所留下的是台湾文学研究草创期原生态的历史面貌。这种来自文学的担当和对整合分流的海峡两岸文学的渴望，体现的是一种文化尊严和研究者热爱祖国宝岛的情感力量，它使当下书写避免了为政治传声的狭窄，或避免了对岸批评大陆的台湾文学研究是为统战服务的尴尬。

曹惠民、司方维收拾和爱惜台湾文学研究的雪鸿泥爪，不歧视资料的零星、文献的繁琐。他们更不陶醉于数量，由"自发的简单见解"走向"自觉的周密理论"。《台湾文学研究35年》在研究过程中努力创造条件，亲临文坛现场搜集资料乃至田野调查，为总结反思35年来台湾文学研究成果，他们决心以全面性的史料建设作为研究的基础，促进学术本位的理念走向成熟，力倡个性化的研究新范型与人才培养的新范式，以整合研究和整体视野消除盲点与误区，深化国际与两岸间的全方位学术交流。

第二节　多部台港澳文学史

台湾文学史的写作，最早以"史"命名的有陈少廷于1977年由联经出版公司出版的《台湾新文学运动简史》，后有叶石涛用三年完成、成为1986年轰动台湾文坛10件大事之一的《台湾文学史纲》[1]。

在专责"保密防谍"的"人二室"遍布全岛的年代，在"台湾文学"仍成为禁忌的威权时代，一位坐过牢的政治犯，一位长期在条件很差的小学工作的教书匠，在没有学术自由的年代完成这本书，确非易事。

从时间框架看，虽曰"史纲"，已勾勒出台湾文学发展的概貌。作者从17世纪中叶明郑收复台湾带进中原文化写至20世纪80年代，纵贯三百余年。这种写法，打破了过去修史只写到前代而不涉及当代的惯例，从而填补了中国文学史研究的一大段空白。

1　高雄，文学界杂志社，1987年。

　　这是一本纯粹由作家写的文学史。作为一个乡士作家，叶石涛一贯高举的旗帜是"土地和人民"，这体现在这本书中对乡士派作家及乡士文学论争的评价独到。对作品的艺术分析大体上能突破省籍、政治、文化等外缘因素的限制，做到深人浅出。作为前行代作家，该书不少细节乃根据著者个人回忆，具有历史见证的价值，使这部"史纲"带有浓厚的"自传"色彩。[2]此书的文笔比较优美，没有学院派的书卷气。

　　这位不在"台北文坛"生活的南方作家，在"史纲"研讨会上自称"是站在现代台湾人的立场，是以 80 年代台湾文化人的立场来看台湾文学的。"这里讲的"现代的台湾人当然是指在台湾的中国人"，里面包括了很多种族、多元化的思考形态等。[3]正因为是"现代台湾人"的立场，所以著者为台湾文学追源溯本，力图描绘出台湾文学的发展历程，阐明台湾文学的精神传统。鉴于当局一直在挖掘"三合一敌人"即台独分子，该书只好涂上保护色，由此引发彭瑞金等人不满的"台湾文学是中国文学一条支流"这种定位。

　　"史纲"和叶石涛的文学评论一脉相承之处，在于强调文学与社会的联系，文学对大众所起的作用。"尊重史实，维护传统"，"认同土地，服务人民"，这是"史纲"的重要特色。叶石涛私家治史，难度最大的是材料浩如烟海，评论作家的文章却少得可怜，传记资料也残缺不全。要在这种基础上爬罗

2　朱伟诚整理：《叶石涛〈台湾文学史纲〉专书研讨会》，《台北评论》第二期（1987年11月1日）。

3　朱伟诚整理：《叶石涛〈台湾文学史纲〉专书研讨会》，《台北评论》第二期（1987年11月1日）。

剔抉，其艰巨程度可想而知。可惜他后来在出日文版《台湾文学史纲》时，从书名到内容都做了不应有的删改。

无论是西方还是中国台湾的学者，都不像中国大陆热衷于编写文学史。在这种情况下出现的陈芳明《台湾新文学史》[4]，对一直被边缘化的文学史书写，同样是一种推动。

这本书的框架和分期不是脱胎于叶石涛的《台湾文学史纲》，更看不见大陆学者出的同类书构架的影子。比起叶石涛过于简陋寒伧还不是正式的文学史来，在时间上比叶石涛多写20年，且不局限于"本土"即岛内单一族群的狭窄立场。《台湾新文学史》从本省写到"外省"，从岛内写到岛外乃至海外。

陈芳明不再认为"台湾的记忆只有二·二八"，也不再"熄掉右翼的灯"余光中，不蔑视他过去批判过的超现实主义代表洛夫、商禽，而把他们当作建构自己新文学史工程的一砖一瓦。对现代小说的转型以及另类现代小说、后现代诗，也持分析或鉴赏的态度，这是一种进步。

在出版《台湾新文学史》时，陈芳明自称采用的是自由主义立场。基于这种新的立场，对以往受过歧视的女性文学、同志文学、原住民文学和描写农渔、工人的文学，陈芳明均以赞扬的态度向读者介绍和推荐。

《台湾新文学史》还在上世纪末《联合文学》连载部分章节时，就引起了巨大的争议。陈映真认为，陈芳明在《台湾新文学史的建构与分期》中亮出"后殖民史观"，是史明在《台湾人四百年史》等书中建构的"史观"的文学翻版。其实，用"再殖民"解释光复后的台湾文学虽然漏洞百出但还差强人意，而用"后殖民"来概括解除戒严以后的文学，就捉肘见襟了。这"后殖民"的"后"和前面的"再殖民"的"再"有什么联系，作者再会强辩也说不清楚。

陈芳明的《台湾新文学史》，是对台湾文学史写作方法一次探险，一次实验，这使人想起雷纳·韦勒克在1982年曾发表过《文学史的没落》。台湾文学史的书写才进入"试写"阶段，远比不上大陆地区书写台湾文学史及其专题史那样坚挺和多元，故还未达到"没落"的地步，但像陈芳明在《台湾新文学史》上卷和下卷中用不同立场书写文学史[5]，且硬伤甚多的情况，有学者认为离"没落"也就为期不远了。

大陆的台湾文学史书写比台湾早，先后有王晋民、古继堂、白少帆（等）

---

4 台北，联经出版公司，2011年。
5 隐地：《一幢独立的台湾房屋》，《联合报》2011年12月10日。

以及刘登翰（等）、黄万华、古远清的台湾文学史出版。其中最早的专题史是 1983 年由厦门大学印刷厂出版的陈飞宝著《台湾电影史简编》。具有文学史框架的是王晋民七十年代末开始撰写，后于 1986 年 9 月由广西人民出版社正式（此前有自印本）出版的《台湾当代文学》。另有白少帆、王玉斌、张恒春、武治纯主编的《现代台湾文学史》，1987 年由辽宁大学出版社出版。全书共分三十五章，七十三万字。这是大陆学者写的文学史的首创之作，规模也远超过王晋民的《台湾当代文学》，不足之处是不太像文学史，倒像作家作品论汇编。篇幅最长、影响最大的则是刘登翰、庄明萱、黄重添、林承璜主编的《台湾文学史》。此书质量极佳，好评如潮。无论是学术规范、文学史叙述还是史料搜寻，都显出了一种开阔的理论视野和阐释框架，2007 年中国出版集团把它收入 20 世纪大型丛书"中国文库"第三辑，将上、下册排为三卷本，正如龙扬志所说："算是对它作为'经典'的一种认定。"[6]至于古远清一人单独完成的《海峡两岸文学关系史》以及《台湾文学学科入门》、《台湾当代文学辞典》（四册）、《微型台湾文学史》、《战后台湾文学理论史》（四册）、《台湾查禁文艺书刊史》、《台湾百年文学期刊史》、《台湾百年文学制度史》、《台湾百年文学出版史》、《台湾百年文学纷争史》[7]，不禁使人感叹台湾文学在台湾，台湾文学研究在大陆。

　　这里要特别说明的是，古远清写这些书有一个重要资料来源是台北出版的《文讯》杂志。那里还有于 1982 年 7 月成立的"文艺资料研究及服务中心"，古远清曾在那里看到不少难得的资料。此"中心"已于 2022 年 7 月 19 日升级为"台北文学馆筹备处"。

　　在香港文学史编撰方面，内地的学者也得到香港中文大学新亚书院和岭

6　《刘登翰对话录：一个人的学术行旅》，刘登翰自印，2021 年。

7　以上古远清著的有关台湾文学研究的十种书，均于 2021-2022 年由台北万卷楼图书出版公司出版。

南学院现代文学研究中心的帮助。这两个单位的负责人黄维樑、梁锡华多次邀请袁良骏等一小批内地学者访港。没有访港机会的人更加勤奋努力。如除了吃饭、睡觉就是台港文学的早逝者张超，为了编《台港澳及海外华人作家词典》，长期在厨房办公，在这个狭窄的空间里亲自向海外华人作家发出了三千多封信。正是这种勤奋努力，在"九七"回归前后，内地便出现了多种"香港文学史"及类文学史、分类史、辞典、文体史，主要有谢常青的《香港新文学简史》，暨南大学出版社 1990 年 6 月出版。潘亚暾、汪义生的《香港文学概观》，鹭江出版社 1993 年 12 月出版。易明善的《香港文学简论》，四川大学出版社 1995 年 9 月出版。王剑丛的《二十世纪香港文学》，山东教育出版社 1996 年 3 月出版。袁良骏的《香港小说史（第一卷）》，海天出版社 1999 年 3 月出版。施建伟、应宇力、汪义生合著的《香港文学简史》，同济大学出版社 1999 年 10 月出版。袁良骏的《香港小说流派史》，福建人民出版社 2008 年出版，等等。另还有《香港作家传略》及教材、论文集或和台湾文学一起论述的专著。

在内地出版的各类《香港文学史》及其类文学史，高产中存在着危机，至少有下列误区：用大中原心态看待香港文学，简单化地认为港英政府的统治只会阻碍香港文学的发展，不能为香港华文文学的繁荣的发展起促进作用。过分拔高鲁迅到香港演讲所起的作用和突出"南来作家"的贡献，对"美元文化"缺乏具体分析。

《香港文学史》高产神话的形成，除为了迎合政治，需要表达民族意识、凝聚民族精神包括修史在内的新的意识形态外，另一原因与教育体制有关。如暨南大学潘亚暾与上海学者汪义生合著获中国第十一届国家图书奖的《香港文学史》，系根据作者以前出版的《台港文学导论》和《香港文学概观》整理加工而成，资料充实了许多，但硬伤不少，在此之前就遭到香港作家戴天的嘲笑，说潘亚暾研究香港文学是在写《南柯记》[8]，还有香港中文大学黄继持、卢玮銮边看边笑《香港文学史》的错讹如此之多，以致笑得前仰后合将书掉在地上。王剑丛的《香港文学史》和著者为人朴实敦厚一样，写得较平稳，出版后反响不大。反响最大的是刘登翰主编的《香港文学史》。该书由香港作家犁青策划、香港作家出版社 1997 年 8 月出版。1999 年 4 月又由人民文学出版社再版。曾敏之在《缘起》中特别提到该书出现的原因："香港作家联会成立迄今，已快十年了。欣逢《中英联合声明》确定于 1997 年 7 月 1 日香港回归祖国，令人无

8　戴天：《梦或者其他》，香港：《信报》，1988 年 12 月 30 日。

限感奋，因而筹办了香港作家出版社，策划推动出版文学丛书及编纂一部《香港文学史》以作回归纪念。考虑编史的工程较为艰巨，既要总结香港文学进程的历史，又要深入研究作家作品对香港文学发展所形成的作用，需要慎密思考、广泛搜集史科，借重专家的修养，以求取得较为理想的著述。因此聘请长期来对台港暨海外华文文学素有研究的刘登翰先生担任主编，组成编纂机构，于1995 年着手编写，历时年余，终于完成了六十万字《香港文学史》的著作。"

这部港版《香港文学史》，共分两卷：上卷为现代部分，共四章。第一章香港开埠与香港文学的起点；第二章香港早期新文学的拓荒与演进；第三章抗战时期的香港文学；第四章战后的香港文学。下卷为分量最重的当代部分，分前篇、后篇，计十三章。在书前有和刘登翰等主编的《台湾文学史》一样有刘氏执笔的长文《总论》，分五节："文化的制约和超越——香港文学发生、发展的文化背景；从延伸、互补到分流与整合——香港文学与中国内地文学的分合关系；走向文学的自觉和自立——香港文学的价值确立；都市文化背景下的文学风景——当代香港文学的多元构成；香港作家、香港文学和香港文学史——关于香港文学史若干范畴的厘定。"这"总论"显示了刘登翰的理论功夫，但作为文学史，毕竟像论文，加上去给人有"帽子"过大之嫌。这是作者在滥用主编特权。尽管如此，从书的布局看，毕竟可以了解到刘编不同于潘亚暾和王剑丛"只是为了帮助读者了解我们尚属陌生的文学状况"，只是对"庞杂的文学史料和现象所进行的初步疏离和描述"，而是将香港文学真正放在中国当代文学总体格局去考察，从中总结出香港文学不同于内地文学的特点及贡献。治学的严谨、立论的周延，是该书获得好评的一个重要原因。

　　黄万华后来出版的《香港百年文学史》[9]，注重香港文学与内地文学的关系——在五六十年代虽未断裂仍有互动。这一发现，对建构20世纪中国文学的整体观、对共和国文学史的书写提供了新的参照系，具有方法论的启示意义。

　　香港本地没有出现过自己写的香港文学史，但有两部专题史值得重视。一是香港作家协会出版的《香港三及第文体流变史》[10]。一些以白话文为正统的文学史家，对用"三及第"文体写成的作品，不是不屑一顾，就是视为大逆不道。即使稍带一笔提及，也是贬多于褒。黄仲鸣不赞成这种对具体问题不作具体分析的偏颇态度，由此展开对"三及第"文体演变、社会影响和它的语言风格的研究。在香港文学史的写作全由内地学者包办的情况下，这本由港人写的香港文体分类史，确是难以找到的力作。

　　二是寒山碧的《香港传记文学发展史》[11]，同样没有庞大的编写组，属私家治史，作者在触摸香港传记文学史时有鲜明的历史现场感。著者在把重点放在对传记作家作品评价的同时，不过多去阐述传记文学理论和传记文学发展趋势，而是努力把各个不同年代的传记文学放在历史情境中去审视，并把主要精力放在香港传记文学繁荣背后所存在问题的探讨上。因而在关键处，著者常指出香港传记文学受商风干扰所出现的重重硬伤。在评价传记作家得失时，寒山碧既包含着对写作时代背景和社会状况的了解，又不躲避历史严峻的一面。

9　花城出版社，2017年出版。

10　香港作家协会出版社，2002年。

11　香港，东西文化事业出版公司，2007年。

尽管香港学者没有写过《香港文学史》，但已有两套香港文学大系值得重视：第一部时间段为 1919-1949[12]，第二部为 1950-1969[13]，编纂方式沿用《中国新文学大系》的体裁分类，同时考虑香港文学不同类型文学特色，分别编纂为新诗卷一、新诗卷二、散文卷一、散文卷二、小说卷一、小说卷二、话剧卷、粤剧卷、歌词卷、旧体文学卷、通俗文学卷一、通俗文学卷二、儿童文学卷、评论卷一、评论卷二和文学史料卷，共十六卷。"通俗文学卷"，是香港文学不同于内地的地方。"粤剧卷"，则突出了广东特色——香港人绝大多数是粤人。遗憾的是有的编纂者并非专业工作者，造成有不少遗珠之憾。

香港文学史的书写，两地虽然没有明显的"争夺"战，但也有过暗潮式的竞争。以古远清的《香港当代新诗史》[14]为例，一位"南来作家"认为未能突出他，便亲自策划并出任总主编，邀请部分内地和澳门学者撰写了一部过于突出自己的《香港新诗发展史》[15]。正如该书简介所言："这是港人策划的首部香港新诗史。它记述了自新文化运动波及香港之后那里新诗从诞生到发展壮大的过程，系统论述了香港这一特殊地带新诗发展与大陆及后来与台湾的关系，特别是香港新诗对于汉语新诗所起的整体作用。"该书认为 1924 年是香港真正汉语新诗创作的开始，其涉及人物和事件之广泛，以前少见。该书总主编自上世纪中叶起是香港新诗发展在场的参与者和见证人，这使得该书具有了较强的现场感，比古远清的同类著作的确有所超越。

澳门是小城，且是赌城，但那里仍有以温和性著称的文学。要研究它，首先要界定澳门文学。通常认为，凡在澳门发生的文学，是为澳门文学。《澳门文学史》[16]著者郑炜明显然不同意这个过于笼统的定义，如澳门媒体上发表的外地人所写，且内容与澳门无关的作品，显然不能认为是澳门文学。郑炜明认为，不能完全以法定身份做标准。那些不是澳门出生，但其作品内容只要与澳门有关，就应纳入澳门文学的范畴。至于澳门文学是否一定要用华语，郑炜明也认为不能一概而论。

郑炜明的《澳门文学史》，写得最有价值的是第二章"16 世纪末至 1949年澳门的华文旧体文学概述"。《澳门文学史》的拓荒意义，充分表现在这章

12 香港商务印书馆，2014 年。
13 香港商务印书馆，2020 年。
14 香港人民出版社，2008 年。
15 人民文学出版社，2014 年。
16 郑炜明：《澳门文学史》，济南：齐鲁书社，2012 年。

里。哪怕"明末""清末"没有出现过"澳门文学"一词，但这时有过大批外地人写澳门的作品。虽然不是用白话写成，但仍应将其纳入澳门文学的范畴。这就是说，《澳门文学史》不是澳门新文学史，而是新旧文学结合的文学史，这也是该书的一大特色。

和香港一样，澳门也有文体史。吕志鹏的《澳门中文新诗发展史研究（1938-2008）》[17]，采用比较研究、动态研究及系统分析的方法，对1938-2008年的澳门诗坛作深入的考察，内容涵盖澳门中文新诗的产生、发展和风格、转型、价值等，展示了澳门新诗学这一文学生态系统。该书在澳门中文新诗定义、演变历程、文化定位、史料发掘等方面都有一定的创新，填补了澳门文学史乃至世界华文新诗史研究的大片空白，为澳门诗论的建立与华文新诗发展亦有贡献。

此外，另有不是文学史而是论文结集的江少川的《台港澳文学论稿》。

第三节　两部海外华文文学史

海外华文文学史和类文学史的出版，广东走在前面。1991年7月，赖伯疆出版有《海外华文文学概观》，最早对海外华文文学作出宏观论述。此外，另有潘亚暾于1996年8月出版《海外华文文学现状》。1993年12月，陈贤茂等人又出版有《海外华文文学史初编》。

下面再强调汕头外加厦门，这是内地最早设立经济特区的地方。那里不仅经济繁荣，而且在华文文学尤其是海外华文文学研究方面，也领先于其他省份，其标志性著作有《海外华文文学史》、《东南亚华文新文学史》。

陈贤茂（1937-），广东普宁人，中山大学中文系现代文学研究生毕业，现为汕头大学教授。他创办《华文文学》杂志并任主编多年，著有《海外华文文学史初编》（与陈剑晖、赵顺宏合作）、《洪灵菲传》、《陈贤茂自选集》。

由陈贤茂主编，吴奕锜、陈剑晖副主编的四卷本《海外华文文学史》，共一百九十多万字。第一卷除第一章《海外华文学学导论》外，主要评介新加坡华文文学。第二卷评介"马来西亚华文文学"、"文莱华文文学"、"泰国华文文学"。第三卷评介"菲律宾华文文学"、"印度尼西亚华文文学"、"越南、柬埔寨华文文学"、"日本、韩国华文文学"、"缅甸、毛里求斯华文文学"、

---

17 社会科学文献出版社，2011年。

"澳大利亚华文文学"。第四卷评介"美国华文文学"、"加拿大华文文学"、"巴西，厄瓜多尔华文文学"、"欧洲华文文学"、"新移民文学"等。

《海外华文文学史》是第一本正式以"史"命名的华文文学研究力作。以前虽然也有同类书出版，但大都以"概观"、"初编"、"现状"命名。这次编著者去掉了 1993 年出版的《海外华文文学史初编》末尾二字。从"初编"到"正编"，记录了这门学科在艰难中跋涉前进的历史足迹。

作为汕头大学台港澳暨海外华文文学研究中心代表性成果的《海外华文文学史》，是一本集海外华文文学研究之大成的开创性著作。它以世界各地华文作家的创作成果作为研究对象，着眼于从丰富的"落地生根"的文学现象来探讨美华文学、欧华文学、东南亚华文文学等地文学发展的社会原因和历史经验，重视作品的本土色彩和社会影响，特别注意分析海外华文文学与中国文学发展的关系，探讨海外的生存经验如何被转化为艺术，从而造成不同于中国文学的独特范式。该书按照海外华文文学发展的实际，不花过多的篇幅去论述当地的文学运动及文学思潮的演变，而采用了先有综论后分述作家作品的体例，这体现了一种从海外华文文学创作实际出发的实事求是精神。

从目录上可看出，《海外华文文学史》比《海外华文文学史初编》内容更丰富、更具学术视野和问题意识。著者从马华文学写起，再写到文莱、泰国、菲律宾、印尼华文文学。这里隐含的思路是：华文文学不止一个中心，至少还有一个以新马华文学为龙头的东南亚华文文学中心。这是因为，当华文文学越出了中国国境线后，由于所在国政治、经济、文化、风俗等方面的影响，以及与他族文化的碰撞、融合而产生的新文化素质，使其出现不同于中国的文学思潮、流派和作品，并以此影响周边国家，成为另一个新的文学中心。对这种"多中心"的认可和强调，突出表现了著者的学术眼光，并显示了文学史家对史实的辨析能力。此外，该书对文莱、越南、柬埔寨、缅甸、毛里求斯等地华文文学的资料整理和作品分析，均极大地扩充了华文文学研究领域。这比"初编"语焉不详的论述，是一种超越和前进。

文学史编写必须以丰富的史料做基础。《海外华文文学史》的一个突出特色是对大量的史料进行了去粗存精、去伪存真的整理工作。无论是哪一卷，都注意居住国历史与中国本土历史、海外华人史与海外华文文学史关系的论述。论述这四种历史是为了说明海外华文文学产生、发展是怎样受它们制约。此外，还注意各地的华文文学如何从文学的观点补充丰富了一般通史，并从中引申出文学与历史之间的互动辩证关系，从而提炼出自己的史识。

《海外华文文学史》对"初编"不仅是量的扩大——从原来评论的 66 位作家增加到 260 位，从原来的一卷本扩充为总计 200 万字的四卷本，而且是质的提高。这集中表现在由吴奕锜执笔写的"新移民文学"一章中。这触及海外华文文学研究的新问题。作者论述时，注意了"新移民文学"概念的界定，尤其是"新移民文学"与五六十年代於梨华等人为代表的"留学生文学"的创作主体与作品风格的不同，指出"新移民文学"所叙述的更多是倾向于对生存的艰难与对不同文化价值观念的碰撞所产生的震撼，这均十分符合所评对象的实际。"新移民文学"一章的增写，使《海外华文文学史》的研究材料显得新鲜、灵动，并扩展了读者对海外华文文学新走向的认识。

为海外华文文学写史，牵涉面极广，要驾驭这样一个庞大的写作素材，实属不易，有些章节也可看到编著者的力不从心之处，至少有些地方写得不够概括，还有个别重要作家的遗漏（如澳大利亚华文作家协会主席黄雍廉），把刚移民不久的陈少华称作厄瓜多尔华文作家也欠典型——至少书中论述的大部分均是他在香港时期的作品。但这些弱点实际上反映了当前这门学科建设所存在的不足。

陈贤茂主编的《海外华文文学史》，是 20 世纪大陆学者研究海外华文文学总结性的著作。它的长处和短处，均反映了中国大陆海外华文文学现阶段的研究水平。总之，无论是对于研究者还是一般读者，无论是在学术层面上还是文化层面上，《海外华文文学史》的出版都很有意义。对于研究者，它是一门学科的奠基工程。通过它，可以加快世界华文文学这门学科建设的步伐；对于后人，这同样是一个完备的文本。通过它，可以从一个角度看到中华文化的传播及其在海外发扬光大的思想轨迹。

出数学家陈景润和文学评论家刘再复的厦门大学，与东南亚各国有诸多联系，那里有许多华侨和侨生。他们充分发挥地理优势，于 1987 年召开了首次东南亚华文文学研讨会。

厦门不仅有厦门大学东南亚华文文学研究中心，而且有全市的研究组织"厦门市东南亚华文文学研究会"。这两个研究单位，互为支持，从基础研究做起，前十年他们的主要工作集中在对菲律宾、新加坡、马来西亚、泰国等国家的华文作家作品的资料收集与研究上，从 1995 年起，他们尝试进行一些国别文学的整体研究，完成了《新加坡华文文学论稿》等专著。

　　华文文学史的书写一向是文坛关注的盛事。庄钟庆与陈育伦、周宁、郑楚等商议，集中厦门大学与厦门市其他大学的相关研究力量编写文学史。项目在1998年10月启动。尽管研究道路上充满了曲折，但他们仍以顽强的毅力，于2007年由人民文学出版社出版了《东南亚华文新文学史》。

　　东南亚国别华文文学史的编写，国内外均有人尝试或实践过，《东南亚华文新文学史》的编写者没有重复别人的研究范围，也没有复制别人的研究方法即概述加作家作品评介，而是努力抓住各国的文学发展趋向，从思潮和作家作品方面阐述，注意文学史发展的脉络，评介作品时与时代背景联系起来，尤其是联系南洋本土，同时不忽视中国文学对他们的影响，从中总结出各国华文文学所具有国际性、民族性、本土性的共性及其不同之处。这里讲的"国际性，既指东南亚华文新文学创作环境的国际性，又指东南亚华文新文学的国际影响。"18

　　书写东南亚华文文学史，必会碰到侨民文学是中国文学还是属侨民居住国文学的问题。新加坡华文文学的发展就是从侨民文学开始的，然后是走向南洋文艺、马华文学和新华文学。也有人认为新马文学的发展并不是从侨民文学

---

18 庄钟庆：《东南亚华文新文学史·序言》，人民文学出版社，2007年，本节吸收了
　　此序言的研究成果。

到本土文学，因为侨民文学历来都不占主流地位。《东南亚华文新文学史》的编写者尊重不同意见，认为侨民文艺不能单纯看作中国新文学的一部分，而应同时视为居住国文学的组成部分。这对当时中国大陆出版的所有中国新文学史几乎都不写南洋的侨民文学，是一种反拨。

关于东南亚华文文学分期方面，有人主张应按文学的内部规律分期，《东南亚华文新文学史》编著者认为东南亚华文新文学同中国新文学一样，与社会经济，与作为经济集中表现的政治，与政治的最高形式战争，以及思想文化等方面都有密切关系。编著者由此认为把政治、思想文化与文学联系起来考察分期问题，既有理论的依据，又有实践的基础。以政治或战争为文学史的尺度来划分东南亚华文新文学发展的几个时期，如将新马华文文学划分为战前与战后两个大阶段，又如菲律宾华文文学把菲总统马科斯实行军事统治时期、泰华文学把他宁过渡政府时期、印尼华文文学把苏哈托政府时期分别作为该国的重要时期，因为这些特定时期华文报纸被迫关门，文艺作品发表园地奇缺，华文文学的发表受到很大打击。当然政治也有清明的时候，这时华文文学发展就较为顺利，东南亚几个国家莫不如此。即是说，《世界华文文学学科史》既注意"外部"对文学的影响，也不忽视东南亚华文新文学本土化这一核心问题。该书还十分重视文学思潮的变化，文艺创作题材、主题的变化，文学体裁的变化，艺术方法的变化，创作主体、接受对象的变化以及东南亚各国华文新文学之间的关系。[19]为此，《东南亚华文新文学史》将东南亚的文学发展划分为：

一、发轫期（1919-1927）——本土文学的萌芽。新马（1919 年）、印华（1921 年）、泰华（1922 年）、菲华（1922 年）为准备期。二、发展期（1927-1937）——走上本土文学，南洋文艺的提倡，马华文学提出。印华（1929-1937）反映华侨生活文学的作品出现。泰华（1929-1937）广大华侨子弟重视华文文学。菲华（1933-1937）为真正兴起时期。《华侨商报》有《新潮》副刊，这是新文艺第一个文艺副刊。三、剧变期（1938-1945）——本土抗战文学的兴起与转折。新马（1938-1942）印华（1938-1945）、泰华（1938-1945）、菲华（1938-1945）四、崭新期（1946-）——本土文学在在曲折中发展变化。[20]

诚如庄钟庆所说："发轫期、发展期、剧变期、崭新期四个阶段，具有理

---

19 庄钟庆：《东南亚华文新文学史·序言》，人民文学出版社，2007 年。
20 庄钟庆：《东南亚华文新文学史·序言》，人民文学出版社，2007 年。

论上的范式意义。它既能说明东南亚华文新文学史整体意义上共有的历史发展阶段,又能将不同国家华文新文学的历史过程纳人其中,并且可以说明各自的特点。在这个意义上东南亚华文新文学发展共有的历史分期不是时间性的,而是理论模式性的。"[21]

　　东南亚共有十个国家,《东南亚华文新文学史》只写了六个国家,其中最难写的是文莱华文新文学,因这方面可参考的资料太少,但他们还是克服困难将其写完整了,比陈贤茂主编的《海外华文文学史》前进了一大步。这本是前无古人的工作,其开拓性和创新性,值得充分肯定。

第四节　《百年海外华文文学研究》

　　在中国大陆华文文学界,黄万华是一位多面手;既从事文学史写作,又重视华文文学的理论探讨;既写中国境外文学史,又写海外华文文学史。他的著作多而精,是鲜见的高产学者。

　　2014年和2017年,黄万华前后有《多源多流:双甲子台湾文学(史)》和《百年香港文学史》出版。《百年海外华文文学研究》的上册则为《百年海外华文文学史》。至此,黄万华的"华文文学三史"告一段落。

21　庄鍾庆:《东南亚华文新文学史·序言》,人民文学出版社,2007年。

由百花洲文艺出版社 2022 年 6 月出版的黄万华这本新著《百年海外华文文学研究》，开头有百年海外华文文学的整体性研究的"绪论"。上编为百年海外华文文学史：第一章为早期东南亚华文文学，下面分四节：早期马来亚华文文学（上）和（下），丘士珍、林参天、铁抗等马华作家的创作，菲律宾、印尼等国早期华文文学。第二章为早期北美、欧洲华文文学，下面分三节：北美等地华文文学的发生，林语堂的海外创作，欧洲华文文学的发生和陈季同、盛成、蒋彝等的创作。第三章为战后（1945 年-1970 年代）东南亚华文文学，下面分六节：战后马华文学的现实主义格局和韦晕等的创作，战后马华现代主义文学创作的展开，商晚筠、李永平、潘雨桐等马华旅外作家的创作，新加坡华文文学独立发展的开启（1965-1980 年）和陈瑞献、郭宝崑等的创作，"六八世代"崛起中新华文学的发展和王润华、淡莹等的创作，菲律宾、印尼、泰国、越南等国战后三十年华文文学。第四章为北美、欧洲等战后华文文学，下面分五节：战后美国华文文学和鹿桥、黎锦扬等的创作，旅美台湾文群（上）：白先勇、於梨华、聂华苓、陈若曦等的小说创作，旅美台湾文群（下）：杨牧、王鼎钧等的创作，欧洲华文文学的形成和熊式一、韩素音等的创作，程抱一的文学创作。第五章为近 30 余年东南亚华文文学，下面分四节：蜕变而成重镇的马来西亚华文文学，多语种国家文学格局中的新加坡华文文学，新马旅外新生代作家等的创作，菲律宾、泰国、印尼等国华文文学的复苏和发展。第六章为近 30 余年欧洲华文文学，下面分三节：德国、瑞士及荷兰、比利时、卢森堡华文文学和赵淑侠、杨炼、林湄等的创作，法国华文文学和高行健等的创作，英国、瑞典等国华文文学和虹影等的创作。第七章为近 30 余年北美等地区华文文学，下面分三节：1980 年代后的美国华文文学和严歌苓、哈金等的创作，加拿大华文文学和东方白、张翎等的创作，大洋洲和东北亚华文文学。

下编为百年海外华文文学论：第一章为百年海外华文文学的历史进程，下面分九节："出走"与"走出"，百年海外华文文学的历史进程，"在地"和"旅外"：百年海外华文文学和中华文化，序幕是这样拉开的：从陈季同的旅欧创作看中华文化的海外传播。"人的文学"和"自由的文学"：百年海外华文文学和五四文学传统，马华文学何以成就百年，百年历史中的东西方华文文学比较，海外华文文学"中国性"的"在地性"，寻根和归化：海外华文文学创作身份的寻求，多元形态发展中的华人新生代和新移民创作。第二章为百年海外华文文学的经典化，下面分四节，第三元：百年海外华文文学经典化的一种视角，"本源"与"他者"交流后的升华：从程抱一创作看海外华文学的经典性，乡愁美学：海外华文文学经典性的一种表现，"第三只眼"：让中西文论从未有过地接近。第三章为百年海外华文文学的语言世界，下面分四节：语言"双栖"状态中的诗性寻求，禁绝中播散和衍生的语言原乡，华人新生代和新移民作家：回报母语滋养的生命方式，语言原乡：中华文化传统最丰厚的资源。

黄万华在《百年香港文学史》的《代前言》中曾说："这几年我在中文系大二、大三年级连续性开设'台湾文学史'、'香港文学史（兼及澳门）'和'海外华文文学史'三门课程（简称'三史'），'三史'覆盖了华文文学的全部时空，作为文学史系列课程，互相间又有着呼应、沟通、整合。例如，'三史'都按照三个历史阶段（1945年二次大战结束前的'早期'、1945年至1970年代的'战后时期'，1980年代后的'近30余年'）展开，所处世界性背景相同，民族性命运相连，地域性文学课题往往在发散、相遇中产生对话、汇聚，中华民族新文学的一些根本性问题得以浮现（'三史'都能按照这三个历史时期讲解，也说明'三史'内在关系的密切）。'三史'以文学史课程方式展开，高校课堂教学强调的问题意识在教、学互动中能强化、凸现华文文学自身的重要问题，文学史的传承意识则推进包括经典化在内的重要问题思考的深入。有关华文文学议题的深入思考与华文文学教学实践的结合，是当下思考与历史语境的对话，使当下思考得以更具体切实地展开。"这也大致道出了黄万华写作《百年海外华文文学研究》的初衷。它是国家社科基金重点课题的最终成果。该书尝试将东南亚、北美、欧洲、东亚、大洋洲等地区各国华文文学历史予以整合，按照三个历史阶段展开百年海外华文文学史的叙述。具体叙述力图凸现以下三点：

一是文学史体例上既要体现百年海外华文文学的整体观，揭示百年海外华文文学在20世纪人类进程和世界格局背景下的发生、发展过程及其基本线索、形态，又要充分关注不同地区、国度（尤其是东南亚地区和其他地区之间）由于历史、政治、经济、文化及对华政策不同影响下形成的华文文学丰富的差异性、不平衡性及其独特价值。世界性背景及其影响是海外华文文学历史性取向的重要因素，由此也催生海外华文文学的根本性价值。一次大战、二次大战、战后冷战意识形态阵营的形成和瓦解、世界多元格局的出现，这些大致构成百年东西方海外华文文学历史发展及其分期的总体背景和重要主线，由此依循这种线索探讨不同国别、地区华文文学的内在联系，甚至确定百年海外华文文学史的历史分期。但同时自觉意识到从上世纪初的一次大战到九十年代后世界多元格局开始形成，世界是处于"分裂"中的，海外华文文学所处国家也有着种种"殖民"和"被殖民"的差异，即便同属于民族独立国家或西方发达国家，其对华政策也有很大不同，必然影响所在国华人华侨的境遇和命运。这同样构成了海外华文文学的世界性背景。而文学有其"自治"性，并不一定与 20 世纪世界性格局的变化发生"同构"性。所有这些，都提醒人们在 20 世纪人类历史进程中考察海外华文文学时，要充分关注各国的华文文学是如何以其独特的存在、发展体现出其与人类命运、世界变化的息息相关。

在黄万华看来：百年海外华文文学历史孕成的是一种多重的、流动的文学史观，它关注文学发生中的多源性、文学发展中的多种流脉和多种传统，强调突破单一"中心"和"边缘"的格局去考察文学之间的互渗互应，从不同的角度去考察文学历史，从"活水源头"的文学创作中去建构文学史。这种多重的、流动的文学史观帮黄万华把握住百年海外华文文学的整体性。

具体而言，百年海外华文文学史既要展示各国华文文学在诸如新文学运动、左翼文学、抗战文学、乡土文学、女性文学、新生代创作、都市文学等方面的互相呼应，又要揭示各国，尤其是东西方不同国度的华文文学在"离散"中不同的跨文化寻求，用东西方华文文学的比较意识和视野去关注各国华人华侨与不同国度其他民族相处中产生的文学独异性。

五四新文学运动实际上是在中国和海外的互动中发生的，之后的左翼文学是世界范围内革命文学思潮和运动的产物，抗战文学更是置身于世界反法西斯战争中才真正显示出其价值，其他文学形态也往往如此。所有这些文学形态、运动在海外各国的华文文学中都有直接的激荡、回应。黄万华从这一角度去把握百年海外华文文学，其整体性自然得以呈现。但百年海外华文文学是在"离散"语境中发生发展的，其价值恰恰在于它使得原本发生于现代中国语境中的文学有了更开阔的参照和更丰富的形态，甚至使得在中国大陆语境中被遮蔽的得以浮现。例如，同是左翼文学，海外华文文学提供了更丰富的存在形态，启发我们从左翼文学的"在野性"去思考其革命性；同是现实主义文学，海外华文文学有着民族性和公民性之间的复杂纠结；同是乡土文学，海外华文文学在"乡愁"美学的开掘上得天独厚；同是都市文学，海外华文文学把世界资本性和人类人文性之间的矛盾冲突表现得淋漓尽致；同是女性文学，海外华文文学不仅挑战、颠覆传统男性权力话语，也对女性自身久被拘囿的艺术潜质有清醒的自审和不懈的开掘，更全面呈现其"浮出历史地表"的含义；同是新生代创作，海外华文文学的"派"的终结、"代"的开始的含义更显豁、鲜明……凡此种种，不一而足，在黄万华看来都显示出文学的拓展。这种种拓展，都显示出海外华文文学的整体性。

二是将"经典化"作为文学史叙事的重要尺度。"经典化"始终是文学史的重要功能。海外华文文学的历史已近百年，其研究也有数十年历史，"经典化"已成为海外华文文学及其研究深入发展的关键，也足以提供多国别、多地区华文文学的整体性空间。海外华文文学的经典处于动态的建构中，其研究要以"当代性"为日后的经典化提供坚实基础。目前海外华文文学研究中存在着某些"泛而无当"、"入史"粗疏的情况，各种现实因素也使海外华文文学的经典性被遮蔽，更需要展开其"典律构建"。经典化主要是作家作品的沉淀，要放到整个中华民族文学大的背景下去呈现。要格外关注中外文化如何渗透和交融的问题，以及中国本土文学不多见的文学现象。黄万华从海外华文文学经典性的生成、发展及其机制探讨海外华文文学经典的价值生成、价值体系建构及其相关理论问题，从海外华文文学各个时期的重要思潮、流派的文学价值尺度等与文学经典形成的关系，揭示出海外华文文学经典性作品所体现的人类性、世界性意识及其对于中华文化传统的丰富和发展。[22]

第五节　两部华文文学教材

中国大陆当代文学研究的传播力和影响力，离不开台港文学研究。只有把境外文学纳入当代文学研究对象，中国当代文学研究的范畴才能完整，然后再把某些海外华文作家研究酌情加入，中国当代文学研究就有了国际视野，因为像於梨华这类作家，均是从中国台湾移民过去的，他们不同于东南亚土生华文作家而具有双重身份：由于不被居住国文坛接受，他们成了异类，因而对居住国缺少认同感，哪怕已入瑞士籍的赵淑侠，已入美国籍的赵淑庄，

---

22 本节资料由黄万华本人提供。

还有泰国的司马攻，他们到哪里都觉得自己是中国人、是中国作家，其作品乃至笔名的中国性也表现得很突出。但不能由此笼统地认为海外华文文学是中国现当代文学的支脉或延伸。尤其是把中国台港澳文学与属外国的海外华文文学并置在一起成为"海外中国文学"，就欠妥。因为台港澳不属"海外"，而海外华文文学一般情况下不属中国文学。当然，这两者的联系是一种客观存在，是历史形成的。但作为一门独立学科，应将台港澳文学与海外华文文学分离。不过分离起来不那么容易，像"海外"与"海内"，有时难以区分。比如饶芃子的《海外华文文学的比较文学意义》称"海外华文文学首次研讨会的召开是 1981 年（广州）"[23]。其实这次研讨会的名称叫"台湾香港文学研讨会"，而台湾香港文学并不属于"海外华文文学"，这首次研讨会也无有关"海外华文文学"如东南亚或北美的内容。时任《华文文学》主编陈贤茂发表《关于"海外华文文学"一词的使用规范——与饶芃子教授商榷》[24]，就曾跟她讨论什么叫"海外"或"海内"以及"海外华文文学"的内涵和外延问题。

作为"中国世界华文文学学会"首任会长饶芃子，其言论影响广大，陈贤茂对事不对人，怕不严谨的用词会影响她的声誉。而饶芃子领导的"暨南大学海外华文文学与华语传媒研究中心"及其出版的研究丛书，不用"世界华文文学"而用"海外华文文学"名称，极力淡化台港澳文学研究，以致使人误认为"世界华文文学"即"海外华文文学"，"中国世界华文文学学会"有潜在的可能被"易帜"为"中国海外华文文学研究会"。

为了避免用词的暧昧，饶芃子后来均严格使用"海外华文文学"的名词，她觉得"海内"的台港澳文学确实应与"海外"分隔。故饶芃子、杨匡汉这次领头主编的不是《世界华文文学教程》而是《海外华文文学教程》[25]，其"海外华文文学"的定义不再从宽而是严格限制在中国文学（包括台港澳文学）以外用华语创作的文学，即以新加坡、马来西亚、泰国、文莱、越南等东南亚国家为主的东南亚华文文学；以日本、朝鲜、蒙古国、韩国等为主的东亚华文文学；以澳大利亚、新西兰为代表的大洋洲华文文学以及欧洲华文文学和繁荣昌

---

23 《深圳大学学报》2006 年第 2 期，后收入饶芃子《世界文坛的奇葩》，花城出版社 2012 年出版，第 249-250 页。
24 《世界华文文学》，2000 年第 6 期。
25 暨南大学出版社，2009 年。

盛的北美华文文学。其中虽然写到从台湾出去的白先勇等人，但均视为海外华文作家而非中国作家，这就显得严谨。书名也不是江少川和朱文斌主编的《台港澳暨海外华文文学教程》[26]，而是《海外华文文学教程》。这不单纯是为了简洁，而是一种文学观念的重新确定。这本教材比同类著作有革新，有所超越，以至为中国大陆众多高校使用。

杨匡汉是以思辨型著称的学者。故这两位学者主编的教材，不满足于一般作家作品的介绍，而是有意识地进行学科理论的建构，比如第一章《海外华文文学概论》，"从海外华文文学学科的'命名'到概念、范畴的建立，从特色和方法论的确认，到各区域华文文学的演进，可以说，当前学术界关心的有关海外华文文学的主要理论问题和难题，该章基本上都给予解答。"[27]这"教程"其内容也就只有"海外"而没有"海内"。其次，作为一位女性学者，饶芃子还特别注重华文女性书写的文化阐释。在她看来，从老一代的於梨华、聂华苓、陈若曦到新一代的严歌苓、张翎、虹影、周励，之所以成为华文文学的一道独特风景，就是因为她们处于不居中心位置——她们不仅

26 华中师范大学出版社，2007 年。
27 陈涵平：《评饶芃子、杨匡汉主编的〈世界华文文学教程〉》，《文学评论》2009 年
　　第 6 期。

因为四处漂泊而无法居文化中心，而且因为女性在"女人与小人难养也"的男权为主的社会中不被关注。"身处双重边缘处境的'她们'，以女性的敏感和独特的视角，展示那种'家在别处'的生活体验，表达出多重文化交流互识的丰富内涵，其创作深刻地体现出海外华文文学的特色，并在某种程度上成为不可替代的文化书写。"[28]对这种具有特殊地位和全息意义的女性创作作生气勃勃的描述，使这本教程既有丰厚的史料做佐证，又有坚实的理论阐释做支撑。

此外，"教程"的理论性还表现在"导言"中对海外华文文学兴起的原因、历程、意义所作的深度阐述。饶芃子和杨匡汉认为海外华文文学作为一个世界性和民族性兼具的汉语文学领域，它的兴起，首先为人们展现了一个具有移动性和跨越性的特殊文学空间，从而取得了区别于中国本土文学的独特张力和强大活力；其次，它的兴起还直接、间接地推动了中国文学已有各二级学科的发展，因为海外华文文学的存在不仅增添了中国新文学研究的学术生长点，推动了从事中国古典文学研究的学者对国际华语文学史及域外汉学的研究，引发了英美文学学者对华裔/亚裔英语文学的学术关注，也为文艺学提供了若干新的学术命题和理论参照。作为比较文学专家的饶芃子，她之所以加盟世界华文文学研究队伍，是因为华文文学丰富了比较文学的内容和新的学术发展空间。但她认为"海外华文文学学科意识的萌发"是在 1993 年 6 月，其实应是《华文文学》杂志创刊的 1985 年，详见本书第五章第六节。

作为一本教材，理论探讨固然必要，文本分析更不可缺。具体说来，《海外华文文学教程》总共五章，除上述第一章为理论建构外，其余四章均分区域论述作家作品。"这种总分式结构，很好地体现了'论'与'史'结合、'述'与'考'交融的编撰思路。"具体说来，对有近百年历程的北美文学，编著者概括出"故国回望"、"生存困境"、"异族交往"、"同胞互看"等共同意旨，这正是北美华文文学独特魅力之所在。再如第五章"澳大利亚华文文学"，论析了澳华移民的文化构成、澳华创作的象征资源、澳华文学的独特内涵、澳华文学的标志事件[29]，这些均发人之未发。

---

28 陈涵平：《评饶芃子、杨匡汉主编的〈世界华文文学教程〉》，《文学评论》2009 年第 6 期。

29 陈涵平：《评饶芃子、杨匡汉主编的〈世界华文文学教程〉》，《文学评论》2009 年第 6 期。

与《海外华文文学教程》相映成趣的教材有古远清只有"海内"而无"海外"的《当代台港文学概论》[30]。该书是国内首部将台港文学融会贯通、由一人独立完成的文学教程。全书共分八章，系统论述了1949-2010年间的台港文学思潮及小说、散文、新诗、话剧、通俗文学、文学评论的代表作家及其作品，书后还附录了《澳门文学概况》。对60年来的台港文学发展历程、台港文学的关系及各自的特殊经验和存在问题，作了全面梳理和中肯深入的评述。以前也有过潘亚暾主编的带有开创性的《台港文学导论》[31]，古远清论述范围与其相同，只是《当代台港文学概论》资料更新，内容更适合当前教学的需要。

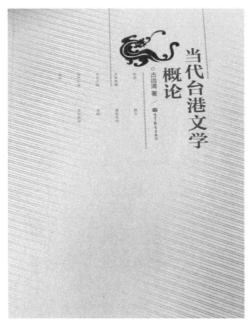

回顾40多年前的台港文学研究，那是一个时代的显学，在当时思想解放运动和填补中国当代文学研究空白方面，起到了重要作用。而现在时代不同了，台港文学研究成果明显"减产"，并走向边缘化。这种边缘化，才是学术的常态。这不仅是因为包括台港文学在内的世界华文文学本身是新兴学科，还因为当时为配合形势而写的论著，不少均有政治大于学术的弊端。现在不热闹了，冷清了，寂寞冷清中才能产生更厚重的著作。以古远清为例，他从事这门学科研究时先接受过文本细读即"赏析"的锻炼，然后从微观研究走向宏观

---

30 高等教育出版社，2012年。

31 潘亚暾主编：《台港文学导论》，高等教育出版社，1991年，第4页。

研究，从诗歌到小说、散文，再到文学评论进行全方位探讨；还跳出台港文学，从事东南亚华文文学乃至北美华文文学的研究。有人认为他的面铺得过宽，但他最钟情的还是台港文学。

台港文学教程是一个浩大工程，尽管《当代台港文学概论》也吸收前人成果，注重台港文学的发展规律及其经典性作品的赏析和史料搜求，但在稳定性中仍有创新性。这创新性表现在不是将台湾文学与香港文学简单相加而是将两者融合在一起，如《文学思潮》的第一节论台湾的"战斗文艺"与香港的"自由文艺"，提出两者的共通之处然后又加以区分。第三章《现代小说》，既有台湾的白先勇、七等生，又有香港的徐訏、刘以鬯。在第四章《新诗》中，有现代派诗人纪弦、郑愁予，也有香港的前卫诗人戴天、也斯。

对教材的写作，通常要求知识性和稳定性，所讲的都是大家公认的，《当代台港文学概论》也力求这样做，但著者不满足于这一点，在写台湾文学时尽可能有包容性：不能只写"外省作家"，还写本土作家。当写到朱家姐妹时，将其命名为"朱氏小说工厂"，这与台湾将朱西宁及其女儿朱天心、朱天文等的创作命名为"文学朱家"[32]来得更为贴切。此书还体现著者的研究新成果和本领域的最新研究现状，如《金庸的武侠世界》这一节，把正在成长中的"金学"研究对象写进去；又比如在总体设计上，以作家作品论为主，辅之以《政治小说和网络文学的兴起》一类的综论，并让余光中一人独占两节，以体现余氏是两岸文学"单打冠军"的看法。还有对张爱玲《秧歌》的评价和对"伤痕文学"先行者金兆的推介，并把"外省作家"墨人写的"三部曲"视为"大河小说"，也有洞见。

和中国当代文学教材一样，隔着海峡茫茫烟雾的台港文学及其教材也无法定型；该书虽在教育部主管的出版社出版，但并无肩负定型的任务。写书本需要新的观点，新的体系，新的材料，应该让学生接触一些前沿知识，以启发他们打开思路。为此，《当代台港文学概论》在《作家身份与台港文学》中引入文化研究的观点和方法，还注意读者反应和市场对文学的制约，如对三毛之死的评价和对席慕蓉作品流行原因的探讨；并在宏大叙事之余辅之以细节，让此书成为有可读性的教材。此外，该书从标题设计到文字，均力求鲜活灵动，甚至还带一点个性，这是私家治史的便利。该书设有"戏剧"和"文学评论"专章，也有创意。

---

32 台北，《文讯》2022 年 2 月《文学朱家特辑》。

此外，也有在教材基础上整理的王宗法的《山外青山天外天——海外世界华文文学综论》，以及颜敏 2022 年最新出版的《海外华文文学文本细读课》。

第六节　《世界华文新文学史》

有人写过《海外华文文学史》，但没有人写过《世界华文文学史》，马森是开风气之先的第一人。

马森写新文学史著作始于 1997 年，他与台湾的皮述民、邱燮友、杨昌年合著《二十世纪中国新文学史》，马森写"导论"、戏剧和"结论"，虽然这不是私家治史，但也显示了他写新文学史的才能。

马森不满海峡两岸出的新文学史，尤其是大陆有意识形态挂帅的倾向，以致将台湾、香港文学当"附录"处理，对台港澳及海外华文作家评价过低。即便后来在篇幅上有所扩大，仍不改"吊车尾"的做法。除此之外，大陆学者常将台湾文学从中国文学中剥离出来，以《台湾文学史》名之，这种做法给人"独立在中国文学史脉络之外"的印象。这里讲的"独立"，应是"重视"和"强调"的意思，而非政治上的含义。大陆学者写台湾文学史，没有使用"中国台湾文学史"的名称，是因为在大陆不会产生这种歧义。可大陆学者完全没有考虑到对岸学者的感受，因而马森的意见还是值得参考的。马森在接受他的学生访谈时又称："意识形态是撰写文学史的最大障碍，我是一个自由人，所以要摆脱这种困扰。在我能够控制的范围内会尽量客观，不能受宗教或政党的任何干扰。"[33]

台湾本地出版的文学史，强调台湾文学受西方文学和日本文学影响，忽略了它更多继承了中国大陆五四以来的文学传统。无论是医生作家赖和、后来的乡土作家陈映真、黄春明，无不吸取过鲁迅那一代作家的营养，这些在叶石涛写的台湾文学史中未能突出。张爱玲对台湾的女作家影响也很大，可她这位"祖师奶奶"其"祖"在大陆而非台湾，这种缺乏台湾意识的作家竟被陈芳明写在台湾文学史中。

尽管叶石涛的《台湾文学史纲》和陈芳明的《台湾新文学史》，都是为台湾文学树碑立传的重要著作，许多地方有自己的见解，但"史纲"毕竟不是"史"，"新文学史"只写小说、散文、新诗而不写戏剧，使人感到遗憾，所以马森立志写一本与叶石涛、陈芳明不同的文学史。他这种文学史，从台湾文学写到华文文学，尤其是海外华文作家无不在马森的视野之内。马森对他的学生说："过去广东、福建的移民到美洲淘金、修铁路谋生，教育程度都不高，移民后多半从事开饭馆、开洗衣店等下层社会的工作，但二次大战后情境改变，知识分子、富人为了逃避政治迫害流亡，有的携资或靠专业技能移民国外，和过去的华工大为不同。这一批知识分子有教授、有律师、医生等专业人士，得以进入了中上层社会，其中也有些成为作家，使得现今海外作家的重要性遽增。"[34]这些均是两岸出现的中国现当代文学史没有的内容。

马森表示，他写的文学史不是《台湾文学史》，也不是《中国新文学史》，而是《世界华文新文学史》。因为此书的研究对象包括了全球用华文书写的作家。除了中国台湾、大陆，也囊括港澳地区和海外作家，如从台湾出去生活在美国的华文作家有王鼎钧、聂华苓、於梨华、水晶、白先勇、刘大任、丛甦、许达然、张系国、裴在美等；从大陆出去的则有董鼎山、木心、高尔泰、严歌苓、少君等。此外也有些在移民后才开始创作，取得优异的成绩，如法国的程抱一即程纪贤，不仅用中文，而且还用法文写作，其法文著作也有多部译为中文。美国的哈金半路出家，母语是中文，在黑龙江大学毕业后才远涉重洋，以英文写作打进了美国文坛，得到许多重要的文学奖项，作品也很受读者欢迎。

33 邱长婷：《世界华文文学的百年思索——访马森谈其新著〈世界华文新文学史〉》，台北：《文讯》，2014年12月。

34 邱长婷：《世界华文文学的百年思索——访马森谈其新著〈世界华文新文学史〉》，台北：《文讯》，2014年12月。

"在这种情形之下，包括全世界的华人作家在内的一部世界华文文学史实在有其必要。"[35]

　　从时间分类而非空间分类来经营文学史，正是马森在访谈中一再强调的。《世界华文新文学史》的时间跨越百年，包容广阔，内涵海峡三岸、海内外作品，论成就评价而不看出生地、居住地，整体理论架构奠基于客观历史的两度西潮论。他出版的这种三卷本的《世界华文新文学史》[36]，可说是一部宏大之作。

　　华文文学史的书写一向是不少学者毕生追求的目标。关于这种文学史，大陆出版过陈贤茂主编的四卷本《海外华文文学史》[37]，但该书内容只限于海外，并不包括中国大陆和台港澳地区，而马森的文学史却包括进去了。《世界华文新文学史》新书发表会这样介绍此书："空间上包含了海内外，时间轴横跨清末至今百余年。它是由台湾学者写成的首部全面探讨海峡两岸、港澳、东南亚及欧美等地华文作家与作品的文学史专书，完整记录百年以来世界华文文学发展的源流与传承。"这种填补空白之作，其雄心可嘉。作者力图排除"大中原心态"及"分离主义"等政治意识形态思维，充分肯定"战后的台湾文学在中国现当代文学发展上所起的先锋作用"，这也是马著异于本土学者叶石涛[38]、陈芳明[39]写的同类台湾文学史的地方。此外，马森认为世界华文文学应包括本地文学，而不像大陆学者普遍认为世界华文文学不涵盖本地的大陆文学，这也是一种新的文学观念，值得肯定。

　　这部内容庞大的著作理应有像陈贤茂当年那样的团队分头执笔，现在却由马森一人独立完成。私家治史的好处在于观点和文笔容易得到统一，不必为贯彻主编意图，将个人见解消融掉，但个人撰写不能集思广益，有些自己不太熟悉的领域，亦不可能像"编写组"那样请专门家写得深入，部分章节写起来有时难免会捉襟见肘，顾此失彼。以马森来说，自己熟悉的欧洲华文文学部分写得详尽完备，戏剧创作更是泼墨如云，而对于台湾新世纪文学，则因"只缘身在此山中"的缘故，马森看得不太清楚，这就有可能写到这部分时会令台北

35 邱长婷：《世界华文文学的百年思索——访马森谈其新著〈世界华文新文学史〉》，台北：《文讯》，2014 年 12 月。

36 台北：印刻文学生活杂志出版有限公司，2015 年。

37 鹭江出版社，1999 年版。

38 叶石涛：《台湾文学史纲》，高雄：《文学界》杂志社 1987 年。

39 陈芳明：《台湾新文学史》，台北：联经出版公司，2011 年。

尔雅出版社创办人隐地"错愕又意外"。[40]

马森直言，《世界华文新文学史》"是现在对当代华文文学有研究的老师或学生都应该阅读的新书，这是一本非常具有指标性的著作"。[41]从文学史书写策略看，各地区文学分布应成为这种"指标性的著作"架构的焦点。也就是说，写"指标性的"文学史必须通盘布局，考虑各地区的平衡，可作为戏剧家、小说家和评论家的马森，综观其成就，毕竟文学创作成绩远大于文学评论，戏剧研究又远大于文学史研究实践。《世界华文新文学史》的出版，就正好暴露了他文学史书写功力的不足。从构架上这部又厚又重的文学史，其实应叫"20世纪中国两岸文学史"，港澳文学在此书中有如马森自己讽刺大陆学者把台港文学当边角料那样"吊在车尾"，便是最好的证明。这本1609页的皇皇巨著，香港文学一节居然不到33页，澳门只有4页，连附骥都谈不上。这本书引用他人的评论太多，其实应叫"编著"。还有许多史料错误，不再赘述。[42]

第七节　《华语圈文学史》

世界华文文学有各种"别名"，但以"华语圈"命名，却属藤井省三的首创。

文学史的巨大权力来源于历史，文学史的归属首先是历史，才是文学。日本东京大学藤井省三所写《华语圈文学史》，是以世界华文文学为研究对象而开展的跨学科研究的史学类著作。该书拥有一种历史观察者的视角，并承担了为华文作家定位的重大使命。它传播华文文学知识，其编纂的话语来自于个人的独立思考。该书分为前言、绪论，另有十章：清末民初（19世纪末期-1910年代中期）——租界城市上海的诞生与"帝都"东京的体验、五四时期（1910年代后期-1920年代后期）——"文化之城"北京与文学革命、狂热的1930年代（1928-1937）——国民革命后的老上海、成熟与革新的1940年代（1937-1949）——抗日战争与国共内战、毛泽东时代（1949-1979）、邓小平时代及以后（1980年代至今）——"北京政治风波"与经济高速发展、香港文学史概说、台湾文学史概说、日本人对现代中国的解读——20世纪中国文学阅读史、

---

40 隐地：《文学史的憾事》，台北：《联合报》2015年3月21日。

41 邱长婷：《世界华文文学的百年思索——访马森谈其新著〈世界华文新文学史〉》，台北：《文讯》，2014年12月。

42 参看古远清：《名不副实的〈世界华文新文学史〉》，《南方文坛》，2015年第5期。

村上春树与华语圈——日本文学跨越国界之时。另有附录: 村上春树的汉语翻译——日本文化本土化与中国本土文化的变革、华语圈文学史年表。

文学史书写离不开文学与现代性的关系，华文作家以创作的言说方式记录和参与着现代民族国家共同体的建构，文学的虚构源于对现代性的多重面相的描述，而华语圈文学的差异性，也只能在比较中得以显现和保存。就此而论，藤井省三以"华语圈"命名的文学史，无疑为华文文学界带来了一种新的启示。

应该肯定，《华语圈文学史》是一部精炼的作品。现今的华文文学史包括区域华文文学史，有越写越长的情况，如马森的《世界华文新文学史》竟长达120万言，可藤井省三著的《华语圈文学史》，中译本只有 23 万字。[43] 言简意赅，是该书的重要特点。别看藤著文字不多，有许多问题还是讲清讲透了，如第四章写抗战期间沦陷区文学，只用张爱玲与梅娘这两位女作家做代表，可谓牵牛抓住了牛鼻子。用赵树理的《小二黑结婚》和贺敬之等创作的《白毛女》作为解放区文学的代表，也很典型。用"超级村庄"作为延安的代称，既新颖又到位。但藤井省三这种以点代面的写法，也有可议之处。如第七章《香港文学史概说》，藤井省三整整用了一节论述李碧华的作品，就很不恰当。且不说香港文学最大的名家金庸没有这个待遇，单说作为香港纯文学代表的刘以鬯，

---

43 贺昌胜译，南京大学出版社，2014 年。

藤井省三只用两行草草掠过，可谓厚此薄彼。还有香港文学大家徐訏、戴天，连提名的机会都没有，给人一叶障目之感。作者把通俗文学视为香港文学的重要特点，这原本没有错，但藤井省三却忽视了最具香港特色的专栏文学或曰框框杂文，也是香港文学一大亮点。这种处理方法，使人感到他对香港文学的现状和特点未能做到洞若观火。在大陆部分，以编选而不是以创作著称的从大陆到海外的第三代诗人老木，藤井省三用了将近一页叙述，而有经典作品的舒婷只用半行处理。比例如此严重失调，这似有损藤井省三是日本著名的中国文学专家之美誉。

《华语圈文学史》的另一特点是有独特的文学史观。虽然有些地方是引自他人的观点，但经过藤井省三的转述和处理，仍使人耳目一新。如他引用平田昌司观点，认为大陆上世纪六、七十年代全国在朗诵《毛主席语录》，在某种意义上这是一种"听的文学革命"，这很新鲜。作者在"前言"中开宗明义认为"20 世纪以来的华语圈文学史，堪称越境的历史。"用"越境"二字，很符合华语文学漂流的特征，这种背面蕴藏有对更大时空概括的理论，有利于扩大研究范围和由此带来的宽广视野。以台湾文学而论，如果论它不涉及大陆文学，就无法了解台湾文学如何填补了上世纪六、七十年代中国当代文学所谓"鲁迅走在金光大道上"[44]的空白。论台湾文学不谈香港文学，更说不过去，因为台港两地文学的互动远比与大陆文学的关系密切，但《华语圈文学史》也有挂一漏万之处，如谈大陆的伤痕文学，未能注意到开先河的是一位台湾女作家在香港发表的短篇小说《尹县长》[45]。藤井省三在书中居然遗漏了这位"越境"的重要代表人物陈若曦，这不能不说是一种缺失。

当然，"越境的文学"此说法并不是藤井省三的发明。远在 1998 年 5 月底，"日本台湾学会"在东京大学成立时，日本大学的山口作了《越境的文学与语言——中国文学、台湾文学、日本文学》的报告，认为台湾文学是一种既不同于日本文学，也不同于中国文学的所谓"越境的文学"："台湾文学之中日文作品位于日本文学周边，汉语作品位于中国文学周边，两者重叠于台湾，故台湾文学是'复合'的、'越境'的，因为它的内容是多样性的、丰富的；论其认同，则即令因日语而被灌输皇民意识，乡土台湾是俨然不变的，又因与

---

44 "鲁迅走在金光大道上"，意指上世纪六、七十年代，现代文学只能讲鲁迅一人；当代文学只能讲《金光大道》的作者浩然。

45 香港《明报月刊》，1975 年，第 2 期。

大陆中国的文化有着纽带相连，但在政治上台湾仍属异邦。"其实，台湾并不是什么"异邦"，它自古以来就是中国的领土。以作家而论，战争时期在祖国大陆，战后返回合湾的锺理和所描写合湾人生活的作品，当然不是日本文学，而属"在台湾的中国文学"。在日本出生、北京长大后又回故乡台湾的林海音，她写的作品尽管有着认同境界的片面性，但仍是合湾作家所创作的中国文学。当然，藤井省三在探讨越境文学时不同于山口的激进观点，他也没有为他"背书"，这值得肯定。

《华语圈文学史》是有故事的文学史。如 62 页所讲的阮玲玉及随之而来的自杀故事，还有 75 页写的女翻译家克拉拉的梦，113 页写"情色政治小说与艾滋村的故事"，很有可读性，这正可以弥补宏观研究的不足，不致将文学史的叙述弄得枯燥无味。现在文学史写的多是死人，著者们均把死人写得更死。本来，被评对象已去世多年，可文学史家将他写得古板也就是更死，这就难怪读者对这种文学史退避三舍，而《华语圈文学史》不存在这种情况。

藤井省三在这本书中还出土了一些新史料。研究史料的源流、价值和运用田野调查方法，是藤井省三研究华语文学的一种辅助手段。他注重吸取相关的考古学、版本学、档案学等学科的方法及其成果，通过搜集、考订、校勘和编纂，以辨明史料的真伪、谬误、源流、价值和形成时间。如他谈及大陆五六十年代"百花齐放与反右斗争"时，提及耿龙祥干预生活的小说《入党》，就是被很多文学史所遗漏的作品。此外，《记者大宅壮一眼中的文化大革命》，其资料也很鲜活。谈日据文学以佐藤春夫的《女诫扇绮谭》去说明台湾"日语文学"的源头，也有创意。作者还以第一个吃螃蟹人的勇气，把 80 年代末在北京发生的政治事件对大陆新时期文学的影响写进书中，这有冲破禁区的意义。

关于台湾文学研究，除中国大陆高度重视及其产生的成果之多外，另还值得注意的是日本学者从另一视角研究台湾文学的成果。在 20 世纪末以降，有松永正义和若林正丈为代表的左翼学者，强烈质疑和批判日本军国主义的殖民体制，对日军发动的侵华（包括侵台）战争持批判的态度。他们无不认为台湾是中国的有机组成部分，因而把台湾近代史视为中国史的一部分，并把台湾文学纳入五四的新文学框架中，而不像有些人对殖民压迫不是肯定而是赞美。相反，这些学者对台湾人民反抗殖民统治这一点大书特书，并把台湾文学与五四新文学紧密联系起来。20 世纪 90 年代以来，有部分日本评论家研究台湾文学时有意淡化政治立场，而让学术探讨取代往昔的意识形态批判。可他们并未能跳出意识形态的束缚，这充分表现在"华语圈"一书对所谓与中国无关的"台湾民族主义"作为研讨的时髦话题上。

由于鲁迅研究领域过于拥挤，藤井省三试图开辟另一学术新地台湾文学。虽然不属资深学者，但他从90年代开始努力，在不少地方还用安德森理论和"文明认同作用"的观点，打破旧的思维模式和延用新的研究方法。对有关台湾文学国际研讨会的召开，藤井省三也表现了极大的兴趣，行动上十分敏捷和努力，使其成为90年代日本的台湾文学研究新潮代表之一。他企图成为新潮代表当然不愿重蹈尾崎秀树传统研究方法的覆辙，他做学问的路数由此与尾崎秀树、松永正义的台湾文学研究呈逆方向发展。对自诩为"毛泽东的好孩子"的藤井省三这种学术立场，有人被其表面现象所迷惑，把他归类到松永正义等人参与的左翼阵营中。可自从出版了《台湾文学这一百年》后，有"战神"之称的陈映真发现藤井省三是深藏不露的右翼学者，为此写了一系列长文抨击他的文学史观[46]。

对藤井省三其人其文之所以会出现两种不同的评价，是因为藤井省三的论述带有暧昧性，且前后自相矛盾。如他在《华语圈文学史》中，一再认为日本是侵华战争的祸首，他也没有赶时髦把日本投降称为中性的"终战"。可该书论述到敏感的"皇民文学"及其"台湾民族主义"时，他的右翼观点便显露出来了。这时他与松永正义明显不同，而与中岛利郎等人倒是非常接近。

有人说，藤井省三是在为"皇民文学"减压，是为第二轮的"皇民文学"登场提供舆论准备。对为"皇民文学"鸣冤叫屈的张良泽也许可以这样说[47]，

---

46 2003年11月13日，台湾作家陈映真写成《警戒第二轮台湾"皇民文学"运动的图谋——读藤井省三〈百年来的台湾文学〉：批评的笔记（一）》一文，发表在台北《人间思想与创作丛刊》2003年冬季号。同年，藤井省三写了《回应陈映真对拙著〈台湾文学这一百年〉之诽谤中伤》。在7月号的日本《东方》杂志发表。又经台湾旅日文人黄英哲译成中文，在6月号的台湾《联合文学》和香港《作家》杂志同时发表。陈映真再次撰文《避重就轻的遁辞——对于藤井省三〈驳陈映真：以其对于拙著"台湾文学这一百年"的诽谤中伤为中心〉的驳论》，连载于2005年2-3月号的《香港文学》，从八个方面对藤井观点及相关叙述进行深入细致的解构和批判。大陆学者也参加了论争，见童伊（"统一"之谐音。曾庆瑞、赵遐秋伉俪的笔名）《藤井省三为"皇民文学"招魂意在鼓吹"文学台独"》，北京，《文艺报》，2004年12月16日。

47 张良泽：《台湾皇民文学作品拾遗》，台北，《联合报》1998年2月10日；高雄，《民众日报》，1998年5月10日；高雄·《台湾日报》，1998年6月7日。

但经过陈映真、曾健民[48]的批判后，藤井省三在《华语圈文学史》显然不像以往那样露骨地称赞"皇民文学"，他只是从效果上加以强调。不过，这样一来，其倾向性越来越隐蔽，也就越来越具有迷惑性和欺骗性了。

近30年来，无论是在中国还是在日本，都可以看到台湾历史研究和文学研究一派繁荣景象。由于台湾被荷兰、日本等国殖民多年，在台湾问题研究中有关国族认同问题和"皇民文学"一样不断被讨论，由此也引发争吵不休的论战。以殖民时期台湾的"国语"即"日语"问题而言，藤井省三很不情愿承认以北方话为基础的汉语标准语通行范围包括台湾、大陆在内的全中国领土。所不同的是两岸对此称呼不同，即这种标准语在大陆叫普通话，在台湾称"国语"。藤井省三不这样看，他在《台湾文学这一百年》这样曲解历史："将现代的国语制度带入台湾的，是1895年起，历时50年的宗主国的日本。"其实，日本人带来的非汉语"国语"只出现在官方和公共场合。在家庭和市井，人们并没有实行"国语"制度，所使用的仍是作为汉语的另一种"国语"。

从上面论述可以看到，藤井省三在《华语圈文学史》中对于以台湾"皇民文学"为核心的台湾意识、"台湾民族主义"阐释，与他自己早先出版的《台湾文学这一百年》中讲的把"台湾人同化成日本人"或"变成日本臣民"，是相似的。必须进一步指出，藤井省三对这一"同化"问题的描述和陈说，并不是批判性更不可能是客观的。他没有反抗战后日本对战争时代文学的遮蔽、否认和修正，更没有从反省历史的立场出发研究殖民地文学。

当然，藤井省三的研究与小林善纪的《台湾论》赤裸裸地强调日本人不是侵略而是帮台湾人民施政的说辞有所不同。藤井省三的问题出在生吞活剥哈伯马斯的"公共领域论"，和断章取义引用安德尔逊的论说。须知，主张淡化意识形态更容易走向历史批判的反面。如果不舍弃西方理论的偏颇，没有看到"文明同化作用"隐含的内核是殖民主义意识形态，对"文明与野蛮"二元对立的理论暴力照单全收，就容易像藤井省三那样滑向为"皇民文学"张目、与"台湾民族论"、"台湾民族文学论"同流合污的泥塘。《台湾文学这一百年》及其《华语圈文学史》所出现的研究歧路，值得所有华语文学研究者的警惕。

---

48 曾健民：《从皇民文学问题谈陈映真与藤井省三的论战——兼谈要警觉日本右翼的文化尖兵》，另有《台湾"皇民文学"的总清算》，台北，《人间思想与创作丛刊》，1998年冬季号。

第八节　《海外华文文学知识谱系的诗学考辩》

海外华文文学的理论探讨不多，专著更少，杨匡汉和庄伟杰合著的《海外华文文学知识谱系的诗学考辩》正好填补了这一空白。

杨匡汉长期研究文艺学、诗学，而庄伟杰是拥有创造活力的华文文学作家。他们共同撰写的《海外华文文学知识谱系的诗学考辩》[49]，是一部海外华文文学诗学建构的开山之作，同时也是检视海外华文文学创作实践与理论探索互动的学术精品。它既有学院派的严谨，又有作家智慧的灵动。

从某种意义上说，海外华文文学是一种带有跨文化经验的流散写作。这种写作与中国本土文学在文化形态上有何不同，其文学思维有哪几个空间？著者认为，海外华文书写的文学思维有汉语思维的空间、多重边缘的空间、灵性思维的空间、视野融合的空间。有关四度空间的论说，突出了海外华文文学创作多重边缘的特点，这是研究海外华文文学必要的认知前提和诗学依据。贯彻于书中许多章节的"中西之别"与"同异之辨"的言说，显示出著者"整合"的学术力度和气魄。

《海外华文文学知识谱系的诗学考辩》引人瞩目的亮点在于对海外华文文学基本观念的厘清，特别是对诸如华文文学／华人文学、留学生文学／新移

---

49 中国社会科学出版社，2012 年 7 月版。

民文学、多元文化主义／后殖民理论这类相近或相对的关键词的梳理辨析和系统阐述，以展示问题的生成语境和知识图景，从而上升至跨文化跨疆域的交流与对话。此外，在《海外华文文学的美学形态》、《海外华文文学的艺术方略》等章节中，著者将海外华文文学的命名所经历的从无到有、从出发到旅行以及自身处于动态式、关联性的知识结构之中的所有理论问题尽可能纳人自己的框架之内，由此写成具思辩色彩、整合力强的海外华文文学学科专著。

著者认为，"由于华文文学自身的复杂性和丰富性，面对其所具有的跨国文化及其多元并存的特征，面对着不同地区的华文文学创作，在不同的文化地理时空形成各自具有独特性格和色彩的不同版块，又以各自的生存境遇、人文生态、表现形态和价值取向等形成的世界性华文文学共同体，让人们感受到，文学作为一种文化现象，其潜在的力量是相当惊人的。"这种"潜在的力量"的发现，读来深沉厚重，给读者留下余韵。

以往的"世界华文文学"概念试图包括中国大陆、台湾、香港、澳门和海外华文文学，可陆台港澳文学是中国本土文学，而海外华文文学与中国文学虽有交叉之处，但毕竟有别于中国本土文学，因其源于异质文化语境，即"两者所处的文化背景、地理位置、作家自身身份等因素而形成差异性"。因而将海外华文文学的诗学建构严格控制在海外范围而非大陆境外领域，这就不会对海外华文文学造成某种程度的遮蔽或扭曲。杨匡汉、庄伟杰所打造的海外华文文学知识谱系，在于强调文化的潜移默化作用，认为中华文化在海外的传播与接受不是靠政治管制，当然更不是靠军事征服，而是靠中华文化文学本身的特殊魅力，靠海外新老移民作家的辛勤耕耘。为此，著者不仅适当分析了美籍华文作家严歌苓的《人寰》、吴玲瑶的《ABC学中文》、王鼎钧的《脚印》、荷兰林湄的《天望》、加拿大洛夫的长诗《漂木》和张翎的《交错的彼岸》等作品，而且以丰富的历史文献资料和大量的征引充实了该书的内容，使其"建构／解构／重构"的论述不致于蹈空和玄虚，这一方面突出了该书的学术价值，另方面也为后来研究者提供了学术的生长点和有用的数据。

杨匡汉、庄伟杰以华语作为维度来建构海外华文文学诗学，超越了从前政治史、思想史来划定文学版块的思维惯性，弥补了由国家论述和地域分布所造成的种种文学史鸿沟，并摆脱了各种主义和意识形态的宰控而回归文学，回归学术，这在第一章"海外华文文学的基本观念"、第三章"异同中互动的比较诗学"有充分的体现。其中"语种的华文文学与文化的华文文学之互训"，回答了《华文文学》杂志上的争论，由此足见此书总是力求言之成理，持之有故，论不空发，具有针对性和现实性。

《海外华文文学知识谱系的诗学考辩》不仅数据翔实，条理清晰，考辩精当，颇富文采意蕴，还闪亮出带有明晰的理论创新性和实践性，并在深人阐释的基础上保持清醒的反思，由内而生呈现出一种向纵深与广博展开的立体式研究。这得力于著者的长期治学积累及庄伟杰本人的创作实践，如是才使海外华文文学诗学理论建构的前沿研究成果走向作家，走向文学大众。

此外，提出"文化的华文文学"的彭志恒，专注于华文文学理论研究，著有《中华文化与海外华文文学》，从文化概念、文化种类、文化运动等视角诠释海外华文文学。另一本《海外中国：华文文学和新儒学》，从新儒学角度入手，也有新意。

第九节　《世界华文文学概论》

古远清在七十岁时出版了《当代台港文学概论》，八十岁时又完成姐妹篇《世界华文文学概论》。戴瑶琴认为"概论"以世界华文文学发展史为线索，在学界定论与个人观点的对话式语境中，对 20 世纪至今的世界华文文学，从概念厘定、学科发展、时代意义、作家作品等维度完成对文学思潮、文学社团和文学人物的探讨。该书立足于"概论"，目的为世华文学研究提供一些新思路和新材料，而非某一向度学术论题的精耕。

不同于其他世华文学史的撰写方式，《世界华文文学概论》的体例特色是"个人写史"。作者在现象／文本的确立及分析上，融入了自我的学术思考。因此，他跳脱时间建构和空间建构的传统写史方法，以问题引领，环绕"概念"和"学科"，将世界华文文学发展进程中的基础论题与核心论题作为写作重点。第一章——第四章集聚了各种文学论争。如第一章解析"世界华文文学学科的研究对象"，华人文学、华文文学、华裔文学三个领域的研究对象一度缠绕在一起，因此文中推出两个基本辨析。一是"华人文学到底应不应该成为世界华文文学的研究范畴？"作者见解是"华人文学作品不管有无中译本，都应作为世界华文文学的一种研究对象。这不仅可以拓展世界华文文学研究的版图，而且可以起到对照和互为补充的作用。"二是"中国大陆文学是不是世界华文文学的研究对象？"，作者认为"把中国大陆文学纳入世界华文文学的研究对象，并不是说世界华文文学要拿出巨大的篇幅来描绘中国大陆文学地图，而只是在参照意义上，把它作为与台港澳暨海外华文文学比较的对象。"在明晰这两个问题之后，他继而展开进阶式思考，如此理解华文文学的"华"："华文文学本是个多元文化、多重视角的多面体，有互不雷同的层面和维度。确认这种立体状态，把华人文学和中国大陆文学涵盖进去，才能认识世界华文文学学科的包容性、丰富性和复杂性。"

《世界华文文学概论》提出并解析世界华文文学独特的话语体系，它将其划分为四种，每个方向的阐释都是先呈现学界论点，再提供个人论述。第一是"中国文学·华文文学·华人文学"体系，最引人瞩目的是"华人在种族上系泛指炎黄子孙后代，文化上则是指享有相同的思想文化资源及其历史记忆、文化风俗的族群，创作者的国籍及族别是界定它的标准。华文文学是华人文学的一个分支。"这一观点率先为华人文学和华文文学建构出总分关系。第二是"作为'他者'的海外华文文学"，核心为"海外华文文学的命名是从中国视角或曰中国本位出发的"，但是"海外华文文学不能简单地看作中国文学的留洋和外放，而应视为住在国也就是外国文学的一部分。"进而文本被细分成"具有历史文化价值的文本"和"具有文化意义的文本"，现今海外华文小说中数量较多的以移民为主题的"海外中国故事"应归属"文化文本"范畴。作者明确指出海外华文文学兼具"历史文献价值、文化价值和审美价值"的作品数量不多。第三是"离散与新移民文学"体系。"离散"包括"个体离散"和"族群离散"，而移民文学立足于创作主体的判断，可分为"旧移民文学"和"新移民文学"。前者是 20 世纪 50 年代"台湾怀乡文学的延伸和深化"，后者是"20 世纪 70 年代末，改革开放后的'新游牧时代'的生活故事"。作者认为新移民文学的"新"，首先指向时间维度的不确定性，目前可以达成共识的论断是其上限已有定论，但下限不能固定，新移民文学依然处于开放式和进行时之中。海外华文文学与中国当代文学的关系，屡次成为焦点性学术论争，该书从熟悉和陌生的消长，突显新移民文学的个性，并且不能将其作为中国当代文学的组成部分，同时又表明新移民文学的写作任务，即"如何向世界叙述中国故事"。第四是"华语语系文学"体系。该书分析了美国学者史书美与王德威的"华语语系"论，作者秉持学术争鸣的研究立场，实质上分别论证了"华语语系"和"华语语系文学"，一方面肯定"华语语系文学"研究的合理性，即"不能把中心绝对化，以免忽略了离散华人的本土经验，弱化了他们的主体意识"；一方面辨析"华语语系"概念中包裹着由"反中心"意识孵化的分离主义思潮。

《世界华文文学概论》提练出世界华文文学学科四种品格：国际性、移动性、本土性和边缘性。从世华文学学术史考察，这四类仍然是通识性的学科认定，文中清晰界定"本土性"，即"本土特质、本土视角、本土精神或本土意识"。需要引起重视的是作者对"移动性"的阐释，首先，"不能单纯局限在从中国移动出去的作家身上，还应注意从国外移民进中国作家的原因"，旅台马华作家是典型个案。其次，"移动性"的外延被扩宽，不仅是作家的移动性，而且是学科本身的移动性，正由于作家的移动制造学科研究内涵的动态化。而其中包含的更深层研究逻辑显现在学科的"移动"与学科的"争议"之间存在直接因果关系。文中提炼的三组关系辨析值得后续深入探讨："汉语的"还是"华语的"？"语种的"还是"语系的"？"海内的"还是"海外的"？

"海外华文文学对新中国文学的贡献"是本书的一大亮点，它从比较视域做出华文文学在当下的价值判断，这部分内容被归纳为"先行者"、"松动者"、"参与者"、"丰富者"四种作家类型，采用论题研究，而不是将重心放置于某些作家对新中国文学的个体参与。如果将"先行者"研究比如聂华苓的贡献转化为史实专题，那么文学事件则能更为切实地论证着"国际写作计划"对新中国文学的贡献。

第五章至第十一章沿用了传统式总体——局部架构，先综述世华文学各大板块的发展史，再依次从体裁角度——小说、诗歌、散文、批评，实施述评。在具体章节中，该书表现出类比逻辑，读者既可以了解经典作家的创作思想与艺术品格，又可以把握不同写作者恪守的题材共性与艺术个性。板块中的"东北亚华文文学"有研究的必要性，作者将"融入"和"包容"视为东北亚华文文学的时代主题，指明其对文化、族群和性别三个向度的偏倚。蒙古国、日本、韩国、朝鲜的华文文学长期较少人关注。事实上，日韩华文文学与中国文学存有密切的互动、互补、互证。

《世界华文文学概论》体裁研究的落脚点是作家作品，其中小说研究是重点。批评研究也是本书的一大特色。戴瑶琴认为：《世界华文文学概论》实现了对学科沿革较为全面的剖析、学术概念较为完整的提炼，在社团、作家和论争维度，提供世界华文文学研究史料；在作家作品的分类及经典化认定贯彻"个人文学史"的写作初衷。世华文学的"21世纪"文学成就，该书提供的材料还待充实，对"未来"群体也涉猎不够。应该说，"70后""80后""90后"还未纳入本书的批评视野，而"新生代"作家恰恰为作者在余论部分抛出的问题提供了扎实论据："突围"而出的华文文学学科，不会"死亡"，反而会"一步步走向强盛"[50]。

诚如沈庆利所示："古远清先生的新著《世界华文文学概论》一书，体现了他一以贯之的思维敏锐、举重若轻的学术功力。该书观点新锐、文笔轻盈，系统阐述了一种开放、包容的华文文学观。该华文文学观与杜维明等海外华人学者全球性、世界性的'文化中国'情怀一脉相承。特别值得一提的还有古远清对'境外华文文学'概念的认同，这一概念既不像'台港澳暨海外华文文学'过于冗长，又避免了'世界华文文学'的'名不副实'。'境外华文文学'是一扇中国大陆与香港、澳门、台湾暨海外社会进行文学、文化交流的窗口，也可作为与中国大陆文学与文化发展相对应的重要参照系。"[51]

第十节　《世界华文文学新学科论文选》

《世界华文文学新学科论文选》吸引读者的是曾敏之、王鼎钧、刘登翰、饶芃子、陈思和、王德威的名字和《华文文学的大同世界》一类的标题。这是因为这些作者及其文章承载着世界华文文学学科厚重的历史。

作为海内外第一本以世界华文文学学科宏观论述为主题的《世界华文文学新学科论文选》，无疑是世界华文文学学科学者的精神家园。古远清利用他丰富的藏书和人脉甚广这些得天独厚的条件，让该书和众多学者携手，跟随学科的前进步伐，共同见证了这门学科的兴起和发展。

作为有争议的世界华文文学学科，它真的能从中国现当代文学中剥离出来，成为一门独立学科吗？回答当然是肯定的。入选中的许翼心和陈实合写的文章认为："世界华文文学研究，在我国已有十多年历史。在这十多年中，参与世界华文文学研究的各种团体、机构和人员在极其困难的条件下，进行了艰苦的努力，逐渐将世界华文文学由一种课题性的研究发展为一门独立的文学新学科。随着当代人文科学各学科的相互渗透，这一学科的研究范围正在不新

---

50 本节内容来自戴瑶琴：《基于概念厘定与实例解析的个人文学史——评〈世界华文文学概论〉》，《文艺报》，2022年1月7日。

51 沈庆利：《"海纳百川"之后，应如何？——刍议古远清先生的华文文学观及其新著〈世界华文文学概论〉》，《华文文学》2022年第3期。

拓宽，从早期比较单一的作家作品研究，向着文学史、文化史、民族史、国际关系史等方向纵深发展，使这一学科结束了'兴趣研究'和'秩序分散'的状态，初步建立起比较规范的研究体系。重视这一学科的建设，对于中国文学的发展，对于中国文学与世界文学的交流，以及中国海外文化战略的制定，都有着积极的现实意义。"[52]这里讲的"十多年"，现在是四十多年了。这四十多年，顺着新学科发展的大趋势，华文文学研究出现了一系列沉甸甸的研究成果。仅论文而论，有新加坡王润华的《从新加坡华文文学到世界华文文学的大同世界》、《越界与跨国——世界华文文学的诠释模式》、《从"双重传统"、"多元文学中心"看世界华文文学》，另有韩国朴宰雨的《韩国现代华文文学的发展脉络与近年动向》，还有美国陈瑞琳的《世界华文文学的新格局》。专著则有前述的杨匡汉和庄伟杰的《海外华文文学知识谱系诗学考辩》等。

《世界华文文学新学科论文选》所选的文章理论性强，如世界华文文学是一门什么性质的学科？张福贵的《"世界华文文学"学科性的三个概念》认为，世界华文文学是一个"大文化"概念，世界华文文学是一个"潜政治"概念，世界华文文学是一个"真学术"概念。这篇文章写得高屋建瓴，对读者很有启发。这也是"论文选"几乎不收作家作品评论的原因。

---

52 许翼心、陈实：《作为一门新学科的世界华文文学》，载《世界华文文学论坛》1996年第2期。

　　《世界华文文学新学科论文选》的理论性，还表现在该书论述了世界华文文学区域文学研究有哪些关键词。庄伟杰认为有华文文学／华人文学；留学生文学／新移民文学；第三文化空间／边缘性空间；流散／离散；自主性写作／唐人街情结；游牧或旅行；记忆或怀旧；故乡或根性。刘登翰则论述了世华文学／美华文学；移民和移民者文学的关系，还阐述了唐人街写作和知识分子写作诸种问题，最后以双重经验和跨域书写、文化主题和文化互动作结。刘登翰是一位理论性、思辨性很强的学者，他这篇论文为许多学者所引用。同样，收入书中他的另一篇论文《华文文学理论建设的几个问题》，对强化世界华文文学学科建设的理论基础，亦作了独到的阐述。

　　关于华语语系文学，是"论文选"讨论的另一个重点。什么是华语语系研究？史书美为该书提供了长篇论文。此论文虽然在大陆的刊物发表过，但这次收入"论文选"时，由作者作了修订和补充。"论文选"《凡例》云："本书实行文责自负，其观点不代表编者。"事实上，编著者的文章和刘俊、胡德才还有香港黄维樑的文章，都表示了对"华语语系文学"的不同看法。大陆很多人批评过"华语语系文学"的概念，但很少有人完整地读过这位作者的原始论述。这次"论文选"的出版，正好提供了一个参照系。

　　此书入选的文章大部分都经过作者授权。其中美国的王德威还专门挑选了他最满意的长文《华夷之变——华语语系研究的新视界》，这体现了该书的编著者广纳百家之言的立场，难怪所选的论文都有相当的代表性和权威性。

　　作为一门学科的建立，除了理论探讨外，还少不了争论。《世界华文文学新学科论文选》便选了一些有争议的文章，如陈贤茂《也谈〈世界华文文学史〉主编的两个基本观点——答何与怀先生》以及陈思和《旅外华语文学之我见——兼答徐学清的商榷》。在商榷中，这些作者阐明了自己的观点和立场，这对世界华文文学学科建设，有积极的意义。

　　当今一些论文写得学究味太重，使人难以卒读。为了弥补这个缺陷，"论文选"还选了一些学术性的短文和随笔，如张奥列的《海外华文文学该姓啥？》。文章虽短，但其学术含金量胜过某些长篇大论。

　　《世界华文文学新学科论文选》共选了41位学者的53篇论文，涉及美国、日本、韩国、加拿大、新加坡和中国台港澳地区，从而将世界华文文学学科的发展纳入时间的恒久律动。出版这本书，一方面是为了文献的保存与流传，另一方面也是对世界华文文学学科的论述作一次大检阅，以为华文文学学科的建立做理论支撑，这不妨看作是一种典律建构的行为。

编选者能将众多成果汇集在一起已十分不易，但毕竟不可能求全。限于篇幅，编著者原来将上、下册改成一册，压缩了许多文章，这就难免有挂一漏万之处。编著者本有自己的取舍标准，他尽可能选择有价值、影响大的论文，这体现了编著者的学术眼光。在世界华文文学研究史料难求的情况下，这本书成为透视世界华文文学学科"经典化"的一个窗口。

世界华文文学资料散佚严重，钩稽确实不易，编著者能从海内外的众多论文中汇成一股集华文文学知识、华文文学史观、华文文学争议为一炉的资料大全，是一种有学术意义的发现与创造。这是研究世界华文文学必读的重要参考书，亦有利于世界华文文学学科在全球化浪潮下，建构具有国际性、整体性的世界华文文学世界。

正如黎湘萍所说：编选者"以一人之力，编选这样一部论文集，为学科留下有益的史料，令人钦佩。"[53]江少川也说："这部论文选厚重、大气，成为学科建设的系统检验。"[54]总之，这是有学术价值和值得收藏的一部关于华文文学作为新学科研究的论文精选集，是研究华文文学必备的参考书。

---

53 见黎湘萍 2022 年 7 月 2 日给古远清信。
54 见江少川 2022 年 7 月 5 日给古远清信。

第八章　世界华文文学创作大家

第一节　林语堂和於梨华

　　在中国大陆出版的某些海外华文文学史中，林语堂的创作情况语焉不详，因为他是用英语写作，不属华文文学。其实，林语堂的重要作品在中国大陆被改编成电视剧，也有中译本。而於梨华用中文写作，则是典型的华文文学。

　　林语堂（1895-1976 年），福建龙溪人。早年留学美国、德国，曾任联合国教科文组织美术与文学主任、国际笔会副会长等职。1966 年定居台湾，1967 年受聘为香港中文大学研究教授。林语堂作品包括小说《京华烟云》、《啼笑皆非》，散文和杂文集《人生的盛宴》、《生活的艺术》以及译著《东坡诗文选》、《浮生六记》等。

　　"两脚踏东西文化，一心评宇宙文章。"这是林语堂入世的文学观。为了对得起时代，为了在异国他乡传播中华文明，他一直想将《红楼梦》翻译成英文，可后来感到此书离现实很远，尤其是在抗日战争爆发后从事这项计划，未免远水解不了近渴。因此，他决定将翻译《红楼梦》的计划束之高阁，改为自己写一部类似《红楼梦》的作品，也就是以中国传统家庭做主干展开的小说《京华烟云》。此书分三卷，第一卷是《道家的女儿》，写 1900-1909 年发生的人和事，这"事"最重要的是八国联军逼进京城，有万贯家财的姚思安连忙南下避难，仓皇中与十岁的女儿失联。当动乱画上休止符而回归大平后，姚思安终于和收养女儿的曾大人结为好友。后女儿长大，成为曾家媳妇。第二卷是《庭园悲剧》，时间为 1909-1918 年。作品着重写姚、曾两家由和平共处走向交恶，其中失宠的木兰被认为是狂妄之徒。第三卷是《秋之歌声》，时间为

1919-1938 年。作品写姚家和曾家，都逃不脱由繁盛走向没落的命运，家庭矛盾也由此升级。其中写到"三一八惨案"，再写到抗日战争。这时爱国的木兰支持儿子赴前线杀鬼子，还救援和家人失散的孤儿。

这种跨越四十年历史的家族书写，其动人之处在于由于战乱和家变所带来的生老病死，离愁别绪，爱恨情仇，个性善恶所引发的惆怅感。原本子孙满堂的大家庭，由于战火烽起，让善良的守寡了半辈子姓孙的女人，竟遭受到日寇强暴而成冰冷的裸尸；历经辗转逃难的姚木兰，经历了白发人送黑发人的丧女之痛。这是让人哀叹的悲剧，难怪作者一边写，一边情不自禁地落泪。

《京华烟云》这部小说尽管有政治和战争的内容，但作品毕竟是通过"家务事，儿女情"去表现，这与《红楼梦》相似，不同之处是此书通过日常生活写出了人生哲学，重点是宣扬道家的主张。在第一卷开头，作者就引用庄子《大宗师》的言论，第二卷开头引用庄子的《齐物论》，最后一卷的开篇再次引用庄子《知北游》的论述。在这里作者不是写哲学讲义，而是把道家思想贯穿在花园风景、衣食住行及人与人关系之中。其中财富雄厚的姚思安，便是道家文化的化身。《京华烟云》在中国文学史上的意义，正如王兆胜所说："如果从整个中国小说的发展历史来看，《京华烟云》的价值也不可低估。比如《三国演义》、《水浒传》和《野叟曝言》等更多具有儒家文化的内涵；而《西游记》和《红楼梦》更多包涵了佛学文化的精神，而比较优秀的道家小说却比较少见。从这方面来看，林语堂的《京华烟云》正好弥补或丰富了这一领域。可以说，林语堂以道家的情怀指导小说创作，从而为中国文学尤其是中国现代小说增添了光彩。"[1]

作为《京华烟云》姐妹篇的长篇小说有《风声鹤唳》、《朱门》。堪称小说"三部曲"的头一部的《京华烟云》，艺术性比较高，后两部可谓是"每况愈下"，可林语堂不甘心失败，又创作了表现爱情婚姻家庭的长篇小说《红牡丹》。这不是幻想小说，而被文学史家称之为香艳小说，因为其中夹杂着许多露骨的性爱描写。林语堂认为，写床上功夫不见得就黄色、就丑陋。必要的两性关系描写，应视为人性的展现。此外，应反对男尊女卑的观点，在性爱面前人人平等，正如主人公红牡丹所说，"性"与"爱"是紧密连在一起的，因为爱不可能是抽象的，而是与肉体分不开的："不需要肉体激情能有爱吗？……你们男人有一个错误的想法。你们认为女人只给你们快乐，不知道我们女人和你们享受的快乐是一样大的。"正因为作品对类似水性杨花的女人大加表彰，

1　王兆胜：《闲话林语堂》，北京：中国国际广播出版社，2002 年版，第 392 页。

再加上床上的情色动作，因而这部小说常常引发争议。

　　作为幽默大师的林语堂，童心未泯，言谈诙谐，文字风趣。他对中国幽默文学的发展，起到了先锋作用。他富有创造性地把英文的 Humour 音译为中文的幽默，从而使"幽默"一词在中国迅捷地流传起来。在林语堂看来，幽默像是生活中不可缺少的调味品。这位"幽默大帅"在《八十自叙》中说："并不是因为我是第一流的幽默家，而是在我们这个假道学充斥而幽默则极为缺乏的国度里，我是第一个招呼大家注意幽默的重要的人罢了。"[2]

　　向西方世界宣扬包括幽默在内的光辉灿烂的中华文化，是林语堂毕生的追求。他把许多中国名著翻译介绍到西方世界。他晚年仍念念不忘从事中西文化交流的工作，于 1972 年由香港中文大学出版了《当代汉英辞典》。这是他写作生涯所攀上的又一高峰。

　　於梨华（1929-2020 年），生于上海。1949 年赴台湾，1953 年毕业于台湾大学外文系，后进入美国加州大学新闻系，1965 年起在纽约州立大学奥尔巴尼分校讲授中国文学课程。她的作品有长篇小说《梦回青河》，中篇小说《也是秋天》、《三人行》，短篇小说集《归》等，以及《於梨华作品集》14 卷。

　　在 20 世纪五六十年代，台湾出现了一股留学热潮，前往的地方是西方，主要是美国。这些人移民的动机或由于父母的"压迫"，或出于深造的欲望，或为了改变自己的命运，或出于对西式生活的向往，他们不惜离乡背井，到一个完全陌生的地方学习或工作。这种像蒲公英到处撒播的人生经历，催生出一种特殊的文学品种"留学生文学"。

　　尽管移民的作家出发点有异，遭遇也不甚相同，在建立家庭问题上所受的"甜蜜的痛苦"亦不一样，但其作品无不呈现出一种强烈的离散情绪或曰漂泊感。对他们来说，原先所抱的淘金的理想或过高人一等的生活的欲望，并不尽如人意，内中充满了辛酸和曲折。在心灵中，他们弥漫的不是满足和幸福而是孤独与迷惘。这种无根的漂泊，正和 20 世纪以来西方的存在主义思潮相印证。而方哲学所揭示的是现代人被社会所抛弃，人的存在不是天然合理而是荒诞不经，幸存的这种现代人不再有传统意义上的家庭，他们的存在本身不再是固定于一地而是一个到处流浪的过程。对那些留学生来说，不停地移居，不停地寻找生活和工作的不同途径，是一种新的存在方式。寻觅家乡，希望回到有井水的地方，这差不多成了泡影。难怪描写留学生的小说中，"离散"是一种

　　2　林语堂：《八十自叙》，宝文堂书店，1991 年。

生活形态，也是一种人生体验。於梨华就是这方面的代表。她写留洋者的生存困境，异族交往，故园回望，都表现了一种对他乡若即若离的心态，《又见棕榈，又见棕榈》就是这方面的代表作。白先勇曾说，直到这部小说的出版，"於氏才真正成了'没有根的一代'的代言人。这说法正是该小说中新创的，一语道破了年轻一代的处境。"[3]

"十年的留学生涯，从一个把梦捧在头上的少女，变成一个把梦拿在手上的少妇，最后变成一个把梦踩在脚下的妇女。"夏志清对此评论道，"这一则不太温馨而充满象征时代苦闷的恋爱故事，是於梨华已臻新阶段的明证。"已臻新阶段的典型表现在《又见棕榈，又见棕榈》牟天磊形象的成功刻画。这位台大外文系出身的年轻人，离家弃友所带来的是失去家园的苦恼和寻根的艰难曲折。这部小说也掺杂了许多爱情描写，比较成功的女性有眉立、佳利、意珊三位，她们串联起牟天磊的生活轨迹。彬彬有礼的牟天磊，对人热情，有一股冲劲，希望自己像棕榈树的"主干一样，挺直无畏，出人头地"。可他的理想并没有实现，十年后为婚姻大事回到老家台湾，无法做到衣锦还乡，在别人面前抬不起头来。尽管他戴了博士帽，仿佛是成功人士，可别人仍瞧不起他。他自己也明白：要融入西方社会不容易，为这顶博士帽毕竟付出了沉重的失去亲友的代价。后来回到宝岛，他本想恶补中华文化，可因为台湾文化的变质变味而退却。在美国，他是个过客；回到台湾，他还是没有成为主人。这种"漩涡上陌生人"的强烈彷徨无依的感受，有如在沙漠中行走："我是一个岛，岛上都是沙，每个沙都是寂寞。"在异乡没有幸福感，在台湾也找不到认祖归宗的"根"，而神州大地对他又是这么遥远。这位精神孤儿身上所体现的苦涩以及苍老的心灵，很有代表性。不过，这不是他个人命运欠佳，出现"无根的一代"毕竟是时代使然。

成为当代留学生文学之滥觞的《又见棕榈，又见棕榈》，之所以不同于传统小说，在于运用了打破按时序次第展开的西方意识流手法。这种将现实和回忆连在一起的新表现方法，有助于多层次披露海外游子的复杂内心世界。作品中写主人公返回台湾探亲的时间并不长，但通过他的回忆和想象，把牟天磊大半辈子漂泊的过程，如数家珍地展现出来。作品的另一特色是运用象征手法，那棵挺拔的棕榈，像一面镜子折射出漂泊者焦虑不安的内心世界，同时强化了作品中的人物从失根到寻根的精神变化。这从小说中当局安排回国参观战地

3 白先勇：《流浪的中国人——台湾小说的放逐主题》，载《白先勇自选集》，广州：花城出版社，1996年版，第410页。

金门的情节可窥见。牟天磊若有所思地从金门眺望对面的厦门，想到大陆与台湾共同的蔚蓝色天空，共同卷起千堆雪的海水，这时仿佛"祖国变成一个没有实质而仅有回忆的梦境"。连做梦都想到一海之隔的故土，这是多么令人动容的怀乡情结。

於梨华作品的深刻之处，在于时空上不局限于中国台湾和美国，在题材上也不囿于写留美学人的遭遇，而是由此及彼、由表及里，进一步写到文化差异和文化认同，并延伸到民族主义和祖国意识，使其题旨不再是台湾 50 年代出现过的怀乡文学的延伸，而是成为以张扬现代手法著称的海外华文文学的一个重要组成部分。

第二节　熊式一和程抱一

本节写的两个"一"：一是英国华文文坛重镇，二是法国华文文坛翘楚。

熊式一（1902-1991），原名熊适逸，江西南昌人。1932 年留学英国，他高度评价英国作家巴雷（James Matthew barrie）为"近百年最令人钦仰的剧作家"。此前他翻译过巴雷的剧作《可敬的克莱登》、《半个钟头》、《七位女客》，被徐志摩称为"中国研究英国戏剧的第一人。"此后他翻译了百余万字的《巴雷戏剧全集》，同时将《西厢记》译成英文并在伦敦演出。

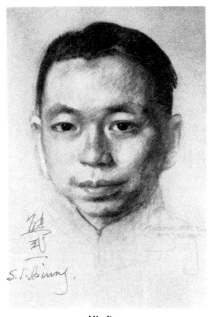

熊式一

作为艺术家的熊式一，1934 年改编中国传统戏曲《王宝钏》，用英文写成四幕剧本《王宝川》，由伦敦麦勋书局出版，随后在国立剧院上演，获得轰动效应。作为小说家，他又于 1943 年用英文写作长篇小说《天桥》。1954 年，熊式一赴新加坡任南洋大学文学院院长。一年后，他离开南洋大学到香港创办清华书院。在港期间，于 1956 年他用中文再改写《王宝川》，还在香港演出了粤语舞台同名剧。这位用双语写作的多面手，用中文重写了《天桥》并连载于《星岛晚报》，陈寅恪读后赠诗曰："海外林熊各擅场，卢前王后费评量。北都旧俗非吾识，爱听天桥话故乡。"《王宝川》在英国连演三年达 900 多场，后被译成数十种语言，还进入一些国家的中小学教材。熊式一在这里将"(Armlet)""钏"改为"川"，认为"'川'字已比'钏'字雅多了 Stream 既是单音字，而且可以入诗"。[4]《王宝川》的成功之处在于将一出中国传统通俗剧改写成了雅俗共赏的现代舞台剧。

《王宝川》讲述当朝宰相王允的三女儿王宝川违背父亲的意愿，不讲究财富，嫁给王府下层人士薛平贵。薛平贵从军出征西凉，十八年杳无音讯，传说他已战死疆场。王宝川甘于贫穷，不愿发横财，始终不改"穷则独善其身"的志向。薛平贵当年征战途中遭王允的二女婿魏虎的暗算，西凉公主挽救了他的生命，西各部落还被其平定，以致成为西凉国王。他得到王宝川写的血书，归家心切，辞掉了与西凉公主的婚事，终与王宝川团聚在一起。熊式一就这样大幅度改写了民间流传甚广的王宝钏与薛平贵的故事，增写了赏雪作诗一幕，为王宝川与薛平贵的相识打下了基础，由此王宝川彩楼抛绣球托终身也更合乎情理；剧本也不再是原先设计的一夫二妻的结局，而让薛平贵与西凉公主以兄妹相处，"不仅淘洗了传统戏曲中的糟粕，也让王宝川与薛平贵的情义更纯真。这些都让外国观众在生动的舞台情节中感受到中华传统文化的魅力。"[5]

为了让外国观众领会中国传统戏曲艺术，《王宝川》每场戏开头的舞台提示，叙述角度和语气都是包括作者和观众在内的"我们"。舞台布景充满了传统戏曲的虚拟性，舞台提示留有余地，以让观众去想象。剧中人物的台词，不常有中西合璧的幽默，即使西方人读后也感到其中的生活气息。

在 1930 年代，为向西方世界传播中华文化做出了重要贡献的熊式一，还创作了《大学教授》、《财神》、《孟母三迁》等剧本，而他翻译的《西厢记》，

---

4 分别发表于 1929 年 20 卷 3 至 6 期和 1930 年 21 卷 10 期的名刊《小说月报》。
5 引自黄万华：《百年海外华文文学研究》，百花洲文艺出版社，2022 年。

在西方也影响巨大。萧伯纳曾称赞《西厢记》是"和英国古代最佳舞台诗剧并驾齐驱，而且只有中国 13 世纪才能产生"的剧作。《西厢记》后来成为英美各大学中文系与亚洲研究所的教材。在《王宝川》中文本出版后，熊式一又将他所译《西厢记》英文本改编为粤语戏剧，在香港出版和演出。熊式一和林语堂被西方文化界誉为最杰出的两位双语作家即"东林西熊"。"东林"指描写《京华烟云》的作者林语堂，他在美国享有盛誉。同样诞生于第二次世界大战期间的长篇小说《天桥》，是熊式一继《王宝川》后又一次轰动全英的作品，1943 年在伦敦出版当月即抢购一空，曾重印十多次，并有了法文、德文、西文、瑞典文、捷克文、荷兰文各种译本。"东林西熊"的说法即产生于此书出版后。1960 年，熊式一将《天桥》改写为中文，同年先刊载于香港，随即以单行本出版，成为华文文学界影响巨大的作品。为 1943 年初版《天桥》作"代序"的是英国桂冠诗人梅斯菲尔德（John Masefield），题为《读〈天桥〉有感》。这位英国诗人对《天桥》的剖析，让人看到欧洲人如何通过这部作品认识中国。在梅斯菲尔德读《天桥》而引发的想象中，主人公李大同从一个在"明月"下，"只想在绿草庭院内／种植李树或白玫瑰"，《天桥》描绘的正是这样一幅"完整的、动人心弦的、呼之欲出的图画"，使其享誉西方艺坛。于西方而言，"《天桥》是一本比任何关于目前中国趋势的论著式报告更启发人的小说。"[6] 小说讲述主人公李大同 32 年的人生经历，他出身于打鱼人家，刚来到人间就因为无双亲抚养而被当地财主李明收养，童年遭到白眼、苦不堪言，成年后政治热情高涨，参与晚清维新到民国成立的社会变革，与国家一起获得新生。真实的历史人物、事件和虚构的小说情节，在作者擅长的戏剧冲突结构中，生动地呈现了近代以来沐浴在中外风雨中的古老国度的巨大变化。而小说的喜剧色彩、讽刺手法、幽默笔调，在反省历史中写活了李大同周围的人物，也凸现了李大同在人生抉择中的成长过程。全书共 17 章，每章皆以中国成语、谚语、诗语等为题，以中国传统的智慧、信仰、伦理等概括故事情节、展示人物命运，表现出极为自觉的"让西方了解中国"的创作动机。[7]

1935 年，被《纽约时报》誉为"中国的莎士比亚"的熊式一，1980 年代后期熊式一从香港到美国、英国，另穿梭于香港、台湾两地，最后叶落归根在

6　此为 1940 年代英国大文豪赫伯特·乔治·威尔斯在其所著《近年回忆录》中的评价，转引自熊式一：《天桥·香港版序》，外语教学与研究出版社 2012 年版，序言第 11 页。

7　熊式一在 1960 年香港高原出版社出版《天桥》的序中清楚表明了这一创作动机。

北京病逝。

程抱一（1929-），原名程纪贤，祖籍江西南昌，生于山东济南，曾在南京金陵大学外文系学习。1948 年远涉重洋到法国深造，获得巴黎第九大学博士学位，后在巴黎第七大学东方语言文化系从事教学工作。1973 年加入法国籍。在程抱一旅居异国他乡的最初十年中，一直是白手起家闯荡世界。他虽然有中国大学文凭，但在法国不认可，无法靠学历找到工作。那时中华文化在法国没有市场，如果想以自己熟谙的中华文化做"稻粱谋"，不会有任何有效果。正是在这种恶劣的气围中，程抱一一手抱西方文化，一手抱东方文明，他努力地寻找中西文化的交汇，尤其探寻中国传统诗歌、艺术和绘画的精神，在此基础上开展文学创作。他隐居于世，静心研究东西方文化的互补，取得了为世人瞩目的成就。

程抱一写作从 1940 年代开始，1970 年则成功登上法国文坛。1975 年以前，用母语写作，出版有谈里尔克的散文集，他这方面的成果引起当地文坛重视。他后来改弦易辙用居住国即法国语写作。由于有华文市场的渴求，他的作品后来大部分译成中文，其著述多达 30 余种，诗集有《树与石》、《冲虚之书》、《万有之东》。他的耕耘范围广泛，小说则有长篇《天一言》、《此情可待》和中篇《游魂归来时》等 10 多种。艺术论著有《中国诗语言研究》、《美的五次沉思》等 10 余种。2001 年，程抱一荣获"法兰西学院文学大奖"和法国总统颁布的荣誉骑士勋章，2002 年当选为法兰西学院自成立以来唯一的亚裔院士。

不是"大隐于市"而是"大隐于西"的程抱一，"不断地在其本源文化积淀中最精华部分和'他者'提供给他的最精彩的部分之间去建立更多的交流。"[8]这里既抓住了"本源"，又吸收了"他者"的精华，真正达到了双赢。

还在东方文化与西方文化对峙的年代，程抱一于 1961-1964 年完成了另一本《与友人谈里尔克》专书。在六十年代，中国正在"破四旧"，程抱一居住国也在闹社会革命，可贵的是他不受这种思潮的影响研究里尔克，所坚持的是包括人类根本性关怀这种国际视野。里尔克的作品在探求人类现实的苦难，并将这种苦难注入到人类生命层面，有着深刻的哲理意义。程抱一不愧为里尔克的知音，充分理解他穿越死亡、追寻真理的人生真谛。这有如诗人冯至从里尔

---

8 贝尔托：《当程抱一与西洋画相遇——重逢和发现（达·芬奇，塞尚，伦勃朗）》，陈良明译，见褚孝泉主编：《程抱一研究论文集》，复旦大学出版社 2013 年，第 142 页。

克诗作的主旋律"死亡"中，明瞭生存的意义一样。

里尔克视死亡为"生命中起决定性作用的因素"，它"使我们个别生命突然变得无可替代"。程抱一强烈地感受到里尔克视"生命"为"大可能、大变化、大形成的意义"，"只有把死亡纳入我们的生命，我们才能领会'全生'的真趋向"。"生命的实质与可能性在有型世界已经俱在了"。所不同的是，程抱一比冯至理解得更为深刻。

里尔克之所以成为程抱一的精神支柱，在于里尔克作为"一位伟大的西方诗人，以基督文化为出发点，在其漫长的求索过程中，介入了伊斯兰教和佛教的精神世界终于获得了和许多中国伟大诗人相近的人生观"[9]。程抱一在《和友人谈里尔克》中，多次谈及"里尔克是一位罕有的懂得亲近东方的西方诗人"[10]，其诗具有李白、陶渊明、杜甫、李商隐、李清照等人诗作同样的品质。里尔克引导程抱一去思考东西方文化如何相亲相近，尽管此时期东西方正处于严重的意识形态对垒之中，程抱一却开始了东西方文化互不排斥、相依相补的思索。

程抱一最初是用祖国母语写作，后来融入本土，用法文创作。他的诗接近现实，有浓厚的生活气息，以"对话与沟通"为主旨。2005 年，法国著名的伽里冯出版社制作的诗丛书特辑时，将程抱一纯属中国故事的小说《万有之东》列入。程抱一解释说："万有之东的'东'并不是指东方，而是指超越'万有'之外，超越东西之外，超越一切之外的'东'，这是一种包容一切的境界。"[11]这就是说。《万有之东》具有超越、包容的品格，有一种高远境界，将一种从个人心灵深处喷发的跨文化对话转变为"一幅幅神韵生动的中西山水画，或笔墨淡雅有致，或色彩浓重有序，但都弥漫出和美的气质，和润而丰盈的中国意象有着内在哲思的支撑，指向超越中的永恒。"[12]

1999 年，程抱一花了十二年时光写出《天一言》。鉴于这部长篇小说自觉探寻中西文化的第三元，且叙事生动流畅，有着绚烂归于平淡之美，所以能打开市场，还做到雅俗共赏，很受中外读者的喜欢，当年获法国最有影响的费尔娜文学奖。由于程抱一有东西文化"第三元"这种理论做支撑，所以 2001 年

9　高宣扬、程抱一：《对话》，张彤译，北京大学出版社 2011 年，第 106、107 页。

10　程抱一：《与友人谈里尔克》，人民文学出版社 2012 年，第 100 页。

11　程抱一：《万有之东》译者前言，朱静译，同济大学出版社，2007 年。

12　黄万华：《百年海外华文文学研究》，百花洲文艺出版社，2022 年。本节吸取了他的研究成果。

出版的第二部小说《此情可待》，问世后就获得当年的法兰西学院颁发的法语文学大奖，这也是该学院三百年来首次颁奖给东方作家。这部作品被法国文学界视为传世的经典之作。小说写的是东方事东方人，具体来说是清朝末年一对深深爱恋着的少男少女的私情。[13]

2015 年北京出版的程抱一小说《游魂归来时》，以"荆轲刺秦"的历史故事为题材，从中发崛出爱情与友情能否区分、能否共存的主题，有浓郁的中华文明精神。正如黄万华所说："完美呈现了从中国历史中升华起灵肉对话的最高境界。"

第三节　金枝芒和陈映真

在世界华文文学中，有两个著名的左翼作家，一是不为人知的金枝芒，二是大家熟悉的陈映真。

王德威在一篇题为《战争叙事与叙事战争》[14]的论文中，列举分析了七部最能表现战争叙事与叙事战争精髓的代表性小说。其中有六部是中国作家写的，只有一部是海外华文作家金枝芒所写。

---

13 黄万华：《百年海外华文文学研究》，百花洲文艺出版社，2022 年。本节吸取了他的研究成果。

14 王德威：《战争叙事与叙事战争（上）》，《扬子江评论》2015 年 6 期。

金枝芒（1912-1988 年），原名陈树英，出生于江苏省常熟县，1935 年南来马来亚。他一边谋生，一边以周容、周力、乳婴、殷枝阳、金枝芒等笔名在马华报刊杂志上发表宣传抗日的作品。

金枝芒是马华文坛从"侨民文艺"转型为"马华文艺"的标杆性人物。此外，作为战地力作近 35 万字的长篇小说《饥饿》，形象地描绘了某小分队 14 位斗士在饥饿线上坚持斗争的惨烈事迹。虽然最后只剩下 5 人，但他们在绝望中看到曙光，在声援无望的境地仍毫不动摇，作品从悲剧的一面反映出为争取国家独立和民族解放勇往直前的战士们气壮山河的战斗事迹和高贵品质，如队长老刘在队伍最后突围时因弹尽粮绝而英勇就义。

最值得重视的是作品中有关战士们在浓荫蔽日的森林中受饥饿煎熬的细节描写。如《饥饿》中对饿盐的叙述。别的作家写饥饿时一般都没有写到饿盐，即使有人写到，也不像马共作家金枝芒写得那样淋漓尽致。只有真正读懂《饥饿》，才知道马来亚人民争取独立之艰辛、抗英民族解放战争之壮烈。金枝芒亲历的游击战，就这样强化了作品的真实感，使场景叙写与人物刻画栩栩如生。

当然，《饥饿》这种题材的文学创作，在中国左翼文学中已有人写过，但在海外华文文学特别是马华文学史上，却甚为少见。不是农业大国的马来亚，饥饿本是作家们创作的一个永恒主题。中外文学创作史上，关于饥饿主题的叙事不胜枚举，但金枝芒的作品则将其推向新的境地。金枝芒对 40 年代马来地区的饥饿抛弃了常规化叙事，他从富于地方特色的景点入手，揭秘式地叙述了一种前无古人的因没饭吃而引发的野果中毒事件。不同于张爱玲，他写的不是农民而是游击战士对缺乏粮食的感受。他之所以能够将饥饿在作品中描写得令读者如临其境，完全是源于其战胜数十倍于已的英殖民军警斗争中，对饥饿所承受的刻骨铭心的感受。

金枝芒作品中的"饥饿"书写之所以深刻动人，还因其带有生命体验色彩，背后折射出的是对底层人民悲天悯人的生命意识。如作品写到当殖民者用"断炊绝粮"的手段企图饿死抗英战士时，顽强的战士们只能以吃野果、柠檬代替吃饭。当野菜吃光后，又把毒虫烤来吃。

此外，金枝芒小说在对历史隐秘的揭示中，深度诠释了人性的善恶美丑，他用通俗易懂且富于魅力的语言，把一个个精彩的革命故事还原为真实可信的人物形象，把一代反帝反殖战士惊心动魄的人生历程，生动地呈现在当今受众面前。

《饥饿》没有金枝芒家乡的江苏色彩，其语言是马来亚劳工华社常用的字词，连笔名"金枝芒"也是从南洋水果中来；也不是简单的广府话和客家话，而是经过艺术加工的语言，是"侨民文艺"所没有的一种成熟的马华文学特有的艺术语言，它不仅有华族的共性，还有"马来语素"。

总之，《饥饿》是纪念碑式作品，它把汉语文学描写饥饿推向了新的高峰，并足以和许多知名的小说媲美。也许读懂了金枝芒，才能读懂马华左翼文艺，才能读懂马华文艺为什么不是"侨民文艺"。的确，金枝芒的作品让我们对游击队员的伟岸身影充满敬意的回望中，在对华族精神血脉的追寻中，激发和确认了对华族的自信以及为民族独立不倦斗争的勇气。

陈映真（1937-2016年），台北人。淡江英语专科学校外文系毕业后，参与《文季》、《夏潮》的编务。1984年创办报导文学杂志《人间》，曾任"中国统一联盟"创会主席。出版有小说《第一件差事》、《将军族》、《夜行货车》、《华盛顿大楼》、《山路》等，另有23册《陈映真全集》。

1959-1965年为陈映真创作的第一阶段，这时作品的基调忧郁、伤感、苦闷，且带有自传色彩。其中1964年在《现代文学》上发表的《将军族》，不同于张大春表现将军生活的《将军碑》，亦不同于朱西宁刻画驰骋战场的《将军与我》。陈映真写的"将军族"，是指生活在社会底层的康乐队的吹鼓手，为农村去世的人奏乐的团队。由于他们穿着打扮酷似"将军"，故陈映真采用反讽手法戏称他们。具体说来，作品叙述的是三角脸（即大陆老男人）和小瘦丫头儿（即台湾小女人）这两个下层市民相知相助相爱的故事。他们同是"天涯沦落人"：一个从大陆流放到宝岛，退伍后成了康乐队吹喇叭的鼓手，另一个是干瘪的女孩，被父母卖掉后成为无家可归的孤女。陈映真非常同情他们的遭遇，写他们相濡以沫，不求回报，体现了高贵的精神境界。这篇小说的开拓意义在于选取了"大陆人在台湾"这种题材，并用历史主义方法去处理和发掘。艺术独创性体现在用喜剧笔法写悲剧故事，将知识分子灵魂的苍白和虚无情绪表露无遗。其中所体现的悲天悯人的情怀，是台湾60年代小说的共同题旨。人物形象栩栩如生，理念与情感汇合，使人赞叹不已。这篇小说奠定了陈映真在文坛尤其是小说界的地位。

陈映真于60年代中期所写短篇小说，均收在1975年10月出版的小说集《第一件差事》、《将军族》中。后一本出版不到一个月即被官方查禁。这部小说集包括 11 个短篇：《我的弟弟康雄》、《家》、《乡村的教师》、《故乡》、《死者》、《祖父和伞》、《那么衰老的眼泪》、《文书》、《将军族》、《凄惨的无言的嘴》、《一绿色之候鸟》。其特点是没有玫瑰色而呈惨绿状：市镇破败晦暗，生活贫困弥漫着哀愁，对故乡不是感激而是弃绝。当然，这里也有大陆赴台百姓的沧桑传奇。

在《将军族》小说集后面附有陈映真以"许南村"笔名发表的《试论陈映真》。在此文中，他毫不留情地批判了旧我，尤其是《故乡》里的主角"我"："他逃避一切足以刺痛他那敏感的心灵的一切事物，包括生了他、养了他的故乡。他把自己放逐了，放逐出活生生的现实生活。"这是作者和过去告别的宣言。当他再度扬帆重新起航时，和当时的西化风潮相呼应。另一变化是不再局限于市镇小知识分子的眼光，而以更开阔的视野来表现台湾问题，小说具有明显的现代主义烙印。《那么衰老的眼泪》继续关注大陆人到台湾后如何生存，如何与当地人相处。比起白先勇单纯写大陆人而不是写两岸人民的互动，陈映真的做法更具开拓性。《凄惨的无言的嘴》，则表现了他另一新主题即知识分子的失落感，其抒情才能与象征手法的应用，也比过去成熟。

1966-1968 年为陈映真写作第二阶段。这时的陈映真改用理性的凝视取代感性的拒排，冷静而写实的剖析取代了煽情、浪漫的发泄。其中《唐倩的喜剧》写女主人公移情别恋，先后与存在主义忠实信徒老莫、新实证主义罗其仲和彻底洋化了的周硕士恋爱、试婚、结婚、离婚。女主人公如此反复无常，无疑受了西方资本主义文化的影响，名为开放实则淫荡，这里描写西方文化对台湾社会的腐蚀，表现在知识阶层赶时髦，背叛中华传统文化的浮华浅薄。

1969-1987 年为第三阶段，即进入政治小说时期。如《铃铛花》写一位在中国台湾的日本人被应征到中国大陆当兵，可与应征的愿望相反，他到大陆后反而为中国做事。回到台湾当教师时，与学生打成一片，向不合理的教育制度宣战。他带领学生去帮助穷苦同学的农家种地和做公共卫生，使学生学到了在书本上学不到的知识，还让家庭贫困和所谓"智力差"的同学超过了"升学班"的同学。在学校里他经常从事阶级启蒙教育，反对富人压迫穷人，叫学生唱革命歌曲，其行为被当局发觉，高东茂老师只好逃到山洞，后被逮捕处决。《山路》则用倒叙手法颂扬一位舍己帮助革命家庭的女青年蔡千惠。作品流露出思念故乡的情绪，但这不是一般的乡愁，而是来自作者献身革命事业所做的历史性追思，其特色在于将政治事件与爱情传奇结合起来，将男欢女爱当作政治隐喻而不留痕迹。

1988-2006 年为陈映真创作第四阶段。这时的作品牵涉人性、省籍矛盾、祖国丧失等重大社会问题。《归乡》启示我们，统一才是"归乡"之路。引起热烈反响的是《忠孝公园》，以 2000 年台湾的所谓"大选"为背景，面对所谓"台湾人"真正当家做主的现实，东北籍的马正涛对国民党的失势，顿感前途渺茫，无法理解甚至想自杀，而本省人林标也不认同这个所谓属于"台湾人"的"扁政府"，并感到自己受到了欺骗和愚弄。林标是为本族政权所抛弃，在心灵上受到极大的伤害而丧失了祖国，而马正涛则是成为日本和国民党的宠儿而自绝于祖国。从这两种不同的遭遇到祖国丧失的精神迷失中，可看到祖国处于分裂状态并不是因为省籍问题所致。要使两岸同胞不再分离，必须清理精神上的荒废，反思历史的教训，这样才能把被扭曲的灵魂拯救过来。

师承鲁迅的陈映真，是坚强的民族主义战士，是台湾文化界和出版界的一面光辉旗帜。他的杂文和政论，在统独斗争中是一把锋利的匕首。他的文学理论，具有强烈的实践性和批判精神。他的小说创作，代表了台湾乡土文学和左翼文学的成就。

第四节　李敖和柏杨

两岸谁的文学成就高？打个比方，团体赛大陆是冠军，但台湾有很多单打冠军，比如杂文方面的李敖、柏杨。

李敖

李敖（1935-2018 年），生于哈尔滨，毕业于台湾大学历史系。1961 年发表为胡适辩护的文章《播种者胡适》，从而引发一场中西文化问题大论战。出版有《胡适评传》、《传统下的独白》、《李敖有话要说》等论述 100 余种，其中有 96 本被国民党查禁，另有《李敖大全集》20 册。

李敖是继梁启超、胡适之后的独一无二的"狂飙型"知识分子。四十多年来，人们对他千夫所指，他对人们横眉冷对。他敢说敢做敢为，一生充满传奇色彩。在青少年时代，李敖就长有"反骨"，进了台湾大学就无法忍受"传统的伦理教育"。大学毕业后在部队服役，他坚决不参加国民党，以致被戴上"思想游移，态度媚外"的帽子。不过，这反而更加坚定了他自由主义的立场。正是在这种情绪支配下，李敖决定对守旧的官僚亮出他的投枪："在环境允许的极限下，赤手空拳杆一杆老顽固们的驼背，让他们皱一下白眉、高一高血压。"

李敖的杂文是动荡的时局、守成的文化、闭塞的思想种种因素孕育出来的结晶。他反"老顽固"的一个重要手段是以老反老，即通过对资深文化人胡适形象的重新塑造去鼓动风潮，去造成"反传统"的时势。

李敖的杂文既有随笔，也有书信、日记，其中最值得重视的是他参与文化论战的檄文。这些文字带有激愤色彩，完全是对社会现实有感而发，其锋芒所向是传统文化和以国民党作后盾的传统势力，这便使以民族传统承继者自居的国民党深感不安。可李敖并不想就此打住，一发不可收拾地写了《给谈中西文化的人看病》、《我要继续给人看病》等火药味甚浓的杂文，集中抨击封闭保守落后的中国文化，滋生了中国人落后的群体性集体意识。在沉闷僵化了多年的台湾思想界，李敖以他过人的胆识和尖锐泼辣的文风，展现了党外文化界新世代威猛的活力与批判的勇气，成为继殷海光[15]之后指点江山、激扬文字的人物，引起了相当一部分原就对现实强烈不满而无处发泄的知识分子的共鸣，同时也触犯了一大批朝野达官贵人和学术权威。

李敖杂文具有强烈的批判性，其中一个重要特色是幽默。他用幽默包藏着投枪，向敌人作战。其幽默充满了"匪气"，而无林语堂的"闲适"和"性灵"。如流行台湾的"政治文化"，在李敖看来未免太玄妙，于是他用最原始的观人术，看台湾地区原最高领导人的台独脸谱及随之而来的德行。

李敖既是作家又是大坐牢家。号称台湾文坛第一狂人、第一斗士。画家画景物，不是画山水就是画朝霞，从没有人画垃圾、画大便。可李敖的杂文没有

---

15 殷海光（1914-1969 年），湖北黄冈人，曾参与创办《自由中国》，在该刊鼓吹组织新党，后被官方解聘教职。

这些禁区。他敢写别人不敢写的丑陋事物，敢化腐朽为神奇。如有人攻击李敖搞全盘西化，他回答说，中国人不再蹲坑而改用马桶，这马桶便是西化："头脑顽固指斥西化的人，他的屁股其实比他的大脑还前进，至少他的屁股知道西化的好处，并在大便时死心塌地全盘坐在马桶上。职此之故，每见摇头晃脑指斥西化者，我就直看他的屁股。"[16]"屁股"一词显然没有"臀部"典雅，大便之姿写在作品中也不文明，但李敖用这些俗词俗语有力地讽刺了那些口是心非者。

标题是一篇文章的眼睛。起得新颖的标题，有画龙点睛之妙。李敖便是很注重标题艺术的作家。翻开他的杂文，《我最难忘的一个小偷》、《给谈中西文化的人看看病》、《政治撒尿学》这类标题不胜枚举，读者看了题目马上就想看内容。李敖的杂文还有许多格言警句，如"我喜欢战士，即使他们遍体鳞伤，即使他们不能免于死亡"；"促成婚姻是兽性，厌倦婚姻是人性，维系婚姻是堕性"，等等。

同样是嬉笑怒骂，同样是四面树敌，同样是对敌人毫不仁慈，人们马上会联想到李敖有鲁迅风骨，但李敖并不承认自己师承鲁迅。相反，他对鲁迅颇为不敬，一再表示要跟他划清界限。李敖贬鲁迅，说穿了是为了抬高自己。自吹自擂，本是他为文为人的一个重要特征。

柏杨（1920-2008年），原名郭立邦，河南开封人。毕业于四川的"东北大学"，1949年去台后任"中国青年写作协会"总干事、《自立晚报》副总编辑。在20世纪50年代主要写小说，60年代写杂文惹祸被投入监牢多年，1977年才重获自由。出版有《中国人，活得好没有尊严》、《柏杨品三国》等散文集多种，《柏杨全集》28册。

柏杨是台湾第一个用杂文做武器抨击时政而产生重要影响的作家。这一时期他最著名的论断是把中国文化称作"酱缸文化"。他对"酱缸文化"的"猛撞"，明显地表现了他反传统、反儒家的观念，以及改革中国文化的强烈愿望。柏杨后期杂文的创作仍继续剖析中国文化的落后面，再次指出中国国民性的弱点，其代表作是《丑陋的中国人》。在此书中，他具体分析了中国人的丑陋特征："脏、乱、吵"，"窝里斗，一盘散沙"，"讲大话、空话、谎话、毒话，性格绝对自卑与绝对自傲，没有独立思考的能力，什么都是和稀泥，没

---

16 李敖：《给谈中西文化的人看看病》（1991年4月23日），载《李敖惊世新千年》，北京：中国友谊出版公司，2000年版，第159页。

有是非标准"。这种"酱缸文化"，"由于死水不畅，再加上蒸发，使沉淀的浓度加重加厚。""在这种长期酱在缸底的情形，使我们中国人变得自私、猜忌。""由于长期的专横封建社会制度斫伤，中国人在酱缸里酱得太久，我们的思想和判断以及视野，都受酱缸的污染，跳不出酱缸的范围。"

中国的国情是"报喜不报忧"。人们一般只喜欢听恭维的话，不愿听到批评自己尤其是用词尖刻的话。闻奖则喜，闻过则怒。果然，柏杨用语尖刻、不时夸大其词的《丑陋的中国人》，遭到美国以及香港杂志的讨伐。为了和柏杨唱对台戏。一位论者还发表了《伟大的中国人》。

《丑陋的中国人》不仅在海外，在台港引起了热烈的讨论，而且在祖国大陆也有不同看法。湖南文艺出版社出版的《丑陋的中国人》有著名杂文家严秀等人写的《编后记》。"后记"首先指出引进此书的意义和价值："读罢本书，深觉其议论精警，忧国忧民。继承鲁迅先生'意思是在揭出病苦，引起疗救的注意'的正视现实的优良传统，集中力量发掘、展示和鞭挞了我们民族中的不少人两千多年来在封建文化和近一百多年来在一座大山压迫下形成的种种'丑陋'的性格或心理状态。"文章称赞柏杨的作品汪洋恣肆，措辞辛辣尖锐，并指出柏杨把中国传统文化比作酱缸文化，与鲁迅所提出的"昏乱"相似，而且柏杨这一分析和形容，就是把鲁迅早已指出的民族劣根性的毛病剖析得更透彻了。"柏杨先生离开大陆已近四十年，他的杂文直接取材于台湾社会和对海外华人的观察，举例也甚少涉及大陆，但不能因此就认为这本书对我们没有鉴戒意义。我们要加强建设社会主义精神文明，就不要讳言我们在精神上还有那并不文明之处。如果反其道而行之，正说明阿 Q 主义还附在我们身上，其结果将是不利于激励自身的奋发图强了。""后记"也对柏杨的一些观点提出异议，但他们坚信读者的判断力。

和鲁迅在《阿 Q 正传》塑造出阿 Q 的不朽典型一样，柏杨所刻画的"丑陋的中国人"也是一种典型。在台湾，陈水扁、蔡英文便是"丑陋的中国人"的代表。有些人数典忘祖，不承认自己是中国人，这就够"丑陋"了。柏杨杂文的特点为：

一是尖锐泼辣，不怕别人说他"刻毒"、"狠毒"、"阴毒"。他看问题透彻，解剖社会毫不留情。

二是具有不可重复的个性，像"酱缸文化"这类打有柏杨印记的专用名词，是别人无法复制的。

三是风趣生动。柏杨是位率真之人，胸无城府，写起文章来毫无遮拦，常用比喻将抽象的事理形象化，且颇多隽语，使人过目成诵。

柏杨一生著述丰厚，《柏杨版资治通鉴》在台湾被誉为最有价值和最畅销的一部书，《中国人史纲》被列为对社会影响力最大的十部书之一，其中《丑陋的中国人》在当代华人世界中流传最为广泛。在他弥留之际即 2006 年，他将大批珍贵文献资料捐赠给"中国现代文学馆"。柏杨曾说，"我的一生不够圆满"，然而对海峡两岸的中国人来说，他的经历已是一个传奇，他一点也不"丑陋"，是名副其实的美丽的中国人。

第五节　余光中和王鼎钧

台湾的余光中与海外的王鼎钧，甚称世界华文文学史"诗文双绝"的两位作家。

余光中（1928-2017 年），福建永春人。1952 年毕业于台湾大学外文系，诗作如《乡愁》、《民歌》、《等你，在雨中》均传诵不衰。在美国读书、教书五年，并先后任台湾师范大学、政治大学和香港中文大学教授、高雄中山大学讲座教授，出版有《余光中集》9 卷。

余光中的诗作题材多样，蕴含丰富，情采兼备，内容多为抒发个人的悲悯情怀以及对土地的眷恋，对环保的呼喊和对现代人事物的透彻剖析。他的散文诗意盎然，意象生动，文字典雅，俊逸而雄浑。他在诗歌、散文、评论、翻译四个领域均取得了不同寻常的成就，尤其是他一生与诗为友：写诗，译诗，教诗，评诗，编诗，成就甚高，以至在诗歌创作领域有"当代大诗人"[17]之美誉。

余光中的诗主要有爱情诗、乡愁诗、社会诗，下面分三方面论述：

台湾众多著名诗人差不多都经历过从西化到回归的演变。以余光中来说，有一度他是"浪子"，向西天取经不回头。后来，余光中到美国，原本通过深造进一步亲炙英美现代诗的真谛，可他发现碧眼黄髯儿看不起黄皮肤蓝眼睛的东方人，对中国诗歌只知道李白杜甫，而对"五四"以来的新诗了解得非常皮相，更遑论台湾现代诗，这使余光中受到巨大的刺激。他开始感悟到：月亮并不是西方的圆，于是，他重新认识现代派，大呼"回到中国来"，主张中国人一定要写中国诗。其代表作是首次留美返台后出版的爱情诗集《莲的联想》，

---

17 流沙河：《诗人余光中的香港时期》，《香港文学》，1988 年 12 月、1989 年 1-2 月。

书名系一位受中国文学熏陶的知识分子的写照。

众所周知，"莲"是东方美的理想化身。具体说来，《莲的联想》的许多作品均打上了东方美学的烙印，不少诗篇宋词意味颇浓。当然，有时是吸收宋词和唐诗乃至《诗经》的精华而融化为一体，如《碧潭》：

> 十六柄桂桨敲碎青琉璃
>
> 几则罗曼史躲在阳伞下
>
> 我的，没带来，我的罗曼史
>
> 在河的下游
>
> 如果碧潭再玻璃些
>
> 就可以照我忧伤的侧影
>
> 如果舴艋舟再舴艋些
>
> 我的忧伤就灭顶
>
> ……

"敲碎"二字赋静止的画面以声响，将视觉的美与听觉的美糅合在一块，使这个湖成了不乏古典情趣的现代湖。余光中历来反对做传统的"孝子"，也反对做只知道向西天取经的"浪子"，而主张做一个"回头的浪子"，"去西方的古典传统和现代文艺中受一番洗礼"[18]。自己的情侣在河的下游、没带来的描写，说明作者从《诗经》"溯洄从之，道阻且长"中汲取过营养。与"复古"者不同的是，他吸收后经过肠胃的充分消化，以至使未读过《诗经》的人也能理解作品的诗意。"如果舴艋舟再舴艋些"，和此诗的副题一样均出自李易安的《武陵春》："只恐双溪舴艋舟／载不动／许多愁。"令人惊叹的是，余光中将名词"舴艋"作形容词用（"再舴艋些"），用得是那样自然工巧——和前面的"如果碧潭再玻璃些"将"玻璃"作形容词用，把碧绿的潭水写得愈加晶莹透彻一样，这不禁使我们敬佩作者精于裁章练句的功夫。"八点半。／吊桥还未醒"，则一反前面古典而优雅的笔调，用纯粹的现代人感受写大学生们泛入潭中的青春活力。接连三个"飞"字，将"吊桥"和"夏"拟人化，再加上飞扬的笑声和"蜻蜓"的比喻，使整个句子显得俏皮、轻巧，具有溢光流彩的飞动之美。欢愉之情冲破了原先因未带"罗曼史"引起的深沉忧伤，真是可圈可点，可歌可叹。经过余光中艺术的再创造，碧潭早已不是台湾

---

18 余光中：《掌上雨》，台北：时报出版公司，1986年版，第215页。

的碧潭，情侣也绝不是"我"和现实中的表妹，而成了文学史上的不朽情人西施和范蠡，这便是余光中所建立的新的活的传统。

余光中

余光中在一篇文章中，曾提到"颇受中国古典诗影响的美国诗人艾肯"的诗"有晚唐和南宋的韵味"，这其实是余光中自己的最佳自白。如名篇《等你，在雨中》。

余光中的乡愁诗最著名的是抒发了海外游子恋母思乡赤子情怀的《乡愁》：

小时候
乡愁是一枚小小的邮票
我在这头
母亲在那头

长大后
乡愁是一张窄窄的船票
我在这头
新娘在那头

后来啊
乡愁是一方矮矮的坟墓
我在外头
母亲在里头

　　而现在

　　乡愁是一湾浅浅的海峡

　　我在这头

　　大陆在那头

　　此诗出现的"邮票"、"船票"、"坟墓"、"海峡"这四种绝妙的意象，贴切地表达了离乡、漂泊、诀别和望归而不能归的离愁别恨，将抽象的"乡愁"真切、生动地呈现出来，并由个人的思念家乡之情升华到民族和家国之思。这是余光中流传最广的诗，也是他的传世之作。

　　余光中的诗不以写实性、社会性见长，但他同样是一位富有使命感和责任感的作家。他对台湾选战中出现的丑恶现象的刻画，做到了入木三分，其名作《拜托，拜托》，描绘了他看到的候选人因文化素养严重不足而出现的种种伤风败俗的现象。《控诉一支烟囱》，是余光中声讨空气污染的经典之作。如此庄重的主题用风趣的笔调写出，不能不使人佩服诗人构思的奇巧和想象力的丰沛。

　　在大陆及台港文学史上，余光中曾和陈鼓应、陈映真等作家发生过论战。经历过这一系列论战的洗礼和考验，余光中在读者的心目中，仍能傲视文坛、屹立不倒，像一座颇富宫室殿堂之美的名城屹立在中国当代文学史上。总之，"在这六十年里，论作品之丰富、思想之深广、技巧之超卓、风格之多变、影响之深远，余光中无疑是成就最大者之一"。要选择大诗人和大作家的话，"他是一个呼声极高的候选人"[19]。

　　王鼎钧（1925-），山东临沂人，1949 年 5 月到台湾。历任"中国广播公司"编审、"中国电视公司"编审组长、《中国时报》"人间副刊"主编，现居美国。出版有《情人眼》、《碎琉璃》、《左心房漩涡》、《王鼎钧散文》多种，"王鼎钧回忆录"4 种。

　　王鼎钧在抗战末期辍学从军，是自学成才的作家。他的成名之作为"人生三书"：《开放的人生》、《人生试金石》、《我们现代人》。海外有人这样比较两岸文学的异同："台湾的文学作品令人爱，不能令人敬；大陆的文学作品令人敬，不能令人爱。"[20]这话自然过于极端，但像王鼎钧的散文，的确两者兼而有之既令人敬又令人爱。

---

19 黄维樑：《火浴的凤凰·前言》，台北：纯文学出版社，1979 年版，第 14 页。

20 王鼎钧：《两岸书声》，台北：尔雅出版社，1990 年版，第 86 页。

王鼎钧曾历经七个国家，看五种文化，但没有变成不思回家的浪子，而是时刻不忘自己是炎黄子孙，其作品具有"令人敬"的中国情结。这种中国情结既是对祖国大好河山的眷恋，对故乡的思念，也是对中华民族的热爱和认同。

王鼎钧当然不是餐菊隐士，也非吐霞诗人。在他写的有关祖国河山游记中，对人文的兴趣大过自然风光。他路过雄伟的华山，烙印在脑海中的不只是天外三峰，仙人一掌，还有那用独轮车运粮食的农夫。这些赤着上身，猫腰虎步，推车时脊椎隆起微微抖动的农民，便是鲁迅所说的"中国的脊梁"。可见热爱华夏山山水水的王鼎钧，更惦记的是刻苦耐劳的中国老百姓。他觉得是这些文化不高的农人，养育了自己；也是他们，推动着历史前进。

在王鼎钧笔下，风光美丽动人的故园同时也伤痕累累。他用各种比喻形容各省的形状："山东仍然像骆驼头，湖北仍然像青蛙，甘肃仍然像哑铃，海南岛仍然像鸟蛋。"[21]这里就没有一个省像凤凰，一个地区像玫瑰。面对因解放战争造成不是"鸟蛋"就是"哑铃"的神州大地，王鼎钧颤抖地呼喊。对某些只会唱赞歌的爱国主义者而言，王鼎钧这些话读来使人泄气。但是，王鼎钧敢于把祖国这"起皱的老脸"描绘给全世界人看，为自己也为其他亲历解放战争的人作心灵的见证，这需要极大的勇气。这种恨铁不成钢的情感，谁敢说他不爱国？写爱国毕竟不能满足于空洞的赞美，而必须感应到时代的忧患，用自己的创作来为民族存亡把脉。

和浓烈的中国情结相联系的是，王鼎钧散文有丰厚的历史感。不少华文作家表现故乡人故乡事，只是一定的时间长度和过程的描写，缺乏丰富的人生体验和对历史的把握，而王鼎钧的散文不同。其散文给人留下的另一最深刻印象是对精神的追求，尤其是人生哲理的显示。从文学史上看，许多作家与宗教均有不解之缘。作为一位在少年受洗入教的作家，王鼎钧也不例外。他曾这样比喻文学与宗教的关系："音乐是上帝的语言，美术是上帝的手巾，文学是上帝的脚印，我们顺着脚印，寻找上帝，想象上帝。"他作品中"寻找上帝"[22]的一个突出表现是以人生经验破生存之谜，以及正视现代人的苦难和救赎。

王鼎钧是不甘心被"文体学"束手就擒的作家，常常越区行猎，将小说手法运用在散文之中。王鼎钧善于在散文中讲故事这种兼采众体的写法，即以对话体、寓言体、书简体、语录体的独到运用，拓宽了散文的表现领域。

21 王鼎钧：《一方阳光》，南京：江苏文艺出版社，2009 年版，第 135、97 页。

22 王鼎钧：《心灵分享》，台北：尔雅出版社，1990 年版，第 86 页。

在新世纪，台湾出版了不少作家回忆录，其中引起轰动效应的有齐邦媛的《巨流河》，而王鼎钧由台北尔雅出版社出版的回忆录四部曲《昨天的云》、《怒目少年》、《关山夺路》、《文学江湖》，其中《文学江湖》的艺术魅力并不亚于《巨流河》，其历史文献价值和艺术力量很值得充分挖掘。

第六节　许世旭和云鹤

下面介绍的两位海外诗人，一个其名与中国老百姓无异，一个笔名也来自中国古诗。

许世旭（1934-2010 年），生于韩国任实。毕业于韩国外语大学中文系，1960 年留学于中国台湾，1968 年起回国任教于韩国外语大学中文系及高丽大学中文系。历任韩国中语中文学会会长、韩国现代文学学会会长、美国加州柏克莱大学研究员。

以汉学研究著称的许世旭，同时是一位著名的诗人和散文家。他蜚声文坛，被誉为"第一个用中文创作新诗的韩国人"。半个世纪以来，他在中韩两地穿梭，在中国海峡两岸及港澳地区乃至美国和欧洲，都留下了他吟唱诗文的足迹。

许世旭无论是中国大陆还是台湾出版的作品，亲情、乡情弥漫其间，从中可看出他丰富的情感世界，反映了他对现代社会重物质轻精神的思考和批判。

朱光潜说过："有些诗可以从文字本身去了解，有的诗非先了解诗人不可。"就是说，要知人论世，要把"人品"和"诗品"联系起来。一旦联系起来，就可看出许世旭的诗作属自身生命体验的投射，诗和诗人在他身上是一种共同辉映的互文关系。他所创作的几百首诗歌，是他到世界各地进行文化交流的产物，字里行间印证着诗人对大千世界的深沉思考。

许世旭的诗歌创作之所以会收入大陆和台湾的各种诗选，一个重要原因是因为他的作品有唐诗宋词的投影。在韩国，许世旭的汉学研究成果甚多，这种修养使其诗作深受儒家文化和道家传统的浸染，作品无不来自一种文化观念中的东方感悟，如同他说的那样："我的诗，仍然写我，只是借用诗的工具"——中文而已。而'我'的成分，相当缤纷，和今天站在地球上厚着脸皮的所谓现代人几乎同样，除了高丽的情怀与脾气之外，还浸透着中国古典的营养与生活的情调。"他的《风，并不知道》，寄寓着诗人在现实生活中为人处世所保持的一种宁静、淡泊的心态。诗的结尾"平湖自在地偃卧着／无论多少投石，多少涟漪／湖，风一般的若无其事。"可以看出其中蕴含了一种儒家精神。这是一个充满生机的世界，在禅境中显出令人沉浸的幽思。他另一首名诗是《邮差》：

> 秋日秋夕的野渡口，
>
> 杨柳青青的烟雾边，
>
> 一个绿衣人，
>
> 等待渡头。

这显然是唐人王维的"渡头余落日，墟里上孤烟"的诗意传真。另一首《追随东方》的结尾，许世旭曾对白居易《问刘十九》"绿蚁新醅酒，红泥小火炉。晚来天欲雪，能饮一杯无"唱和道：

> 不如扫拢一堆云，
>
> 起个红泥小火炉。

许世旭丰富、厚重的诗作，还深受台湾现代诗人覃子豪、郑愁予、商禽、辛郁、纪弦、洛夫等人的影响。他的诗歌创作滚动着白居易、苏东坡、纪弦的溪流，与中国文化有着深厚的关系。在许世旭眼里，生命不是一个孤立的存在。无论是物质的还是精神的，是有形的还是无形的，都像风雨一样敲打着他的整个身体。正是在这多元的体验中，体现出许世旭诗作的魅力。

虽非炎黄子孙的许世旭，却有着"唐人之脸、宋人之脸、明人之脸，喝酒划拳时有一张中国农人、士兵的拙朴之脸，谈文论艺时则有一副中国文人泱泱之脸"[23]。有一次诗人聚会，古远清要他题词留念，许世旭几乎是毫不思索写下这两句：

> 在古远的青青草坪里，觅采着嫩嫩的现代诗。

他把古远清的名字拆开来，还把"清"的三点水去掉，并运用"清"与"青"同音的原理以及重叠词，营造出一种嫩嫩的青草散发出清香的诗境，在场的教授无不为他精通中文和苍劲的毛笔书法行注目礼。

云鹤（1942-2012年），本名蓝廷骏，福建泉州人。曾任菲律宾《世界日报》文艺副刊主编，菲律宾作家联盟理事。50年代开始发表作品，著有诗集《忧郁的五线谱》、《野生植物》、《云鹤的诗100首》等。

作为一位早熟的诗人，云鹤还在17岁时，就面对马尼拉湾的落霞和浩瀚

---

23 痖弦：《唐人之脸》。

的大海，感叹自己无法实现新的理想，雕塑他那忧郁的细纹，抒发他那孤寂的情感。他之所以喜欢咏唱寂寞、烦忧、苦涩，是因为他认为苦涩比甜蜜的爱情更迷人。赞美忧郁和苦涩，本是象征派诗歌的一个重要主题。云鹤的《幻觉》，便有忧郁的成分，具有朦胧诗所特有的幻觉特征。虽然忧郁的具体内容未作实质性的交代，但可以肯定这是一首失恋诗，即"我"的忧郁乃从爱情的折磨中产生。爱情本是甜蜜的事业，它的甜蜜从苦涩、烦扰、忧郁中酝酿。如果只有甜蜜没有忧郁，只有黎明没有黑暗，只有曙光没有阴霾，这样的作品因感情单调便难成为佳作。

受了象征派诗人诗艺启发的《幻觉》，诗中出现的纤纤的十指，那疲乏的黎明，那死去的春日和盲目的栖息，加浓了无限的惆怅和怀恋的情绪。此诗妙在欲说还休，半遮半掩，半露半藏，给了读者再创造的余地，以使"空洞且无边"的幻觉注入实际的内容。像云鹤这种有深邃的内涵，但采用"隐"的表现手法的"深入深出"的诗，还有写生命体验的《感觉》。云鹤另有一类"深入浅出"的诗：有深刻的概括力，但写得不晦涩，不抽象，以读者容易接受的技巧和语言表现出来，如《爱的方言》。说这首诗"深入浅出"，其实它与明朗诗人写的情诗仍有巨大的差别，那就是它"多了些呓语"。"我"对她的思念，对她的渴望，对她的追求，都明白无误地展现在我们面前，可作者在关键处又涂上了所谓"爱的方言"的神秘色彩。潦草的思念，读不懂的呓语，还有那"错别字"，都是他们两人的心灵密码。

云鹤在其《诗观》中云：诗可分为深入深出、深入浅出、浅入深出、浅入浅出四种，后两种诗多半为伪诗。这种观点，是他创作经验的总结。

"深入浅出"的诗，是人到暮年后"绚丽归于平淡"的一种表现。云鹤处理意象和应用文字，从繁复过渡到简朴，从诡异走向平淡。其诗作的内涵比早期深刻，表现方法更注意可读性。他这时的作品思想大于情感、知性取代了感性，应被视为诗艺走向进步和趋向成熟的标志。而这种进步，早在云鹤写《野生植物》时就初露锋芒：

　　　有叶
　　　却没有茎
　　　有茎却没有根
　　　有根

却没有泥土

那是一种野生植物

名字叫

华侨

这里写的野生植物，可谓是司空见惯，然而它却不是一般的植物，而是没有泥土可以照样生长的"怪物"。此诗的生命力，就在于作者不是摹写植物，而是以物喻人，赋予野生植物新的生命系统，保证原有的肌体获得新的生命元素，生成崭新的和"华侨"相似的特征。这里的关键是调整既有的审美观念，即自然界的植物经过审美观照后，其外部形态包含着内在精神，让"华侨"这一抽象概念与具体的野生植物达到本质的统一。这是自然界的真正复活，是作者复制和再造了大自然和大自然自身实现了人格化。野生植物并不需要刻意去寻找。作者学习异国文艺技巧时不让"彼来俘我"，而"将彼俘来"为我所用，证明自己所写的是一种出于"植物"又高于"植物"的一种独立存在。

无论是"深入深出"还是"深入浅出"的诗，云鹤均能做到让其知性与抒情相结合，文体上用短章和商禽式散文诗书写以区别于他人。不少论者均注意云鹤所受台湾诗人覃子豪的影响，可有意或无意忽略了云鹤所受台湾另一位诗人商禽的影响。

如果说，云鹤前期的诗是"深入深出"，那他后来的诗是从意象纷繁到质朴澄明，属"深入浅出"的诗，如《树》、《土与木》、《虫伴》、《年轮》等。这是诗人艺术上的前进，也是海外华人诗人从受台湾作家的影响到自成一家的开拓。人们喜欢覃子豪、商禽的现代诗，也喜欢云鹤从因袭到创造的充满知性美与抒情美的作品。

第七节　金庸和琼瑶

书写世界华文文学史，不能排斥通俗文学。香港的金庸与台湾的琼瑶，堪称大众文学的双璧。

金庸（1925-2018 年），原名查良镛，浙江海宁人。毕业于东吴大学法学院。从 1955 年发表《书剑恩仇录》开始，一直到 1972 年"封刀"，共创作了 15 部武侠小说，出版有《金庸作品全集》。

作为重新解释和还原中国神话的金庸，曾把自己的 14 部书名的第一个字，做成一副对联："飞雪连天射白鹿，笑书神侠倚碧鸳"，即指《飞狐外传》、《雪山飞狐》、《连城诀》、《天龙八部》、《射雕英雄传》、《白马啸西风》、《鹿鼎记》、《笑傲江湖》、《书剑恩仇录》、《神雕侠侣》、《侠客行》、《倚天屠龙记》、《碧血剑》、《鸳鸯刀》，《越女剑》则未计在内。

金庸

金庸作品有强烈的历史感和开放的民族精神。他的作品多有真实的历史背景。其历史感多半通过"戏说历史"去实现。他从不满足于正史的取材，而从野史和民间传记中汲取养料，或用现代思想来解释古人的行为与动机，是因为在历史和现实之间，金庸更看重的是作品的现实感，另外这样写有助于形成亦庄亦谐、雅俗共赏的艺术风格。

金庸小说融儒、道、佛于一体，散发出浓郁的中华文化传统芬芳。武侠小说不同于文化读本，也不能与文化典籍画等号，但金庸的作品从书名到情节，从人物到故事，从细节到诗词，把佛家、道家、儒家的观念得到生动的体现。诚如《书剑恩仇录》书名所示，他的作品有"书"有"剑"，"剑"中暗藏"书"味，"武"中隐含文化与哲学的底蕴。金庸用"纸上江湖"重构中华文化空间的做法，无疑提高了武侠小说的文化品位，使俗文化与雅文学嫁接起来。

金庸小说以文学为人学，用武侠的形式写人的心理、性格和命运。旧派武侠小说也注意塑造人物，但多从"武"字上做文章，而金庸的小说在写人的思想感情上下功夫，充分表现人物的复杂性，如郭靖、黄蓉、小龙女、杨过、张无忌、韦小宝、梅超风、岳不群、乔峰等，就像关云长、赵子龙、宋江、武松、贾宝玉那样令人过目难忘。这些人物，均不是黑白分明、正邪对立，而是好中有坏，坏中有好，瑕瑜互见，发展变化。

金庸给读者留下印象的人物不少于百个，较为难忘的也有几十个，其中值得重视的是韦小宝。韦小宝"性格的主要特征是适应环境，讲义气。"写韦小宝，金庸的本意是想表现中国的国民性。他不是以成人而是以一个小孩子身份出现的，故人们原谅他。他以半流氓的德行完成英雄豪杰无法完成的事业，这是作者对"邪不压正"传统观念的反拨。

金庸小说情节结构庞大紧张，波澜起伏，奇峰突起；前呼后应，细针密线，因果相连而又相隔，叙事无意而实有意；奇情壮采，瑰思幻想[24]。诚如有的论者指出，金庸小说情节结构方式"是江湖传奇、历史视野、人生故事组成一种独特的三维结构，而这一结构的交点或核心则是人性／文化的寓言。外在的三维结构保证了金庸小说时空的开放性及其叙事与想象的自由度，从而使之能极大限度地施展其创造性的艺术才华。而内在的、形而上的寓言层面，则又保证了金庸小说的整体性，及其开放结构框架的向心力。金庸小说也采用复仇、夺宅、探案、伏魔、情变等通常的武侠小说的类型情节模式，但在金庸小说中没有任何一部是由某一单独的模式组成。这就是说金庸从未将通俗的类型模式作为其小说结构支架，而仅仅用它们作为一种材料或一条'边线'（三维之一），这就使金庸小说超越了绝大多数讲故事的武侠作家作品。"[25]

金庸善于写各式各样的情：男女之情、结义之情、手足之情、师门之情、亲子之情、知音之情。尤其是在言情方面，超过了众多言情小说。真正的爱情，伟大的爱情，其情燃烧到沸点时往往愿意与对方同生死。且不说蓉与郭靖携手共艰危，在义守襄阳时双双殉国；单说《白马啸西风》的上官虹，在丈夫白马李三英勇牺牲后便与敌人同归于尽。《雪山飞狐》中的胡一刀夫人，也是丈夫离世后"一刀"自刎，与夫君在九泉下相会。正如金学专家孔庆东所言，"这并不是封建伦理中的所谓'殉节'，而是可歌可泣的'殉情'。"[26]

罗孚曾用"一时瑜亮"[27]形容梁羽生、金庸的成就，其实两人文学史地位

24 冯其庸：《读金庸》，《中国》，1986 年第 8 期。

25 陈墨：《金庸小说与 20 世纪中国文学》，《当代作家评论》，1988 年第 5 期。

26 孔庆东：《空山疯语》，重庆：重庆出版社，2008 年版。

27 罗孚：《香港文坛剪影》，北京：生活·读书·新知三联书店，1993 年版。

不一样。在诗词的修养和韵文的造诣方面，作为武侠小说开天辟地挂印先锋的梁羽生虽然超过金庸，但将诗词运用在小说中不如金庸娴熟。梁羽生名士气味甚浓，而金庸小说除民族风格外，还多了一种"洋味"，即在接受西方文学影响和内容深刻性方面比梁羽生突出。通常认为，台港新派武侠小说三大天王梁羽生、金庸和古龙，以金庸为最，其作品是在传统武侠小说乃至一切通俗小说的基础上融会贯通而自成一格的。与金庸先后创作武侠小说的作家有许多，其中有些人在氛围的特殊、情节的诡异、武术招式的翻新方面可能比金庸还出色，但在总体成就、影响及号召力方面，金庸无疑超出同辈。他不愧为在新派武侠小说中堪称"侠之大者"。在整个华文文化界，金庸有众多不同层次、不同年龄和不同性格的读者。正如有论者所说："金庸的小说，能吸引每一个人，上至大学教授、国家元首，下至贩夫走卒、仆役小厮，真正达到了雅俗共赏的地步，堪称是中国拥有读者最多的一位小说家。"[28]

在台港地区，金庸研究已成了一种专门的学问，谓之"金学"。最先是东南亚学者研究《射雕英雄传》，被称为"雕学"，后来台湾远景出版社出了多种"金学研究丛书"，"金学"这一名称才流传开来。

琼瑶（1938-），本名陈喆，原籍湖南衡阳，1949 年到台湾。从 1963 年发表《窗外》开始，出版有《几度夕阳红》、《在水一方》、《我是一片云》、《庭院深深》、《彩云飞》、《梦的衣裳》、《还珠格格》等小说集多部。

自 1963 年登上文坛的琼瑶，其长篇或短篇小说，或影视作品，在文坛无不发生重大影响，成了海内外华文文化界的热点和亮点，成为流行文化不可忽视的存在。琼瑶的小说之所以有如此巨大的魅力，在于她的作品渗透了中国式的人生、伦理道德和中国的人情味，尤其是小说中表现出来的中国女性的智慧、生活的涵养、灵秀的思维、优美的笔调，是别的小说很难取代的。这里尽管有理想化的成分，但它来自现实生活。正如她自己所说："我一生都热衷于追求美丽的事物和感情。当然，我遭遇过打击，一度心灰意冷，但是，至今我仍然相信人生是美丽的。"[29]她的作品正像《寒烟翠》中的一位人物所说："我希望我将来的小说，让人看了像喝一杯清香的茶，满心舒畅，不要有恶心的感觉。"

一般人认为，琼瑶写的是纯情小说，其中难以找到民族大义。诚然，琼瑶

28 沈登恩主编：《诸子百家看金庸》（三），台北：远景出版社，1985 年版。
29 琼瑶：《寒烟翠》后记，台北：皇冠杂志社，1966 年版，第 426 页。

作品没有正面写抗日战争，没有大义凛然的"大刀向鬼子们头上砍去"的画面，但其中也有对正义的赞美和对英雄的讴歌，如自传体小说《不曾失落的日子》，便出现了宁死不屈、反抗汉奸的祖父，还有救了祖父一家的抗日军官曾连长，有在民族危机面前苦口婆心教育下一代的老县长。

琼瑶的小说主角以女性为主。20世纪60年代，她塑造的女性性格刚强，同时又很任性；具有很强的自尊心，同时又相当自负，如她的成名作《窗外》，对追求升学率和填鸭式的教育，均持否定态度，并通过江太太和她的女儿表示对婚姻的疑问："不靠丈夫，不靠女儿，要自力更生。"《烟雨濛濛》的陆依萍对父权社会也有过抗争，虽然这抗争没有跳出男权主义的框框。

到20世纪70年代，发展经济成了新的社会需求。这时的妇女因经济逐渐独立不再依赖男人，与此同时观光事业的发展带来精神奢侈与堕落，使一些好吃懒做的女人奉行"笑贫不笑娼"的哲学而自甘沉沦，故琼瑶这时写的女性形象由社会走向家庭，由阳刚走向阴柔，由坚强走向软弱，如《碧云天》，又如《一颗红豆》。

台湾岛内的经济发展呈畸形状态，存在着严重的贫富不均的情况。对这种现象，琼瑶深有体会，在小说中多有反映，其方式是用爱情去调和阶级矛盾，去淡化"白领"、"蓝领"差别。这就不难理解《彩云飞》富家侨生孟云楼为什么会和生活在底层的歌女唐小眉由恋爱而生活在一起，以及《浪花》中的富家女看上了修车工人，也不怕家人反对勇敢地自由恋爱。

琼瑶善于把情、理和梦幻结合在一起，把现实世界与理想世界水乳交融在一起。她的作品，情节曲折，波澜迭起，其中悬念、巧合手法的应用，使故事一波三折，让读者在情节转换中得到美的享受，如《烟雨濛濛》的深刻意蕴是通过不落俗套的情节安排实现的。

没有受过高等教育的琼瑶，其古典文学修养绝不比大学本科生差。她熟读《诗经》、《红楼梦》等经典作品，这种优良传统帮助她在歌颂美好的人性和道德品质的同时，创造一种如诗、如画、如梦、如幻的境界，读之使人有一种飘飘然、渺渺然的神秘感觉。她小说中的人物就像曹雪芹笔下的多情种或痴情种，其女主人公大都超凡脱俗，飘逸得像天上的白云，清雅得像初生的嫩竹。男主人公也表现得洒脱飘逸，或风流倜傥，或温良恭俭。但在琼瑶的王国里找不到"做爱"这样的字眼，琼瑶的世界给的爱情公式是："灵魂的付出，肉体的保留。"

《还珠格格》是琼瑶成功转型的作品，这部小说最突出的成就是塑造了一个集叛逆、率真、豪放于一身的小燕子形象。小燕子虽然生活在古代，但其性格相当现代。她大大咧咧，毫无遮拦，奔放活泼，这是琼瑶最心仪的人物，故她写起来得心应手。

《还珠格格》最大的特点在于故事充满传奇色彩，如小燕子飞上枝头变成迷人的凤凰一类的情节，都是现实中不存在的，可正是这种美好的想象，给观众无穷的艺术享受。此外，作品写欢乐时辅之以痛苦，写奸邪时补之以亲情，写阴谋时穿插着爱情，写命运时不忘抗争，这种充满欢笑和有惊无险的情节，使作品获得了巨大成功。

第八节　白先勇和戴小华

在世界华文文学史中，白先勇堪称现代文学的旗手。而马来西亚的戴小华，在散文创作上也独树一帜。

白先勇

白先勇（1937-），广西桂林人，系国民党高级将领白崇禧之子。1952 年由香港到台湾，1961 年毕业于台湾大学外文系，后在美国加州大学圣塔芭芭拉分校任教，出版有《白先勇文集》5 卷。

白先勇属台湾"外省作家"的第二代。1971 年后，为白先勇创作的成熟期。其中《孽子》是白先勇唯一的长篇小说，作者不带偏见表现了这群"青春鸟"很难被人理解的同性恋行为。不是孝子而沦落为孽子，来源于父子间的尖锐冲突。老一辈恪守传统道德，认为同性恋违背了"不孝有三，无后为大"的伦理，作为晚辈的李青，很想说服父亲，让他认同自己新的伦理观，因而《孽子》其实是一部寻父记，希望老一辈能理解下一代的"荒唐"行为。这不仅是一部被遗忘的历史，而是对过去被遮蔽历史的敞开和解密，带有对人类生存多种形态的理解和同情。

白先勇蔑视传统伦理道德，以艺术家的勇气写孽子的同性恋行为，这来自古希腊神话中的"Adonais"，这正是白先勇小说人物的一个重要原型。《孽子》所表现的同性恋倾向，诚然是一种病态，正是通过这种病态便白先勇对社会对人生对爱情有着与众不同的看法。《孽子》以台北新公园来代表 20 世纪 60 年代台湾地区的时代氛围，其表层是写青少年的性压抑与性苦闷，其实是写"中国的父权中心社会及父子——不只是伦理学上的，而且也是人类学、文化学和心理学上的父子——的关系"[30]。如果说"父"象征着权力、秩序、尊严和传统，那"子"就是边缘、失落、反叛、被凌辱的异端，这两者通过家庭关系折射社会、政治的秩序和文化的冲突。

由 14 个短篇构成的《台北人》，是白先勇最能经得起时间筛选的作品，其主人公都是随着国民党撤退到台湾的外省人。他们有的是五四时期的热血男儿，南征北战的将军，或红极一时的舞女歌伎。有的或家财万贯，或官运亨通，或穷困潦倒，这"过去"对他们到台湾后的生活发挥了重要的作用。说他们是"台北人"，其实是从大陆移居到台北的外地人，属流亡者或难民。这些人物包含了从上流社会到社会底层的三教九流，把他们串联起来就成了一部民国史的缩影。

《台北人》的内容复杂，按照欧阳子的说法，其主题可分为"今昔之比""灵肉之争"和"生死之谜"。"灵"是爱情、理想、精神，而"肉"是性欲、现实、身体。在白先勇的小说世界中，灵与肉之间的张力与扯力，十分强烈，两方彼此厮斗，毫无妥协的余地。之所以不能妥协，正像"昔"与"今"不能调和一样，在于时间一去不复返，谁也不可能将其挽留。关于"生死之谜"，欧阳子认为其中所体现的是佛家"一切皆空"的思想。这在《永远的尹雪艳》中得到明确的表现。尹雪艳超越时间的界限永远年轻，又超越空间的局限，无论到哪里均不影响她的美丽。就象征意义来说，所寄寓的是人生在世如春梦的观点。读《台北人》，常常遇到"冤"、"孽"等字眼。白先勇的冤孽观，有

---

30 蔡克健：《访问白先勇》，载《第六只手指》，台北：尔雅出版社，1995 年版。

深沉的社会意义，可引申到国家及其文化[31]。颜元叔曾称赞白先勇是"社会意识极强的作家，擅长的是众生相的嘲讽"，而本土评论家叶石涛却认为白先勇笔下的各种台北人，只是一群"充分表示没落的旧官僚和资产阶级的，缺少民族意识的真相"，主题不外乎是"放逐与漂泊"，那些人物无法认同台湾这块神奇而陌生的土地，只能在回忆中迷恋过去的荣华富贵而逐渐飘零[32]。

白先勇对中国当代小说的贡献，体现在题材上勇于开拓，为远离祖国的无根的浪子谱写一曲又一曲的"流浪者的哀歌"，尤其是敢写别人没有表现过的同性恋这类亚文化现象，一种重要的社会现象。同性恋得到严肃作家的关注，白先勇无疑是垦荒先锋。在描写同性恋时，白先勇不仅着眼于形成的生理或心理原因，用各种细节去揭示其成因，探究其社会意义，而且还注重揭示形成同性恋这一社会现象的政治、社会、文化因素，为同性恋获得认可迈出了勇敢的一步。

白先勇的小说深受中国传统文化的影响。像《游园惊梦》，如果不懂昆曲艺术，不了解汤显祖的《牡丹亭》，就难以了解这部小说的结构和含义。白先勇正是借助中国古典戏剧的常识，才将小说中的不再具有青春美貌和显赫社会地位的钱夫人写得栩栩生。白先勇不是一位充分的理想主义者和乐观主义者，对人类历史和自身命运存在着消极颓废的看法，但其小说不能简单地用"没落贵族的挽歌"去概括，更不能将作者贬称为"殡仪馆的化妆师"，是在为死亡的阶级涂脂抹粉。白先勇对过去的留恋固然包含有失掉既得利益在内，但不完全是这些。且不说他谱写的时代挽歌中有丰富的历史内涵，单说他写的人物不限于没落贵族，还有老兵、妓女、酒女、老佣人、老副官，上上下下，形形色色，无所不包，从而使我们亲自体验到那个五花八门、光怪陆离社会的一切。

白先勇小说的叙述风格不单纯是抒情，而且还将表现与写实融为一体。无论是短篇小说还是长篇小说，所表现的均是人物的精神世界，所追求的是对人物精雕细刻的描绘，所塑造的无不是冷艳的尹雪艳、矜贵的钱夫人、刚烈的玉卿嫂一类令人难忘的形象。

到了 21 世纪，白先勇将《牡丹亭》改编为青春版的昆曲本，在推陈出新、普及中国传统艺术方面做出新的贡献。

---

31 欧阳子：《王谢堂前的燕子》，台北：尔雅出版社，1976 年版。

32 叶石涛：《台湾文学史纲》，高雄：文学界杂志社，1991 年版，第 126 页。

戴小华（1949-），祖籍河北沧州，出生于台湾。20 世纪 80 年代后期以反映当时马来西亚股市风暴的剧作《沙城》一举成名，其作品涉及戏剧、评论、散文、报告文学、小说、杂文等。历任马来西亚华人文化协会总会会长、马来西亚华文作家协会会长。

戴小华一开始并没有想成为作家。1986 年她正在美国读研究院，正遇上马来西亚合作社金融风暴，造成新马股市开市以后停止交易三天，引发 24 间华资合作社被挤兑，最后被政府冻结。这个事件是马来西亚华族的一场经济大浩劫。当时受害的华人存户高达 54 万人，而且多是识字不多的。于是，戴小华就写成电视剧本《沙城》，希望马来西亚国家广播电视台在每周一次半个小时的华语电视剧中播出，让这些受害存户能够吸取教训。一开始，电视台负责人自我设限，觉得有些敏感，希望她修改。她想，如果改了就不是自己当初创作的原意了。于是稍作润饰，写成电视文学剧本，寄到当时发行量最大的华文报纸《南洋商报》发表。报馆负责人认为这么大的社会事件马上有人写成作品，一定会受到读者关注，于是在封面版先作预告，接着每天大篇幅连载，十几天后，电视台发现作品引起的社会轰动，又催戴小华将作品赶紧交给他们，拍成电视连续剧。就这样，戴小华一夜成名。[33]由此可见，戴小华的作品具有强烈的时代精神，她是一位追踪型的作家，与时代合拍的作家，与人民共命运的作家。

戴小华自述道："马来西亚，中国大陆，中国台湾，我觉得属于这三种空间，三种时间。在思想上，中国大陆是我的祖先，中国台湾是我的父母，马来西亚是我的丈夫。对祖先，我有着深远的怀念；对父母，我有浓厚的亲情；对丈夫，我有着坚定的忠贞。"这段话，既体现了戴小华作为炎黄子孙的思维方式，又体现了作为马来西亚公民的话语规则。这就不难理解，当戴小华写巴黎，写曼谷，写旧金山，体现出吉隆坡人视角的同时，又出现了中国眼光。

海外华文作家均有多种身份。在中国台湾，有人说戴小华是外省人；在马来西亚，有人说戴小华是外来移民；在中国大陆，有人说戴小华是外国华侨。似乎她站在哪儿，哪儿的土地就不属于她，但是，当她踏出了那块土地，她却又代表了那块土地的全部。后来，她成为作家后从事推动中华文化的工作，这时，突然一种强烈的声音，像是从生命的深处走出来呼唤她，她才明白"血

33 吴小攀、杨竟：《戴小华：中华文化是我的精神家园》，载《羊城晚报》2018 年 5 月 22 日。

缘"和"文化"不是一种可以任你随便抛弃和忘记的东西。也就在这一刻，她终于理解"家"的概念。对她而言，它不只是地域的，情感的，更是精神的。终于，她找到了梦中的家园——中华文化。在心灵移动和身体漂泊中，戴小华终于找到了稳定的视角，有如为漂泊在天空中的风筝找到了牵引的轴线。她的作品之所以激动人心，一个重要来源便是光辉灿烂的中华文化。[34]

有人说海外华文作家写中国难写出异国风味。其实，不完全如此。优秀的华文作家写中国，往往能跳出中国人的感受而用"洋人"（南洋也是"洋"）的视角。如没有后一点，海外华文作家便与中国本土作家等同了。在戴小华的游记散文中，话语的双声不仅表现在中国与外国的视角上，而且体现在语言的运用上。在同一篇文章中，往往也可以看到中国话语的习惯与外国话语的结构。两套话语水乳交融在一起，使读者获得不同的享受。

戴小华的双声话语，并不全是半斤对八两。在《戴小华散文集》中，她的中国话语远胜于外国话语。她的游记散文艺术的魅力，还来自一种特有的哲理话语。她常常把自己游历名山大川的感受，凝结为哲理的珍珠，使作品增添一层亮色。

戴小华是学新闻出身的，她写的游记文体虽属散文，但读者读到的还有新闻文本。所不同的是，标题是新闻性，而写法却是散文笔调，即讲究真实性的同时讲究艺术性，这也是戴小华不同于别的游记作家的特色。

戴小华另一成名作是长篇纪实文学《忽如归——历史激流中的一个台湾家庭》，作品从著者母亲在台湾去世，家人希望实现母亲叶落归根的心愿开始写起，叙述了戴氏家族近一个世纪的生活变迁史，最引人注目的是著者用较大篇幅叙述胞弟戴华光在轰动一时的"人民解放阵线"案中的遭遇。作品的成功之处在于没有局限在家族记忆，而是让家族成员连接着两岸半个多世纪的复杂关系，其中"隐藏了一个大时代的流离和集体创伤记忆，展示了不为人知的血泪故事"[35]。李建军对此评论道："《史记·刺客列传》和《史记·游侠列传》中的侠士勇士和英雄气概，这是我们中华民族一种伟大的精神传统，是民族性格里非常宝贵的东西，《忽如归》将其写出来了，且那么有力量。她用从容，沉静，优雅的方式去写生活的严酷和人性的复杂，整体

34　吴小攀、杨竞：《戴小华：中华文化是我的精神家园》，载《羊城晚报》208 年 5 月 22 日。

35　高凯：《海外华人作家戴小华：从〈忽如归〉谈爱的力量》，中国新闻网，2017 年 9 月 3 日。

风格体验和美学精神是简单的复杂,平静的悲剧感,朴素的崇高感和深沉的一种激情。语言是朴素的,但是很有味道,不卖弄修辞。中国汉语最大的韵味在于朴素,绚丽之极归于平淡,《忽如归》在语言上,文体上非常自觉,达到了这一境界。"

第九节 刘以鬯和董桥

在香港这样的"小"地方,也有小说与散文的经典作家。

刘以鬯(1918-2018 年),原名刘同绎,浙江人。1948 年从上海到香港,曾任《香港文学》总编辑、香港作家联会会长。著有长篇小说和中短篇小说多部,另有《刘以鬯选集》等。

作为香港文坛纯文学代表的刘以鬯,在近半个世纪的创作生涯中,出版了一批具有创新精神的小说。如 20 世纪 50 年代出版的短篇小说集《天堂与地狱》,60 年代出版的长篇小说《酒徒》,70 年代出版的中短篇小说集《寺内》和长篇小说《陶瓷》,80 年代出版的中短篇小说集《一九九七》和《春雨》等。这些作品,充分体现了他强烈的求新求异意识。他努力追踪小说观念的新发展,不断开垦小说艺术的新领地,实验创新题材新风格,大胆尝试各种新技巧,显示了精巧的小说艺术和可贵的探索精神。

和叶灵凤、曹聚仁、徐訏相同,刘以鬯均是从沪到港的老作家。为稻粱谋,他自称"写稿佬"。当然,作为"香港文学教父"的刘以鬯,并非专写赚取稿酬的"行货",也写"娱乐自己"的严肃文学。在创作上,他主张探求内在的真实,捕捉物象的内心,不固守传统的现实主义。他认为作家必须大胆创新和实验,不应用老一套的技法。他是 1949 年后最早用自由联想、时空跳跃、不连贯的意识流手法写小说的作家,其《酒徒》被誉为中国第一部意识流小说。

关于这种小说,可上溯到 20 世纪 30 年代的穆时英、施蛰存、刘呐鸥。刘以鬯除继承了他们的现代精神和手法外,还多了现代性的反思。这种反思即对香港资本主义发展所带来的种种问题均持批判态度,在作品中显得完整和全面。具体说来,小说用第一人称写一位以"爬格子"为生的文艺青年,从上海来到香港,到处碰钉子,只好借酒消愁。为了生活,这个酒徒在做编辑之余左手写武侠小说,右手写流行小说乃至黄色小说。这种身份及经历有点像作者自己，但毕竟作了虚构和加工，作者只是把从不喝酒的自己"借"给了"酒徒"。作品对社会的批判，对维护人的尊严的表达，均通过"我"的无规则流动的意识和富于诗化色彩的语言表现出来：

> 金色的星星。蓝色的星星。紫色的星星。成千成万的星星。万花筒里的变化。希望给十指勒死。谁轻轻掩上记忆之门。HD 的意象最难捉捕。抽象画家爱上了善舞的颜色。潘金莲最喜欢斜雨叩窗。一条线。十条线。一百条线。一千条线。一万条线。疯狂的汗珠正在怀念遥远的白雪。米罗将双重幻觉画在你的心上。岳飞背上的四个字。"王洽能以醉笔作泼墨，遂为古今逸品之祖。"一切都是苍白的。香港一九六二年。福克纳在第一回合就击倒了辛克莱·刘易士。解剖刀下的自傲。蚝油牛肉与野兽主义。嫦娥在月中嘲笑原子弹。思想形态与意象活动。星星。金色的星星。蓝色的星星。紫色的星星。黄色的星星。
>
> 思想再一次"淡入"。魔鬼笑得十分歇斯底里。年轻人千万不要忘记过去的教训。苏武并未娶猩猩为妻。昭君也没有吞药而死。想象在痉挛。有一盏昏黄不明的灯出现在我的脑海里。[36]

这种有诗的韵味的语言，显得荒诞，对平常人显然不合适，但对嗜酒如命的人来说却显得合情合理。

《酒徒》的创新之处，还在于"对于西方价值的自觉不自觉的供奉，显示了香港的自我殖民化的心理状态"[37]。此外，还表现在借主人公之口发表了作者对文艺问题的看法和对香港文学现状的评价。这是典型的具有香港特色的实验小说。

刘以鬯还用现代手法改编《白蛇传》一类的故事。《寺内》、《蛇》、《蜘蛛精》均是鲁迅式的"故事新编"。如《蜘蛛精》写妖怪诱惑唐僧时，道貌岸然的唐僧没有大义凛然，而是在人性本能与宗教信念之间产生激烈碰撞，使作品显得生活化并增强了真实感，这是现代观念演绎古典题材的结果。

刘以鬯小说的创新还体现在小说结构上的匠心独运，如《黑色里的白色，白色里的黑色》，写集邮者麦祥经过邮局的一路见闻，有点像流水账，但读起来真实感人。原因在于结构上不仅运用了"段落手法"，而且还将作品与印

---

36 刘以鬯：《酒徒》，香港：海滨图书公司，1963 年。
37 赵稀方：《小说香港》，北京：生活·读书·新知三联书店，2003 年版，第 191 页。

刷图案结合起来。具体说来，是用黑白相间、明暗交织的组合方式写路遇抢劫一类的事件，使司空见惯的事情骤然生动起来。《对倒》则以一位前辈和小姑娘"街头对行"的形式，反映隔代人完全不同的心态和价值观。《打错了》短到只有一千五百字，但构思新颖别致。小说不但引起读者"人生无常"、"旦夕祸福"的感慨，也引起了读者对小说的内容和形式、意念与技巧等问题的兴趣。它有如一首词，分上、下两阕。上、下两部分至少重复了四百字，其中上段的电话插入，导致主人公出车祸的大悲剧；下段另插进一个打错了的电话，主人公则成为车祸的旁观者。相同的故事，不同的结尾。前边大半的故事相同，文字也完全雷同，到了后面，一个打错了的电话改写了故事的结尾。小说对陈熙的精神世界展开细致描写，生动地表现了处于失业状态下的男人萎靡不振的精神状态。《寺内》借鉴了许多诗歌的技法，成为一篇诗化的小说。具体来说，采取诗的分行排列，再加上排比、反复的修辞手段，叙述语言有浓厚的抒情色彩，"集束手榴弹"式的意象辅之以众多幻梦情境的描写，使小说有了诗的境界和意味。《寺内》的文体实验，表现了作者文体创新的艺术勇气。

总之，刘以鬯以一位资深的"南来作家"身份把香港的市井之气和光怪陆离的社会百态，写得如此鞭辟入里，不落俗套。无论是短篇还是中篇乃至"故事新编"，其文风和写作结构都称得上是肆意挥洒但却精彩无比，难怪王家卫对他如此推崇和拜服。

董桥（1942-），原名董存爵，福建晋江人。毕业于台湾成功大学，1975 年入英国伦敦大学从事东方与非洲学研究。1965 年到香港，出版有《这一代的事》、《乡愁的理念》、《董桥散文》等散文集多种。

到英国游学，在董桥写作生涯中起了关键作用。他在伦敦大学念硕士时，一边打工一边写文章。这时他才真正接触到原汁原味的西方文化。他不放过任何机会逛书店，和浏览古今中外的名著。这样做起来很累很吃力，但他仍然强迫自己向着既定的目标前进。这目标表现在散文写作上，是追求优闲的境界，并适当掌握度，不让其成为无病呻吟或风花雪月的空洞文章。不少人说，董桥的文字很美。这只说对了一半，因为董桥所追求的不是一般的美，而是有个人风格的美，这风格不是西化而是蕴藏着中国散文的传统。

董桥创作的成功，在于转益多师、触类旁通。他不赞成将小说、散文、诗歌截然分开。他认为"散文可以很似小说，小说可以很似散文"。他就曾尝试用武侠小说的手法写散文，像《薰香记》，写了中国老人、英国人、老人的女儿香港人。眉题文字"欲知谈判如何，且听下回分解"，这里说的"谈判"，暗指当时的中英谈判。正如罗孚所说："看似武侠，实谈时事。"[38]其他《让她在牛扒上撒盐》、《偏要挑白色》，同样运用了小说的艺术手段。

董桥还有学术性散文，如《辩证法的黄昏》、《樱桃树和阶级》、《"魅力"问题眉批》，所体现的是浓浓的书卷气。它虽然不是带着长长注解的学术论文，但学术性与知识性、趣味性兼具。

董桥写作不受意识形态束缚，文笔自由奔放，有一股野趣[39]，如长达五万字的读书札记《在马克思的胡须丛中和胡须丛外》，没有囿于传统见解把马克思写成圣人。在作者笔下，马克思不只参加过风起云涌的革命运动，还谈情说爱，说爱时体现的不是革命豪情而是小资趣味。作者还写了马克思鼓吹革命之余喜欢购书、诵诗和出游。他不仅轰轰烈烈，也爱做清淡的事情，故董桥才把马克思的生活分成胡须丛中与丛外。用反讽手法写的《中年是下午茶》，在探求人生奥秘时常以警句出之：中年是"只会感慨不会感动的年龄只有哀愁没有愤怒的年龄。中年是只吻女人额头不是吻女人嘴唇的年龄"。这里蕴藏着不少哲理。又云："中年是杂念越想越长，文章越写越短的年龄。"这里既有理趣，更不乏情趣。作者用词精巧，比喻尖新，运句雅致。但董桥并不专写颇具英国绅士风度的闲适小品，也写批判性专栏和关怀天下大事的杂文。这些杂文，从骨子里透出沉重，其情绪的激奋为内地读者少见。

董桥还重视意境的捕捉和文字的锤炼。写散文，对他来说是一种艰苦的经营。他的文章不是写出来的，而是改出来的。每篇文章，他总是润色再润色，改了八次十次才勉强定稿。他不是"七步成诗"的快手，其作品以难产的居多。

董桥不追求文字的华美，他更着重内容的厚实。他对散文有一个最低要求：要言之有物。有了这种要求，自然就要看很多书，接触很多人和事，走出象牙塔面对生活不断充实自己。他不但要求文章不能空洞，而且还要求自己不跟别人雷同。他还锻炼自己，要求文字不能拖沓，要做到短小精悍，力图达到

---

38 罗孚：《南斗文星高——香港作家剪影》，香港：天地图书公司，1993年版，第233页。

39 罗孚：《南斗文星高——香港作家剪影》，香港：天地图书公司，1993年版，第237页。

"增之一字则太长，减之一字则太短"的境界。有人认为他的作品很像压缩饼干，过于浓缩，不能一读就懂。后来董桥觉得不能太过曲高和寡，便把散文浓度加以适当稀释。不管是"压缩饼干"还是稀释过的作品，即使不署名，不少读者还能辨识出这是董桥所作。

和西西一样，作为香港作家的董桥的知名度在台湾无疑比在香港高。当然，后来他在两岸及港澳均有很高的知名度，以至资深报人罗孚说："你一定要看董桥。"40

第十节　张爱玲和严歌苓

本节所说的张爱玲是地道的中国上海作家，但广义来说也是美华作家，而严歌苓是美国的新移民作家，其创作道路与张爱玲完全不同。

张爱玲

张爱玲（1921-1995 年），本名张煐，生于上海。18 岁进入香港大学。1943-1945 年，以短篇小说集《传奇》走红当时的上海文坛。1952 年 7 月，以继续到香港大学求学为由，从上海到香港，后又到美国定居。台湾皇冠出版社出版有《张爱玲全集》19 册。

---

40 罗孚：《南斗文星高——香港作家剪影》，香港：天地图书公司，1993 年版，第 246 页。

　　作为香港来去匆匆的漂泊者，张爱玲在香港前后居住过六年之久。1939-1942 年，因战乱张爱玲不再在香港大学求学而回上海。1942 年，她又一次来到维多利亚湾港口。1955 年秋天，告别香江漂洋过海来到美国。

　　1943 年，张爱玲回到上海后的次年，先后创作有《第一炉香》、《第二炉香》、《茉莉香片》及著名的《倾城之恋》，均以香港为背景。

　　1952 年，跨过罗湖桥的张爱玲，写下《秧歌》、《赤地之恋》。如果说《倾城之恋》是从上海"回望"香港，那《秧歌》用香港评论家蔡益怀的话来说是从香港"回望"内地，不再有香港的地域色彩。这是张爱玲创作史上的两部重要作品，也是了解中国当代文学最早写极"左"政治给人民带来灾难的小说。

　　《秧歌》描写新中国成立初期江南某农村土改后由于政策失误所引发的悲剧故事。作品主要通过下乡采风的顾冈，在上海当佣人回老家的月香这两个人物的所见所闻表现出来。这两人由于长期生活在城市，对 1949 年以后的新农村相当隔膜。从顾冈的角度反映饥饿，主要通过作为冬学教师的他，为上课忍着饥饿爬山，不到一里路就汗流浃背。他不顾身体虚弱，还到几十里外的镇上发信，并利用这种机会买点心饱腹，有时又回到住地躲起来吃，生怕别人说他经不起生活艰苦的考验。写月香的篇幅远比顾冈详尽。她还没有回到家，就先给邻村的小姑一块香肥皂而"露富"，使别的亲友找她借钱。在饥荒的威胁下，无论是邻居和金花找她借钱，还有妈妈从遥远的外地赶来找她借钱，所借的只相当于城里买一副大饼油条的钱，可一个个都被月香婉拒，这是因为月香家里也好不了多少，其丈夫金根是捧着饿得发抖的双手接过从上海带来的点心。这回有米下锅了，可要煮一碗稍为稠一点的稀饭，还生怕被"一日三餐都是一锅稀薄的米汤，里面浮着切成一寸来长的一段段的草"的村民发现。农民的生活是如此水深火热，可村干部不断征粮征物：再后是过年时每家要出半头猪外加 40 斤年糕"抗美援朝"，这就使农民的生活不但没有得到根本改善，反而在饥饿线上挣扎，由此爆发了聚众抢粮事件。

　　这场悲剧在拜年的秧歌声中落幕。当顾冈把抢粮事件作为电影剧本的素材时，害怕违反文艺政策而将时代背景改为旧社会。张爱玲是借此讽刺新政权未能关注老百姓的疾苦，只顾好大喜功而毫不顾及人民的感受。小说气氛压抑，乱摊派所带来的吃不饱这一现状，以及由饥饿所引起了人物关系的变化。

　　这是一篇内容复杂的作品。曾有人认为它是反共小说，其实"此书很多地方在为中共作宣传"[41]。具体说来，书中五次出现"毛主席万岁"的口号，同时还有"斯大林万岁"的呐喊。书中在不少地方提到"现在好！穷人翻身罗！现在跟从前两样罗！要不是毛主席，我们哪有今天呀"。作品多次歌颂人民解放军，如第二章写《八路军进行曲》给老百姓带来欢乐，丰富了他们的精神生活。第六章写共产党干部王霖路过妓院，不但没写"共军"被这寻花问柳之处吸引，反而写他们天生对此就有抵抗力。第六章写"共军"驻扎在庙里时，"并没有破坏那些偶像，也容许女尼姑继续居留"。第十一章王同志说："没有人民解放军，你哪里来的田地？从前的军队专门害老百姓，现在两样了，现在的军队是人民自己的军队，军民一家人了！"第六章写解放军撤退时，作者赞扬他们纪律严明，军民关系良好：兵士借用农民的物件全部归还。

《秧歌》在前半部分反复宣扬中共实行的土改给农村带来新面貌，分田地分地主的财产使农民笑逐颜开："真是感动人——这些农民分到了农具的时候，你没看见他们那喜欢的神气。"和歌颂土改相联系是写中共的农村工作做得十分周到，处处为老百姓着想，如办冬学，帮农民提高文化水平。宣扬农村有妇女会，可为妇女翻身撑腰。作品还写新农村"新"在移风易俗，新娘子出嫁不用坐轿子，"现在时世两样咧！"

张爱玲在《秧歌》中，没有丑化共产党干部[42]，反而在许多地方美化他们，将其写得对老百姓十分友善。至于在张爱玲笔下的所谓暴动，纯粹是一群饥饿者抢粮。作品描写饥饿和苛捐杂税太多、是责怪政策不好，希望其改进，并不是要推翻新政权。

张爱玲一直以写男女情爱为人所称道。《秧歌》的实践证明，作者还有能力描写更宽广的世界。有人说张爱玲不熟悉农村，其实她下过乡，对农村和农民的生活有细致的观察和深入的了解，所写的内容尤其是农村风俗相当逼真。胡适就曾细读过，于1955年初称赞此书"从头至尾，写的是'饥饿'——书名大可以题作'饥'字——写的真细致，忠厚，可以说写到了'平淡而近自然'的境界。近年我读的中国文艺作品，此书当然是最好的了。"

《赤地之恋》也是研究张爱玲和了解20世纪50年代香港文学不能跳过的一部作品。无须否认，《赤地之恋》和《秧歌》一样，对现实有严重的不满情绪，但张爱玲写小说从来都没有明确的政治意识，她只希望读者看她的小说

---

41 朱西宁：《日月常新花常生》，台北：皇冠出版社，1978年版，第205页。

42 朱西宁：《日月常新花常生》，第205页。

像"在窗口看月亮，看热闹"[43]，这从台湾官方的反应可得到证实："她的《赤地之恋》更是一奇，在台湾成了禁书，只因张氏是游离分子。"[44]

严歌苓（1958-），生于上海，1989年赴美留学，曾为好莱坞专业编剧，现居柏林。她的代表作有《天浴》英译版《扶桑》、《少女小渔》、《第九个寡妇》、《一个女人的史诗》等。

新移民文学的命名，是为了区别于上世纪五六十年代从中国台湾移民到北美的作家，其时间段为中国大陆改革开放后的八十年代。在这一年代，有一批移民成了著名作家，个别还成为海外华文文学的经典作家，如不断在海内外华文文坛引发轰动效应的严歌苓。

常常被翻译成法、荷、西、日等多国文字的严歌苓作品，无论是对东、西方文化魅力的阐释，还是对底层人物、边缘人物的关怀以及对历史的评价，无不反映出复杂的人性和批判意识，使其成为北美最有实力、最有后劲，在华人世界极具影响力的新移民作家。

看似情节离奇的严歌苓小说，其实都源于生活。如《扶桑》，是从旧照片中获取灵感。《谁家有女初长成》，系根据一篇新闻报道改写而成。《人寰》，是她这位"外地佬"对异国他乡的实际生活感受。为写小说，严歌苓深入研究美国的华人移民史，专门走访博物馆。对她来说，中国早期移民史料是她挖掘不尽的金矿。关于移民史，《扶桑》的人物属于第一代，《魔旦》、《风筝歌》写的是第二代，其中《扶桑》把漂泊、离散的生活状况与精神面貌，放在两种民族、两种文化的冲突中去表现。作品叙述的是西方男子克里斯与东方女子扶桑不正常的恋爱故事。通常来说，美国的男孩对东方的女性带有一种猎奇感，有一种梦幻式的追求，这并不切合实际，因而容易形成悲剧。另一部长篇小说《芳华》所讲述的每一个关于中国人的故事都那么独特、复杂，并富有深深的感染力。《陆犯焉识》中陆焉识，本是上海大户人家的少爷，聪慧到会多国语言，倜傥的风度也甚讨女人喜欢。父亲去世后，没有爱情的陆焉识很快出国镀金，在美国华盛顿毫无愧意地过了几年花花公子的自由生活，毕业回国后所过的仍是春风得意的大学教授生活。严歌苓笔下的人物形象是如此丰满，而且她是通过对那古老的、男女关系的新诠释，探索和表现他们的处境，以诗一般精细的语言进行陈述。在这些故事里，除了讥讽和荒诞，更吊人胃口的是严歌苓所

43 张爱玲：《传奇》再版序，上海：山河图书公司，1947年版，第5页。
44 晓风：《淡出》，载《作别张爱玲》，上海：文汇出版社，1966年版，第53页。

揭示的严酷艺术现实中人的感官世界。

严歌苓有些作品具有浓厚的个人自传色彩，她以第一人称描写过自己当年亲历的部队文工团生活。后来的作品虽说是离不开移民故事，但毫不雷同。她讲述的这些"中国故事"，具很深的感染力，如《人寰》、《白蛇》、《谁家有女初长成》、《一个女人的史诗》、《第九个寡妇》、《小姨多鹤》，都是取材于中国，但与她出国前写的同类作品不同。由于有漂洋过海的生活经验，她便不自觉地选择了新的角度，重新审视自己过去娴熟的人和事。是移民生活，开拓了她的视野，给作品增添广度的同时，增添了深度。多年海外旅居和在世界各地游历的生活，让严歌苓的感情深沉，知识广博，并且艺术观念新颖。

严歌苓爱电影有时超过爱小说，但她的创作毕竟以小说为主。她最喜欢的作品是《雌性的草地》。诚如篇名所显示，这是以性为题材的作品。作者企图在人的性爱与动物的性爱之间找到一个共同点。这共同点是性爱，是灭亡，同时也是永生。这篇小说在结构和手法上，都有较大的突破。

作为典型女性作家的严歌苓，其作品多半与女人有关。一些作品中的人物，无不用浑然天成的传统去表现东方女性的美德。这些女性有着宽广的胸怀和牺牲精神，面对不幸的婚姻或清贫的生活，有一种坚强的"能顶半边天"的强大生命力。尽管在男人为主的世界里，他们受到不公平的待遇，但能坦然面对，不向生活屈服和低头。严歌苓从遥远的雌性那里寻觅到人的本能美，并极力讴歌这种纯朴、"出污泥而不染"的精神，表达了对女性情怀的向往与礼赞。

"翻手为苍凉，覆手为繁华。"严歌苓这位华人作家因其多变的写作风格而备受好评。电影新作《妈阁是座城》以澳门为背景，讲述了一个发生在赌场内的情感纠葛。"赌"似乎是香港类型片的专利，男性角色在赌场上要么赢得巨额财富成为传奇，或者输掉身家性命。区别于传统的男性视角，这个故事的主角梅晓鸥是一个博彩中介工作人员（女叠码仔）。她"用青春赌爱情，用情感赌人性，赌到血本无归"[45]。小说告诉读者：妈阁这座城，不是围城，而是深不可测的黑洞。

在美国生活了15年及其多年不同国度的生活经历，成为严歌苓创作的宝藏，甚至她和劳伦斯被美国联邦调查局"搅局"的爱情故事，也写成了长篇小说《无出路咖啡馆》。严歌苓最新长篇小说《寄居者》出版热卖，使其又迎来事业的新高峰。

45 琼花：《一座人性的迷城》，《光明日报》，2014年2月7日。

第十一节　高行健和莫言

这两位作家获得诺贝尔文学奖，在缺少个性的时代表现了强烈的个人主体性，是华语文学的光荣和骄傲。但这两个人有无资格得奖，却存在着很多争议。

高行健

高行健（1940-），江苏泰州人。1962 年毕业于北京外国语学院法语系。1978 年开始发表作品。1979 年加入中国作家协会，1987 年借出国之机滞留法国。而在 1989 年北京发生的那场政治风波中，他宣布退出中国共产党。1991 年，北京由此把高行健创作的剧本定为反动作品，并开除高行健的公职和中共党籍，还查封他在北京的住房。同一年，高行健发表《关于"逃亡"》声明，宣布不再回中国。1997 年他加入法国籍，出版有《高行健戏剧集》十卷本和《灵山》等。

2000 年获得诺贝尔文学奖的长篇小说《灵山》，共 81 章，1990 年在台湾出版。这是高行健在远离中心的中国南部和西南部一万多公里的地方漂泊，根据其留下的印象写成，是丢弃躯壳后精神探险的艺术记录。小说主人公身患绝症竟不治而愈，作品中有残存的巫术、当地民谣，和关于绿林好汉的传说。这部"朝圣小说"由多个故事组成，并通过我、你、他或她等不同人称代词，再加上多变的视角，让读者感到疑窦重生。其中多变的人称代词和作者的戏剧创作一样，是内心距离的称呼。作品虽然来自生活，但不少地方进行了加工和虚构，字里行间充满了幻想和记忆。作品在探讨不受政策束缚、人们怎样才能获取自由的问题时，辅助于内心独白的写作方式。主人公由此走向了边远地带，成为一个没有力量的个体。

　　高行健与一般华人作家尤其是中国作家不同的是，具有强烈的个人主义意识，以此抵抗集体主义。他的创作，不热衷于表现"大我"，而是以"小我"寻找人生真正的辉煌或带不幸色彩的悲壮。他认为，个人的生存与幸福，在于自己的追寻而非集体的渴望中。作者不是否认时代精神的重要性，而是以局部的地域性悲剧，与20世纪的发展历程相衬托，用世界文学的大范畴去表现个人的喜怒哀乐。《灵山》认为"个人"是现代概念，古代并不存在这个词。在当下，"个人"的自我认知来自于对方。作为"非己的异物"，"我"对死亡感到害怕，这不同于"异己存在"的"他"。作为现代观念的"个人"，是为了区分你和我。

　　在《灵山》中，主人公不断游走，不断反思自己，反省人与人之间的关系以及人与世界的关联：

　　　　我在自言自语。你是我讲述的对象，一个倾听的我自己，我的影子。为了缓解寂寞，我让你造出个她。你于是诉诸她，恰如我之诉诸你。她派生于你，又反过来确认我自己。你知道我不过在自言自语，以缓解我的寂寞。

　　　　你知道我这种寂寞无可救药，没有人能把我拯救，我只能诉诸自己作为谈话的对手。

　　　　这漫长的独白中，你是我讲述的对象，一个倾听我的我自己，你不过是我的影子。

　　　　当我倾听我自己你的时候，我让你造出个她，因为你同我一样，也忍受不了寂寞，也要寻找个谈话的对手。

　　　　你于是诉诸她，恰如我之诉诸你。

　　　　她派生于你，又反过来确认我自己。

　　　　我的谈话的对手，你将我的经验与想像转化为你和她的关系，

　　　　而想像与经验又无法分清。

　　由这段文字可看出：没有离奇曲折情节的《灵山》，不注重人物性格的刻画，只专注于玄想与个人的喃喃自语，有很强的内在性与哲理性，只不过这哲理性枯燥得令人难以卒读。诺贝尔文学奖颁给高行健，主要不是《灵山》的艺术个性，而多半是看中作者"逃亡"作家的政治身份。当然，诺贝尔文学奖得奖者并不全是流亡作家，但相当一部分是，高行健就是其中之一。

　　高行健的"逃亡"或曰"流亡"，不仅含有强烈的政治因素，而且有文化

上的意义，即从"庙堂"走向"广场"，从主流正统文化易位到民间文化，从集体向个人靠拢，"从外部现象界的喧嚣逃离到内部象征界与想象界的宁静与孤独，从生者世界下降到的幽冥之界，从生活逃离到写作。而所有这些，无论在边缘、个人之中，还是象征界与想象界，幽冥之所，写作艺术，作者寻找的究竟是什么？以精神的逃亡到现实的逃亡，写作的逃亡，作者究竟找到了什么？是原始文化？是巫术？是人类文化的童真状态？是现代艺术的解药？是失落的现代之灵？是宗教？还是语言？是生命意义？是自我？抑或是'真实'？诉诸不同层面，我们会得到不同的答案。"[46]

高行健获得美金九十一万五千元诺贝尔文学奖金时，成为数百年来首度得到这个大奖的中文作家。高行健还有一部长篇《一个人的圣经》，同样带有个人的自传色彩，其中写他自己如何在文化大革命中参加红卫兵组织造反，后来反过来成为批斗对象。高行健的前妻，曾向上级告发高行健文革中的表现。这种反目成仇的经历，也成了这部小说的素材。和《灵山》一样，作者将现代小说"意识流"推向了"语言流"。

高行健得诺贝尔文学奖，使许多人感到十分意外。是他，改写了华人与诺贝尔文学奖没有缘分的历史，可美国出版界对这位法籍华裔剧作家、小说家、翻译家、画家、导演、评论家一无所知。如全球最大的网络书店"亚马孙"，可查到高行健的唯一作品不是小说而是剧作《彼岸》。《灵山》的英译本，还是出自澳大利亚悉尼大学的亚洲研究学者之手，在美国买不到这个译本。中国大陆的反应，则显得尴尬。据香港《东方日报》报道，中华人民共和国国务院总理朱镕基在日本表示：为高行健得奖感到高兴，但高行健不是中国人而是法国华人。后来中国外交部否认这段话，强调朱镕基"并没有遗憾高行健是法国人。"

高行健离开中国大陆后，最重要的中文作品都在台湾面世，短篇小说《给我老爷买鱼竿》，1989 年由联合文学出版社出版。1982 年夏开始创作的《灵山》，1990 年由台湾联经出版公司出版，戏剧六种则在 1995 年由"帝教"推出。

将高行健引荐到台湾的成功大学教授马森回忆道：在九十年代，他为高行健短篇小说《给我老爷买鱼竿》引入台湾寻求出版，便较快被联合文学出版社接受，但《灵山》主题艰涩，缺乏可读性，经过反复推荐，联经出版公司才勉

---

46 李冬梅：《〈灵山〉与中国巫文化》，《华文文学》2012 年第 3 期，第 52 页。

强接纳。出版后果然卖不动，没有再版的机会。谁知道十年后，高行健获得诺贝尔文学奖的消息传来，《灵山》加印五万本仍供不应求，又加印十万本才给读者解渴。

高行健谈到《灵山》的创作动机时，说这是自己"那些已严守自我审查的作品却还遭到查禁之时着手的，纯然为了排遣内心的寂寞，为自己而写，并不指望有可能发表。"他强调自己写的是"冷的文学"，这是恢复本色的文学。他认为，作家同读者只要有精神交流，彼此不必见面，不必交往，通过作品沟通即可。文学本身不必对大众负有什么义务。他还说，"冷的文学是一种逃亡而求其生存的文学"，"是一种不让社会扼杀而求得精神上自救的文学，一个民族倘竟容不下这样一种非功利的文学，不仅是作家的不幸，也该是这个民族的悲哀。"高行健用中文发表了四十五分钟的得奖感言，简短的感谢词则用法语。2000 年 12 月 10 日举行颁奖仪式，高行健邀请了两岸三地的好友刘再复、方辛勋以及胡耀恒，陪同他一起领奖，共同分享他的荣耀。

高行健之所以能摘走诺贝尔文学奖的桂冠，是因为瑞典文学院认为"其作品的普遍价值，刻骨铭心的洞察力和语言的丰富机智，为中文小说和艺术戏剧开辟了新的道路"。这给中国出了一道难题："他是华人，却已入了法籍；用中文写作，却生活在'彼岸'；成名于 80 年代的中国戏剧舞台，却已长久地在我们视野之外；他是一个作家，却又有被政治利用的嫌疑……。"[47]这"嫌疑"来自高行健鼓吹放弃祖国，辜负了养育自己的土地和人民。

高行健有一部剧作叫《彼岸》，这个名字正好成了他后来获奖的隐喻。正当此岸文坛对高行健得奖反应冷淡，对他的"逃亡"持批判态度时，高行健却在彼岸得到了热烈的拥抱，"文建会"马上斥巨资 1500 万新台币筹划高氏剧作在台湾以及在国外公演，台湾戏剧界更为他获奖感到骄傲，因为高氏的很多剧作，曾由台湾出版并多次上演。而前台大戏剧研究所所长胡耀恒是高行健角逐诺贝尔文学奖的推荐人之一。胡耀恒为高行健获奖这样深情地赞美："这是中国戏剧耕耘一百年，如今终于到了丰收的时刻了。"令高行健尴尬的是，他签名售书的场地正好与日本色情电影明星饭岛爱的摊位遥遥相对。即使这样，高行健仍感激涕零，称台湾才是他真正的故乡。

作为一位文化名人，高行健在台湾有众多纷丝。"文建会"不管别人如何议论，照样安排高行健的出行，让其接触台湾的文化。在南部，和高行健握手

---

47 佚名：《"彼岸"VS"此岸"：喝彩与喧哗》，见网页。

的是本土文学大佬叶石涛，对话的题目为《土地、人民与流亡》。叶石涛有一句名言："没有土地，哪有文学？"可高行健不需要土地，也不在乎祖国的人民。他承认"逃亡"系政治因素起作用，他和叶石涛的对谈，显得话不投机。虽然没有正面交锋，但越谈感到彼此的差距越大。[48]

没有参加对谈的作家，则不像叶石涛们那样温良恭谦让，而是旗帜鲜明地表示：高行健得奖不值得肯定。且不说旅美学者曹长青认为高氏的作品"无论在思想性还是艺术性上，都劣质到无法读的程度"，并认为高氏存在伪个人主义、拙劣模仿、粗劣语言、时代错位等问题，获诺奖如同"皇帝的新衣"，单说岛内作家朱天文、张晓风均认为西方太不了解中国文学，诺贝尔文学奖好似摸彩般给了已经不是中国人号称华人的高行健。也有人不赞同对高行健的批评，如台湾诗人洛夫就认为一些人对高行健得奖所表现出的冷漠和蔑视态度，是"酸葡萄作用"[49]，另有作家指出，高行健得奖这一事实本身，毕竟是他首次圆了中文作家百年诺贝尔梦，虽然他的身份证上注明是法籍，但为华文文学走向世界开了先例，是铁的事实。他其实是在代鲁迅、林语堂、沈从文、艾青等人领奖。

莫言（1956-），原名管谟业，山东高密人。文革开始后，辍学回乡务农，1976年参军，1981年开始创作。先后毕业于解放军艺术学院文学系和北京师范大学创作研究班，现为解放军总参谋部政治部一级创作员。著作有《红高粱》系列、长篇小说《丰乳肥臀》、《檀香刑》和《莫言文集》（5卷）等，中篇小说《红高粱》获全国优秀中篇小说奖。

《红高粱》剧照

---

48 彭瑞金：《高行健的"台湾文化之旅"》，载《2001台湾文学年鉴》，台北，文建会2003年，第114页。

49 洛夫：《对高行健的期待》，台北，《联合报》，2001年2月5日。

　　莫言创作，在文坛崭露头角为 1981 年至 1984 年，那时他发表了《春夜雨霏霏》、《售棉大道》、《民间音乐》、《黑沙滩》等十部作品。作者这时受传统文艺观念影响较深，所使用的不是第一人称，更不是第二人称，而是人们常用的"他"。这是一种全知视角，它来自现实，但并不局限于现实。作者善于虚构和想象，其风格为空灵、朦胧。到了 1985 年至 1986 年，莫言创作走出平庸，呈井喷状，连续推出了《透明的红萝卜》、《金发儿》、《球状闪电》、《白狗秋千架》和《红高粱家族》（含 5 个中篇《红高粱》、《高粱酒》、《高粱殡》、《狗道》、《狗皮》）等一系列作品。这时作者不再遵循传统写作路线：写实时辅之于超现实主义手法，在时空上有较大的突破，为新时期文学添上了亮丽的一笔。1987 年，莫言携上新作《红蝗》、《天堂蒜薹之歌》、《十三步》、《丰乳肥臀》、《酒国》和《檀香刑》等与读者见面。后来不再像过去那样写得快，但少而精，再次为文坛瞩目。

　　莫言没有匠气，没有痞气，也缺少学究气。他的作品改造了民谣，也改造了白话文的书写方式。主题不单一，而是呈复合状态。他质疑传统道德观，反对封建伦理观念。此外，他还感叹被金钱污染导致人性堕落和种族退化，对城市现代化发展所带来的诸多副作用，对现实中阴暗面的批判体现了他的锋芒。对生命意识的表彰和弘扬，则贯穿在各部小说尤其是"高密东北乡"的艺术世界中。

　　莫言不会玩弄技巧和语言，只会拥抱人生和历史。莫言善于写感觉，对语言的运用从清晰的、有弹性的，过渡到接近民谣的韵致。幽默的词语与民间的质朴结合在一起。他小说有大胆的性爱描写，给人惊艳之感。如《生命疲劳》对两情相悦的做爱场面，写主人公和情人后进式的性爱姿势。《丰乳肥臀》连书名都煽情，作品中出现了"母亲被高大膘子抱进了高粱地"的迷人画面。莫言小说中的性爱场面，多以女性为主导。他的小说语言有很强烈的创新性，故事情节曲折动人。他笔下的农村，常是热闹的，欢腾的，有蛙声、水声，还有死灵魂声、高粱叶声交织在一起。

　　莫言得诺贝尔文学奖的小说是《蛙》。由剧作家蝌蚪写给日本作家杉谷义人的五封书信、四部长篇叙事和一部九幕话剧组成，首次出版于 2009 年 12 月。此作品还获茅盾文学奖，授奖词为：

　　　　莫言的《蛙》以乡村医生别无选择的命运，折射着我们民族伟大生存斗争中经历的困难和考验。小说以多端视角呈现历史和现实的复杂苍茫，表达了对生命伦理的思考。叙述和戏剧多文本的结构方式建构宽阔的对话空间，从容自由、机智幽默，体现作者强大的叙事能力和执着的创新精神。

《蛙》以新中国近 60 年波澜起伏的农村生育史为背景，通过讲述从事妇产科工作半个多世纪的乡村女医生姑姑的人生经历，在形象描述国家为实施计划生育政策所走过的艰巨而复杂的历史过程的同时，成功塑造了一个栩栩如生的农村妇科医生形象，并结合计划生育过程中的多层现象，剖析了以叙述人蝌蚪为代表的知识分子卑微尴尬外加纠结矛盾的内心世界。

2012 年，瑞典皇家学院将诺贝尔奖授予莫言的理由是：莫言"以迷幻的现实主义，将民间故事、历史和当代性熔于一炉。"（"who with hallucinatory realism merges folk tales history and the contemporary"）瑞典皇家学院还说："莫言的作品植根于古老深厚的文化，具有无限丰富而又科学严密的想象空间，其写作思维新颖独特，以激烈澎湃和柔情似水的语言，展现了中国这一广阔的文化熔炉在近现代史上经历的悲剧、战争，反映了一个时代充满爱、痛和团结的生活""莫言通过把幻想和现实、历史和社会视角融为一体，创造了一个让人联想起威廉·福克纳和加布里埃拉·加西亚·马尔克斯笔下人物的错综复杂的世界。与此同时，他还在中国的古老文学和口头传统中找到了一个出发点。"

中国大陆文艺界对这届诺贝尔文学奖不买账。如海南省作协的《天涯》杂志编辑赵瑜说："莫言论思想和智慧不如韩少功；论激情和某种情结不如张承志；论对抗体制和现实关照不如阎连科；论人性通透和大师风范不如刘震云；论小说长度和诗意不如张炜；论打磨语言和叙述技巧不如格非；论内敛和反思不如史铁生；论语言的中国属性和勤奋不如贾平凹；论……但是他获奖了。"朱大可说："诺贝尔奖往常都是比较青睐自由作家，像莫言这种官方色彩浓重，甚至称得上畅销的作家获奖，我想只能说明一点，诺贝尔奖的内在标准、艺术水准已经发生了根本转变。甚至是下滑。这个也是和世界文学水平的整体下滑密切相关的。"[50]

常有人说，诺贝尔奖常颁给得奖者所在国不被主流文坛接纳的作家。莫言与高行健不同，他属体制内作家，是中共党员，是半官方的中国作家协会副主席，曾对毛泽东《在延安文艺座谈会上的讲话》的长文作誊抄，但莫言是否是

---

50 参见《专访朱大可：莫言获奖，证明诺奖艺术已下滑》一文：http://tieba.Baidu.Com/p/1916008210

最杰出的作家？这存在诸多争议。所有这些都表明，无论是诺贝尔奖采用政治标准还是艺术标准，都难以使人信服，总会遭到不同观点作家的抨击。

富于争议的还有莫言的得奖感言："文学作品永远不会是唱赞歌的工具，文学艺术界就应该暴露黑暗。"他这天真的、政治上有点"幼稚"、袒露出一个没有设防的近乎赤裸的看法，被左派抓住把柄，认为是违反了毛泽东的文艺思想。其实，这是一家之言，应允许其存在。因为，好人好事固然应该歌颂，但不等于凡是写小说的人都要按此思路写，更不能说批判黑暗就不要光明。其实批判黑暗是为了更好地拥抱朝阳。那些反对莫言的人，不是生活在现实中，而是生活在虚无缥缈的理想国中。因为生活在乌托邦式的理想国的人，才能无缺点，无阴暗面。我们不反对歌颂人民，歌颂英雄，但这不是唯一的创作方法，更不是批判作家的绳索。给作家松绑，给他一个表现现实的自由，文学的百花园才能真正做到万紫千红、争奇斗艳。

本来，诺贝尔文学奖并不是衡量一个作家成就的标准。"过去不是，现在不是，自莫言始，将来更不会是"。在《不提诺奖》一文中，欧阳昱曾如是说："其实，该得奖的人多的是，网上就开列了一张十人名单：马克·吐温、托尔斯泰、乔伊斯、普鲁斯特、易卜生、左拉、弗洛斯特、奥登、纳博科夫和博尔赫斯等（见：http://listverse.com/2009/09/16/10-brilliant-wriers-robbed-of-a-nobel-prize/）。这些人没有得诺什么奖，真是他们的福气。干嘛见钱眼开，见奖就上呢？何况，诺奖的核心观念'理想主义'，也根本不是通过钱和奖就能衡定的。请大家忘掉这个奖，继续写自己想写的东西吧。人生苦短，不能为全球60多亿人中每年只有一人可得的一个奖而弄瞎自己的双眼，败坏自己的心智，让自己像疯子、傻子一样成日成夜地在那儿梦想一个萨特兄都拒绝接受的东西。"[51]当代中国作家虽然也有其他跟莫言不相上下的优秀作家，如贾平凹、阎连科、余华、苏童、残雪、王安忆、韩少功等，他们的作品艺术性也很高，完全有资格获奖。可惜的是，他们的小说都未能及时的翻译为院士们看得懂的外文，尤其是瑞典文，所以他们都没有莫言那样走运。

第十二节　哈金和张翎

在北美，有的作家用母语写作，如张翎，也有用英语写作的哈金。

---

51 欧阳昱：《打折扣的诺贝尔文学奖》，《华文文学》，2012 年第 6 期，第 14 页。

哈金（1956-），辽宁人，1982 年毕业于黑龙江大学外语系。1985 年赴美，1989 年开始用英语写作，出版有长篇小说集、短篇小说集、诗集等多种，其作品打入了美国主流社会，是华文文学作家的一个异数。

哈金曾提出"伟大的小说"概念，这是指"一部关于中国人经验的长篇小说，其中对人物和生活的描述如此深刻、丰富、正确并富有同情心，使得每一个有感情、有文化的中国人都能在故事中找到认同感。"他的作品，一直在朝这方面努力。尽管没有汪洋恣肆，也不轻松愉快，却给人一种沉重的悲剧感，《等待》写孔林在心理上有严重创伤，逐渐失却了爱的本能。这是一部用英文写的典型的现实主义小说，难能可贵的是没有受到西方现代派的影响，其风格平实朴素，这种风格受了《安娜·卡列尼娜》、《包法利夫人》、《父与子》的影响。正因为哈金没有模仿洋人，字里行间有浓厚的东方风味，故此书得到美国文坛的认可，发行五十万册，并翻译成多国文字出版。

哈金把历史分为三种：英雄叙述、集体叙述、个人叙述。他的《南京安魂曲》便属于个人叙述。尽管各种叙述都有价值，但哈金认为个人叙述才最能真实地反映历史的面貌。哈金还说："唯有通过时间、历史，才能超越时间、历史。"就他的《南京安魂曲》而论，是把故事和细节都牢固地建立在史实上。

作为移民作家，哈金早就想写移民小说。《落地》，便是以新移民为题材的作品，具体说来是写纽约新中国城移民的故事。这篇作品，不同于哈金以前的冷峻风格，而是赋予一种暖色调，这是为了鼓励那些艰难创业的移民者看到前面的曙光，让他们更热爱生活。

哈金不仅写移民，也写处于下层的妓女，如《落地》中的《樱花树后的房子》，便是写失足妇女生活的。但他没有将作品写得乌烟瘴气，也没有去展览那种卖淫场面，而是写得有人情味。正如江少川所说："小说的叙述设计极具匠心，情节、心理描写都很细致、出色，很真实。[52]"哈金另一篇小说《英语教授》，写一位高等学校老师因提交终身教职的材料中错了一个字而发疯。这在现实中是有原型的，但这位教授并没有得神经病，因一个错字精神失常也使人难以理解。但作者用夸张的手法写了他发疯，笑个不停。说明作品源于生活，又高于生活。

---

52 江少川：《海山苍苍——海外华裔作家访谈录》，北京：九州出版社，2014 年版，第 5 页。

不是中文系出身的哈金长期生活在美国，他有机会大量阅读英文原著，其中影响他的作家有奈颇尔、纳巴科夫、格林、茹斯·佳波娃拉等。这些作家的作品他经常读。除此之外，他还喜欢斯坦贝克、亨利·罗斯、格丽丝·佩利、卡萝尔·希尔德等。加拿大华裔作家崔维斯，哈金也非常崇拜，认为他的作品非常优秀，有独立的风格。

哈金提及"文学必须能对其他文化的读者发言，否则就不是文学，因为文学最本质的品质，是普世性。"所谓"普世性"，是指文学不是高深莫测的精神贵族的产品，它应该能够打动人，让读者联想到自己的生存状态，"就是说在本质上是建立在共性上的。没有共性，就没有心灵的沟通；没有沟通，作品就没有意义了。真正的文学小说，是经得起翻译的，而且越翻译生命力就会越旺盛。"[53]

哈金的作品有一种"悲剧意识"。这种意识，不是对生活绝望，而恰好是给人一种力量。为此，哈金写过这样的诗：

你必须去哪里，

悄悄地出发。

把你仍然珍惜的东西留在身后。

按照陈瑞琳的解释，哈金要去的"哪里"就是他的作品；"悄悄地"，正是他低调匍匐前行的姿态。他需要"留在身后"的那些"珍惜的东西"实在太多，其中有故土，有亲人，有他成长的情感，还有一样就是他"仍然珍惜"的汉字。后来在很多场合，哈金都说过，自己不能用母语写作，无论如何都是他个人的悲剧。[54]

哈金的作品含"金"量多，故媒体称他为"美国历史上公认最杰出的华裔作家"。1996年，他获得弗兰纳里·奥康纳小说奖，1997年获海明威基金会笔会奖，1999年获得古根海姆研究基金，1999年获美国国家图书奖，2000年获笔会福克纳奖，2000-2002年获得亚洲研究基金，2002年获汤森德小说奖（Townsend Prize for Fiction），2005年再次获美国笔会福克纳奖，2006年获美国艺术与科学研究院会员称号。此外，《等待》和《战争垃圾》，分别

53 江少川：《海山苍苍——海外华裔作家访谈录》，北京：九州出版社，2014年版，第7页。

54 陈瑞琳：《海外星星数不清——陈瑞琳文学评论选》，九州出版社，2014年，第75页。

入围 2000 年和 2005 年普利策奖小说类决赛名单，并入选《纽约时报》十大好书。

　　哈金对华文文学的贡献，在于设置大的历史背景，从中发掘出"道德难题"，写出了他自己这一代漂泊者在艰苦创业过程中所付出的巨大代价。作为他最长的一部小说《自由的生活》，把自己的视线由中国大陆转移到异国他乡。他要写的是美国新移民的生活遭遇，这里面有他自己的影子。但更多的是虚构。是借别人的经历，来完成自己的精神自传。在这部移民小说中，哈金以他特有的客观和冷静，将"自由生活"背后的痛苦代价淋漓尽致地和盘托出。为此，哈金说过一句特别深刻的话："自由的生活，是有高昂代价的。在追寻自由生活的过程中，失去的恰恰就是自由。"在陈瑞琳看来，这正是哈金最重要的一部作品，哈金自己也说："我认为这是我的代表作。"[55]

　　哈金有多重身份，比如用英文写作他属华裔作家，其作品并不是华文文学，而是华人文学。但陈瑞琳认为他仍然是海外的中国作家。他的作品，写的都是中国人所经历的故事，多离不开他自己成长的背景。所以哈金也称自己为新移民作家，或者说是主动选择了"离散"意义的新移民作家。哈金的新书《在他乡写作》中有这样的话："由于我们当中的大多数人再也无法回家，我们必须寻找自己的伊萨卡，并设法找到通往哪里的道路。但是，我们也应该记住，无论我们向何处行进，都不可能完全摆脱我们的过去。"[56]这"过去"，便是中华文化传统。

　　张翎（1958-），浙江温州人。1983 年毕业于复旦大学外文系，1986 年赴加拿大留学，代表作有《余震》、《雁过藻溪》、《空巢》、《金山》、《阵痛》、《拯救发妻》等。

　　张翎在海外生活多年，用得最多的应是汉语写作，其描写对象均与故国乡土有密切的关系。她身在异邦而心系神州，向国外读者讲述中国故事。这种双重生活经验，给了她一双观察他乡的眼睛，开拓了一个完全陌生而神奇土地的视野。与国内写中国故事不同的是，她拉开了审美距离，不再有过去身在庐山"不识庐山真面目"的困惑。

---

55 陈瑞琳：《海外星星数不清——陈瑞琳文学评论选》，九州出版社，2014 年，第 79 页。

56 陈瑞琳：《海外星星数不清——陈瑞琳文学评论选》，九州出版社，2014 年，第 76 页。

张翎

　　在张翎的所有创作中，获 2006 年第六届《当代》长篇小说奖的《金山》是她创作的高峰。这里说的"金山"，是指淘金者叫作摇钱树的洛基山脉。这是一部描写劳工移民家族的作品，从中国写到加拿大，时间跨度达一个半世纪。为写好先侨的历史生活，张翎除了采访华工，让其提供并不完整的口述资料外，很大部分得力于书籍的查考。她的足迹遍及中国广东开平以及境外的维多利亚和温哥华。对当年的金山客来说，"金山漂流故事是一种震撼，留守碉楼的故事是另一种震撼"[57]。正是漂泊与留守，成了《金山》既矛盾又统一的两种不可缺的线索。这部作品，共写出了五代人的移民生活，却没有采取宏大的叙事结构，而通过许多芸芸众生的各种各样的琐事，去展现人物的命运，去写他们在生活中所受到的不同磨炼。对张翎来说，命运是一个永恒的话题，"金山"只是故事发生的所在地。无论是华工们淘金，还是修建太平洋铁路，张翎所关注的不是修铁路的进度而是人物的情感世界，时刻关注的是他们在那片蛮荒土地上如何落地生根。

　　张翎的小说以前写的多半是白领阶层，《金山》换了一副笔墨，专写下层人民的生活。她改变行文风格，不再用文绉绉的语言叙述人物的生活状态。她从台阶上走下来，做劳工阶层的代言人，用一种平视的角度写下层人民生活的变迁，其故事像一个多棱镜，极富立体感。

　　张翎早期还有一部长篇小说《望月》。既然是望深不可测的月亮，而不是

57　江少川：《海山苍苍——海外华裔作家访谈录》，北京：九州出版社，2014 年版，第 29 页。

欣赏朝霞的绚丽，故其基调不可能高亢。这是一个用哀伤笔调写的跨国故事。具体来说，着力写的人物是张氏三姐妹，与出国留学的年轻人的遭遇，及其"剪不断，理还乱"的情感纠纷。涉及的城市除多伦多、上海外，还有台北、纽约，在时空交错中表现人在异国的爱恨情结。另一部《交错的彼岸》，与《望月》不同，它写的是两个不同家族的境遇，其中有两条线索，"一条线写中国南方的全氏家族的历史，另一条线写美国家族酿酒业大亨汉福雷家族的故事。情节纵及 70 年代，横贯两大洲。它借着加拿大新闻记者马姬的叙述，将故事的两条主线——中国和美国的两个家族，在纷繁历史背景交错下衔接起来。通过两个家族年轻一代跨越太平洋的探索足迹，反映人类对完美精神家园的追寻探索是超越种族时空界限的。"[58]

后半生不断漂泊的张翎，身体离故乡愈来愈远，精神却与故乡越来越近。她不像某些作家刻意去写中西文化碰撞，而是写人类的共性。莫言曾这样评论她的作品："像张翎这样能够把中国的故事和外国的故事，天衣无缝地缀连在一起的作家并不很多，我想这也是张翎作为一个作家的价值和她的价值所在。"[59]张翎的《三种爱》，便是这样的作品。作者选取自己最有探究欲的勃朗宁夫人、狄金森、乔治·桑这三位，在追索她们情感生活的同时，走进她们的心灵与文学世界。

张翎小说的另一特点是常用创伤叙事，这和她的医生职业有一定的关系。"张翎小说的主人公直面现实，正视自我，完成了创伤治疗。在灾难和绝境面前，人性所发生的变化和逆转，正是受创者重建自我、形塑未来的过程，这也是创伤叙事的终极价值和意义之所在。"[60]

在海外坚持用汉语写作，显得孤独而清苦。西方的读者也不太欣赏张翎的作品，故作品只能出口转内销。即使这样，她仍然乐此不疲，这是因为写作已成了张翎生命中的一个重要组成部分。她写作，既是娱乐别人，更是娱乐自己。

---

58 江少川：《海山苍苍——海外华裔作家访谈录》，北京：九州出版社，2014 年版，第 82 页。

59 江少川：《海山苍苍——海外华裔作家访谈录》，第 34 页。

60 花宏艳：《张翎小说的创伤叙事》，《中国现代文学研究丛刊》，2020 年第 3 期，第 217 页。

第九章 世界华文文学研究名家

第一节 夏志清和李欧梵

在中国大陆学界，研究中国大陆文学其成就一般不算在世界华文文学学科内，而在海外，研究世界华文文学则包括中国大陆文学在内。在世界华文文学史上，北美作家兵强马壮，而学术界也有成就斐然的两位学者。

夏志清（1921-2013 年），江苏吴县人。上海沪江大学毕业，1947 年赴美，长期担任美国哥伦比亚大学东方语言文化系教授。原先是研究英国古典文学，后因参加编写《中国手册》，将兴趣转移到中国文学，出版有英文著作《中国现代小说史》等论著多种。

奠定夏志清文学史权威地位的是他于 20 世纪 50 年代末期写成的《中国现代小说史》，其开拓意义强烈地刺激了大陆的中国现代文学研究工作者。

在海内外华文文学界，对中国现代文学研究作出最大成绩的自然是中国大陆地区。可在大陆地区的现代文学评价体系当中，在很长一段时间内存在着"以社会主义文学的标准衡量现代文学"的倾向，过分强调现代文学的新民主主义性质，以是否具有"反帝反封建"的倾向作为衡量和评价现代文学作家作品的重要乃至唯一标准，以致一些与无产阶级革命步伐不甚一致的自由主义作家，尽管在创作艺术上获得了巨大成就，发生了重大影响，但由于不属宏大叙事文学范畴，因此遭到否定。因而当人们读到夏志清对遭大陆学者长期冷落的以日常生活叙事著称的作家沈从文、钱锺书、张爱玲作品作充分肯定时，感到耳目一新。夏志清出于一股对抗"五四"和左翼作家以革命为功利目的的文学史叙争的热情，对非主流作家评价时常离不开一个"最"字。"最"

字用多了，有给人廉价赞美之嫌。值得肯定的是，对一些政治倾向夏志清并不赞成的作家，尽管也有难听的贬词，但他不一笔抹杀这些作家的艺术成就。夏志清把中国现代小说史的下限延伸到1957年，而且附录了《1958年来中国大陆的文学》，这对扩大海外读者的视野，增进对中国文学的了解，也有帮助。"小说史"不仅写大陆作家，而且还写了去台作家，在体例上也是一种创新。

在海外出版的一些研究中国现代文学的著作，使用的大都是老一套的评点式研究方法。夏志清未满足于这套方法，而注重对作家艺术个性的剖析和新的研究方法的运用。给人印象特别深的是比较方法，如《文学革命》等章，从纵的方面探讨了中国现代小说如何在中国独有的历史传统和民族心理影响下，形成了与英美国家不同的艺术特色；从横的方面，探讨了思想倾向或艺术倾向不同的作家如何受了美英或法、俄、日等国家的文学传统的熏陶。夏志清谈这些问题时，虽然有的论证不充分，有的则纯是为了炫耀自己的博学，但应该承认，他这种比较思路新、视野广，能启人心智。

和比较方法相联系，夏志清还十分重视西方文学对中国现代小说的影响。如他认为"现代中国小说源于19世纪和20世纪初期（外国）的写实主义与自然主义的传统。其主要的导师有屠格涅夫、狄更斯、托尔斯泰、莫泊桑、左拉、罗曼·罗兰、契诃夫、高尔基以及在十月革命前后发表过一些作品的二、三流作家"。至于福楼拜、陀思妥耶夫斯基等著名作家对中国现代小说作家影响不大，原因在于中国小说家"所求之于西方小说家的，主要还是知识上的同情与支持"。这些论述注意到了大陆研究者普遍忽视的一面，提出了一些引人思索的见解。

《中国现代小说史》另一长处是不同于"点鬼簿、户口簿"一类的现代文学史，满足于作家作品资料的罗列，而力求寻找出中国现代小说也是中国现代文学的最大特色。对这特色，夏志清作出如下概括：自十九世纪中叶以来，长期的丧权辱国，当政者的积弱无能，遂带来历史上中华民族的新觉醒。作家和一些先知先觉的人物，他们所无时或忘的不仅是内忧外患、政府无能。不管中国的国际地位如何低落，在他们看来，那些纷至沓来的国耻也暴露了国内道德沦亡，罔顾人性尊严，不理人民死活的情景。……现代的中国作家，……非常感怀中国的问题，无情地刻划国内的黑暗和腐败。在附录的论文中，夏志清明确地把"五四"叙事传统的核心归结为"感时忧国"，并指出这是"中国文学进入现代阶段"的特点。他认为"感时忧国"精神是因为知识分子有感于"中华民族被精神上的疾病苦苦折磨，因而不能发奋图强，也不能改变它自身所具有的种种不人道的社会现实"而产生的爱国热情，这种看法使人们注重文学内容而轻视其形式，并对现实主义的重要性更加关注，以便应用文学手段去批判社会的黑暗面和了解人生的艰难。这样，中国现代文学研究就担负着中国现代史的重任。

作为美国的现代中国文学研究的奠基人，夏志清也有明显的局限：受西方意识形态的影响，对张爱玲的评价过高，对鲁迅的文学史地位认识不足。该书还遗漏了萧红、端木蕻良、路翎、艾芜等重要作家。至于夏志清去世后，其遗孀王洞"爆料"其丈夫的情史，不能看作全是八卦，里面暴露了当代生活尤其"文学江湖"中很敏感的话题，其中还蕴含有可不可以消解大家以及用什么方式消解、夏志清是海外华文作家还是台湾作家、如何评价夏志清的文学研究成就等一系列文学史的严肃命题。在某种意义上说，还可视为对文学史家的挑战：能否以特异的思考向度与言说方式来重构文学史[1]？

李欧梵（1939-），河南太康县人。台湾大学外文系毕业，曾任芝加哥大学远东语文学系教授和哈佛大学教授，现为香港中文大学讲座教授。出版有《铁屋中的呐喊》、《现代性的追求》等论著多种。

在台湾，西化的潮流一直难以阻挡。60 年代初，李欧梵正是随着留学的狂潮，负笈西渡，到西方物质文明的胜地美国去深造。然而，在西潮之下浸沉了十多年之后，他的思想发生了巨大的变化，即不再像过去那样盲目崇拜西方，而努力思考如何解决中西文化认同的危机，如何重新发掘并鉴定自我的问题。他这种"浪子回头"的心情，并不表示他转而崇中抑西，"而是希望以我既已吸收的西学为基础，来重新体认中国文化。我所用的尺度也许是西方的，但是我要求得的结论，却与中国息息相关"[2]。

李欧梵研究中国现代文学时有新见。以研究鲁迅为例，他没有将鲁迅描绘成完美无缺的英雄，强调鲁迅思想充满矛盾斗争的一面。在他笔下，鲁迅不仅是高声呐喊的斗士，而且是有着复杂丰富情感的人。在现实生活中，鲁迅有爱也有恨，有希望也有绝望，对中国传统有继承的一面，也有叛逆的一面。他是在克服各种矛盾中前进的一位先进知识分子。李氏认为，鲁迅既承继了中国散文的优秀传统，又作了勇敢的超越；既使自己的杂文具有"现代性"，同时又

1　参看古远清：《夏志清研究的几个前沿问题——从王洞"爆料"夏志清的情史谈起》，《南方文坛》，2016 年第 3 期。

2　李欧梵：《西潮的彼岸·前言》，台北，时报出版公司 1975 年版，第 3 页。

不妨碍自己独特风格的形成。李欧梵用"抒情——隐喻"模式来概括鲁迅早期杂文的独特性，称赞鲁迅通过意象和格言方式去表达未及系统化的思想，使鲁迅的杂文抹上一层哲理色彩，并超越了它描绘和批判的表层现实，达到了更高的境界，从而肯定鲁迅对中国散文所作出的独特贡献。李氏的另一本书《中西文学的徊想》，表示作者徘徊在中西文化之间而辗转"徊溯"。多年身在海外，他变成了一个所谓"不中不西、又中又西的人"。在经过一番"认同危机"之后，他终于感到还是应该面对现实，肯定自己的"边缘人"的地位，向中国文学的"内陆"作点积极的评判工作。

作为美国的现代中国文学研究重镇的李欧梵，他大力推介中国小说现代化的启蒙即20世纪20年代末、30年代初在上海崛起的新感觉派小说。90年代以后，他转向研究现代文化，强调不屈从于政治、不附属于历史的"纯文学"才是有价值的文学，强调晚清文学在想象中国都市、创立中国现代性方面所作出的贡献。其著作《上海摩登》，在促进现代派研究的同时，拓展了现代文学的都市文化视角。和夏志清不同的是，他把现代主义文学进一步吸收到普通生活的叙事之中，再辅之以想象的社群理论、"公众领域"理论，由此建构起一条与众不同的"颓废"文学史叙事策略。在他看来，"颓废"正是审美现代性对启蒙现代性的反叛和超越。他这里说的"颓废"，是指"颓加荡"，它包含文明腐败、解体、变态和"去其节奏"的意识，即"从建立的秩序中滑落"，并以各种混杂观念和形式取代原有的秩序，这是建立新秩序的必然途径。在"五四"新文学创作中，"颓废"的含义演变成与一本正经对立的词。"颓废"在左翼评论家眼中是负面的，是要批判和扫荡的。李欧梵却肯定它，并从魏、晋、唐、晚明的某些作品到曹雪芹到王国维的《人间词话》，到鲁迅的散文诗，到30年代刘呐鸥的小说和张爱玲所挥洒的"苍凉手势"，再到北京王朔的"痞子文学"、香港李碧华的新狎邪体小说、王安忆叙述世纪末嘉年华场景的《长恨歌》，还有台北朱天文的《荒人手记》，由此总结出与"晚清现代性"合拍的文学史线索。他强调，曹雪芹是中国文学史上写"颓废"小说的样板。鲁迅的短篇小说和散文诗的精华，给读者最难忘的正是"颓加荡"的美感。他的这些论述，深刻地影响了大陆学者，使李欧梵成为中国启蒙主义文学史叙事不可忽略的外部推动力量[3]。

关于张爱玲，李欧梵也有深入的研究，写有专书《苍凉与世故：张爱玲的

---

3 郑闯琦：《从夏志清到李欧梵和王德威》，北京：《文艺理论与批评》，2003年第6期。本节吸引了他的研究成果。

启示》。他研究张爱玲，在张爱玲与好莱坞电影的关系上面，有自己的看法。
在他看来：张爱玲有另外一个世界。这个世界广义地说是西方通俗文化的世
界。在通俗文化里，并没有分雅和俗。所以在张爱玲的世界中，也从来没有将
雅和俗判然分开。

李欧梵通过和徐克导演交谈，发现张爱玲不仅是苍凉的，她的另一面很喜
剧化。李欧梵的《苍凉与世故：张爱玲的启示》前面讨论"苍凉"，后面讨论
"世故"。其实世故里面一个重要的部份是喜剧性的事物，也就是把人生看作喜
剧。我们可以清楚地看到在张爱玲所编的剧本里面，大部份是喜剧，当然其中有
一两个悲剧，但不多：比如《魂归离恨天》，是从原来的好莱坞电影改编过来的。

在李欧梵看来，张爱玲的人生喜剧哲学可以用"月有阴晴圆缺，人有悲欢
离合"这句诗来概括。也就是说阴晴圆缺和悲欢离合总是在一起。而"悲欢离
合"是所有才子佳人通俗小说背后的一个重要主题。可是要看怎么理解，是悲
／欢／离／合，还是悲欢／离合呢？张爱玲小说永远不会仅仅取一面，而舍弃
另外一面，而是一种中间性的近似调和的东西[4]。

第二节　刘再复和王德威

新移民文学是华文文学的一支劲旅。这"文学"也包括评论家在内，只不
过本节论及的一位系从大陆移民海外，另一位则从台湾移民美国。

刘再复（1941-），福建南安人。1963 年毕业于厦门大学中文系，到中国科
学院哲学社会科学学部《新建设》杂志任文学编辑。1977 年转到中国社会科
学院文学研究所。曾任该所所长、研究员。现居美国和香港两地，编有《刘再
复文集》三十卷。

当刘再复回顾自己所走过的道路，写了分五卷的《我的写作史》、《我的思
想史》、《我的心灵史》、《我的拼搏史》、《我的错误史》。这五个生命的历程有
许多风风雨雨，在风雨行走的他时刻不忘自我反省、自我批判，这有点似他过
去写的《性格组合论》。

在这自我放逐的 30 年中，刘再复告别革命，放逐诸神，另谋求独立发展
的道路：

---

4 李欧梵：《张爱玲与好莱坞电影》，载林幸谦编：《张爱玲：文学·电影·舞台》，2007
年，牛津大学出版社。

毫无疑问，知识分子的思想独立，必须仰仗自己的言论空间，
这就是"第三空间"。在此空间中，必须拥有思想的独立和主权，
否则，自由便是一句空话。当然，这一觉醒也导致我昨日的流亡，
今日的漂泊，明日的猜想。[5]

这流亡的道路，是刘再复的第二人生，是赢得自由的人生，是不受"革命"
和"国家"束缚，放逐"二极思维"的人生。这不是虚无主义，而是否定僵化，
否定神话，这个"神话"是卢卡奇所说的异化，也是马克思所讲的物化。

1995 年，刘再复和李泽厚的对话录《告别革命》已杀青。这里讲的"告
别革命"，含有"告别现代"和随之而来的"返回古典"之意。当时流行后现
代主义，这种思潮本身带有革命性，其缺陷是只讲"解构"而不要"建构"。
刘再复不赞同这种思潮，不走时髦的"古典——现代——后现代"的道路，而
做逆向思考，"从后现代返回古典"。他说：

所谓回归古典不是否定现代社会而回到古代社会，而是在文化
取向上，回复理性，回复人文关怀，回复文艺复兴时期和启蒙时期
的一些古典的价值观念和古老命题，重新探求和确立人的价值与人
的尊严。[6]

这"返回古典"，刘再复最看好的古代的曹雪芹，另一个是当代华人作家
高行健。在他看来，《红楼梦》极尽虚实幻化之能事，铺展出一则顽石补天的
神话，一则悲金悼玉的忏悔录，总结繁华如梦，一切归诸大荒。高行健的《灵
山》则在历史废墟间寻寻觅觅，叩问超越之道；《一个人的圣经》更直面信仰
陷落之后，人与历史和解的可能。

刘再复研究高行健的代表作是 2004 年由台湾联经出版公司出版的《高行
健论》，另有《高行健再论》，单篇论文有《从卡夫卡到高行健》等。当高行健
迈入古稀之年时，刘再复又写了《当代精神价值创造中的天才异像》。这些文
章，都侧重于审美形式，也就是高氏的艺术创造意识，并不是他的思想意识系
统。在刘再复的心目中，至少有四个高行健：小说家高行健、戏剧家高行健、
画家高行健、思想家高行健。在刘再复看来，把高行健定位于作家或艺术家是
不够的，因为他同时是一位思想家。下面是他归纳的十个要点：

一、艺术型思想家

---

5 王德威：《山顶独立，海底自行》，《华文文学》2019 年第四期。
6 刘再复：《我的写作史》，《华文文学》2016 年第三期。

二、"没有主义"：彻底打破意识形态对文学的遮蔽

三、冷文学：不屈从政治也不干预政治

四、告别乌托邦神话：世界难以改造

五、"真实"乃是文学的终极判断

六、"回归脆弱人"理念

七、尊重宗教但不走向宗教

八、放下"现代性"新教条

九、以人类学眼光驾驭中国文化

十、新鲜思维带来艺术原创性[7]

　　这里要将意识形态"打破"还要"彻底打破"，是完全不现实的。高行健言行不一，他的"逃亡论"，便是意识形态之一种。

　　刘再复认为高行健与同时代人有许多不同之处：无论是对于当代人类的生存条件、人性状态、社会与政治、个人与群体，还是自我与他者、存在与虚无等方面的深刻认知，这些涉及文学艺术与意识形态、伦理及宗教、文化、历史、心理、语言以及作家位置等问题。刘再复在这里把高行健称为思想家，也有人不同意这种说法。

　　对诺贝尔文学奖另一得主莫言，刘再复早就有研究，写过不少评价其人其书的文章。他认为莫言作品的出现，是"黄土地上的奇迹"[8]。瑞典皇家学院这次评奖，真正超越了政治和市场，只是把文学作品的艺术水平当做唯一的评价标准。莫言和高行健都是天才，但属于不同的文学类型：

　　　　高行健属于冷文学，长于内敛，自始至终用一双冷静的眼睛看人生、看人性、看世界、看自我；而莫言则属于热文学，长于外射。生命充分燃烧，双臂热烈拥抱社会现实。两人都是中国当代文学"荒诞"写作的先驱，但高行健更近卡夫卡，莫言更近马尔克斯。两人都充满灵魂的活力，但高行健的语言似更精粹，结构更为严谨，小说"艺术意识"更强，而莫言则挥洒自如，天马行空，语言虽不如高行健简约，却汪洋恣肆，一泻千里，其幽默更是自然独到[9]。

　　对没有得诺贝尔文学奖的武侠小说家金庸，刘再复也有很高的评价。他认

7　刘再复：《高氏思想纲要》，《华文文学》，2012年第三期。

8　刘再复：《再说"黄土地上的奇迹"》，《华文文学》2012年第六期。

9　刘再复：《再说"黄土地上的奇迹"》，《华文文学》2012年第六期。

为金庸所建构的江湖世界，早已成为全球华人的共同语言。金庸小说的发行量没有人能够匹敌。他的作品，成了华语世界的经典。他是一代天才，创造了一个想象的、无比丰富的武侠世界，还刻画了一系列的英雄人物，特别是中国现代文学所缺少的鲜活的女性形象。金庸曾给刘莲写过一副对联："偏多热血偏多骨，不悔深情不悔痴"。这其实是金庸的自我写照。

1979 年刘再复由北京到广州，再到香港，离开祖国开始无边无际的漂泊生涯。这是连根拔起，面临的是无边无际的深渊。他遵循的是另一种规范，所过的是另一种人生。为驱除寂寞，他写了许多散文，后结集为《漂流手记》。他还写过有关夏志清的文章。他肯定夏志清的《中国现代小说史》，但不同意该书过高评价张爱玲，以致使人误为张氏的艺术成就比鲁迅高。刘再复还评过小说家薛忆沩的作品。

当刘再复接近耄耋之年时，他为自己写下了这样的墓志铭：

> 这里躺着一个人。他为文学奋斗一生，把崇尚文学真理作为第一
> 品格。来亦文学，去亦文学；观亦文学，止亦文学。他为文学的独立
> 权利和自由权利而付出全生命与全灵魂，直到生命全部被文学吸干。

刘再复的海外华文文学研究，远不及他在中国大陆担任"所长"时所做的一个时代的突围的锐气，将文学主体性引向文坛，不但大力宣扬，而且大力演练。他是虎虎有生气的启蒙者、革新者、推行者、论战者。他对《红楼梦》的研究，超越了自己。

王德威（1954-），原籍辽宁，生于台湾，毕业于台湾大学外文系，现为哈佛大学东亚语言与文明系暨比较文学系讲座教授，出版有《小说中国》、《如何现代，怎样文学？》等论著，另主编有《哈佛新编中国现代文学史》。

王德威

　　作为海外中国现代文学研究的代表人物，王德威在晚清文学、文学史、当代批评、抒情传统和现代文论等方面都有骄人的成绩，其中"众声喧哗"，是王德威早期使用的文学概念，其意是指对政治环境的反应——各种不同声音的出现，另指不请自来的声音，"多元化"是其最表面的层次。他喜欢采用新的视角看文学史方面的存续或断落的现象。正因为这样，不仅对当代文学而且对现代文学，王德威的论者也新见迭出。如他第一本论文集中的《从老舍到王祯和——现代中国小说的笑谑倾问》，未局限在老舍、王祯和的作品分析上，而是从笑谑倾向角度提出"涕泪飘零"不应看作现代中国小说唯一专利的情绪或风格。一般作家不但有责任去寻找更厂阔的题材和风格，评论家和读者也应探查更多作品的可能性。这种观点，为我们提供了新的审视尺度去看待现代文学史上的作家与作品。

　　王德威的评论面非常宽广。《阅读当代小说》这本书所讨论的作家作品，一半来自台湾，一半来自大陆、香港及海外。这些作家在不同的社会制度和文化环境下写作，王德威把它看作中国现代文学史上少有的众声喧哗现象。作家由"先锋"写到"后设"，由"解严"写到"解构"，由"新时期"写到"世纪末"，由"寻根"写到寻找"新而独立"的声音，王德威为小说文体从题材到写法所作的创新评价，不容小觑。

　　王德威除介绍巴赫汀的"众声喧哗"这一崭新的文学观念外，还向台湾文坛输入了巴赫汀的"嘉年华式狂欢"理论，虽然引介时不一定能引起"众声喧哗"式的效应，但介绍后毕竟能给台湾文坛增添新的刺激，带来某方面新的气象。"'狂欢'代表的是用笑来反对的声音，不但有很大的破坏性，可推翻已有的秩序和权力；另一方面也隐藏着危险的设计，在适当的范围可能同化为权力机构的应用媒介，如台湾的'选举假期'。狂完了之后，权力机构仍回到高高在上的原状。这些理论都需要去考虑各种的层次。"[10]

　　王德威走完他的比较文学研究历程后，改为专研中国由晚清到现代的文学。他最有名的文章《被压抑的现代性：晚清小说的重新评价》[11]，重新解读"晚清现代性"文学史叙事的观念，由此和从文化角度对晚清现代性作出特殊研究的李欧梵区隔开来。他企图用"晚清现代性"去解构"五四"和左翼

10　参见张凤：《与王德威先生谈中国文学的现代意识》，台北，《中国时报》，1998年3月2日。
11　载王晓明主编：《二十世纪中国文学史论》，东方出版中心，2000年版，第57页。

作家的文学史叙事观念。他认为"晚清现代性"不仅开了"五四"现代性的先河，而且其现代性比"五四"现代性更为丰富多彩，也更富有活力。只不过是"晚清现代性"的文学史叙事在很长时间里被"五四"叙事所覆盖，后来又被"左联"作家的叙事所压抑。为了把历史的颠倒重新颠倒过来，他建构了一条从晚清到三四十年代的上海，经由"五四"到 20 世纪 80 年代的台湾香港，再到世纪末"咏叹颓废，耽溺感伤"的内地文学史的线索。和李欧梵一样，他再次重复了启蒙论述，更新了左翼叙事的非白即黑的思维方式，形成了一条 80 年代以来影响巨大的启蒙文学史叙事线索。

大兵团写作文学史不是中国特有的现象，海外也有。典型的是由王德威主编的《哈佛新编中国现代文学史》，2017 年由哈佛大学出版公司出版英文版，2021 年由台湾麦田出版社出版繁体字版：将简体字版删除的近 20 篇文章及新增补的文章合集而成。网上介绍说：《哈佛新编中国现代文学史》，以一百多个关键时刻为切入点，整部文学史起自 1635 年晚明文人杨廷筠（1562-1627）、耶稣会教士艾儒略（1582-1649）等的"文学"新诠，止于当代作家韩松（1965-）所幻想的 2066 年西行漫记"火星照耀美国"。在这"漫长的现代"过程里，中国文学经历剧烈变动，发展出极为丰富的内容与形式。本书希望所展现的中国文学现象犹如星罗棋布，一方面闪烁着特别的历史时刻和文学奇才，一方面又形成可以识别的星象坐标，从而让文学、历史的关联性彰显出来。"何为文学史"？"文学史何为"？这是一部在"世界中"的中国现代文学史。编撰者期望向世界读者呈现中国文学现代性之一端，同时反思目前文学史书写、阅读、教学的局限与可能。

这部从 1635 年写到 2066 年的文学史，其作者有美欧、亚洲、中国大陆和台港的 155 位的学者和作家，他们一起提供了 184 篇短文，每篇英文 2500 字（中译约 4000 字），按编年顺序编成这部大书。这种文学史体例，的确带有不可复制的独创性，但同时也带来不少问题。[12]

从夏志清的出现到李欧梵的崛起，再到王德威的接棒，整整走了半个世纪的历程。这其中时代的潮流发生了变化，后现代性大有取代现代性之势，李欧梵和王德威的观点也有修正，但夏志清、李欧梵和王德威始终在反思"五四"，反思革命，反思左翼思潮，倡导一种不同于激进思维的渐进式的发展模式。如果说夏志清开创了 80 年代以来作为主流的启蒙主义文学史叙事，那么

---

12 参看吕正惠：《何处寻找中国》，台湾：《文化研究》第 34 期，2022 年春季号。

王德威再加上李欧梵接过夏志清的旗帜并加以发展，形成了世纪末以来拥有霸权地位的"晚清现代性"，即用现代都市的个人主义去反抗追求政治意义的文学史叙事模式，[13]和"救亡"的现代性、"欲望"的现代性及传统左翼文化史观相辉映，并由此催生了在世纪末出现的"新左派"叙事和其相抗衡。

以夏志清、李欧梵、刘再复、王德威四人为代表的海外学术，对中国学者来讲具有可贵的资源价值，应给予充分的尊重和认真的选择，汲取其有益的养料创造性地运用在自己的学术研究之中，但也应防止海外学术的有偏见的论述搬到中国文坛上，如本书第二章论述的"华语语系文学"。

第三节　方修和王润华

在海外华文文学创作中，马来西亚占据着重要位置，其评论与研究方面亦有突出贡献，其代表性学者有两位。所不同的是，王润华比方修更有学院派色彩。

方修（1922-2010），原名吴之光，生于中国。1938年随母亲从中国到马来西亚吉隆坡。出版有《新马华文新文学六十年》（上、下册）、《马华新文学简史》与《战后马华文学史初稿》等。

自20世纪60年代开始，方修整理战前马华文学，编辑了一系列马华文学选集，并出版了一套十本的"马华新文学大系"。这套大系收集了自1919年至1941年间马华各文体的文学作品，其中包括理论一集、二集，小说一集、二集，散文集、诗集、戏剧集，剧运特辑一集、二集及史料集。此外，方修也从事散文、杂文和诗词创作。

作为"马华文学史的拓荒与奠基者"、"新马华文学史家第一人"，很大程度取决于方修在马华文学史研究领域所作的拓荒性贡献。他在回答张玉云的提问时说，是"历史使命感"，使他进入马华文学史研究领域。在方修看来，"马华文学史其实也是一部华裔移民的血泪斑斑的苦难史，一开始就有强烈的反抗压迫的精神。作家们一批批被迫害、被驱逐，却留下很多有价值的作品。作品本身及其体现的人格精神，都值得保存下来，以便对前人和后人有一个交代。"这说明方修并不是为研究历史而研究历史，而是具有强烈的倾向性。

---

13 郑闯琦：《从夏志清到李欧梵和王德威》，《文艺理论与批评》，2003年第6期。本节吸收了他的研究成果。

　　研究文学史仅凭责任感是远远不够的，还必须有充分的思想准备和学识上的积累。方修正有这样的基础。方修在读中国新文学作品的同时，也读过中国出版的各种《中国现代文学史》，比较了王瑶、张毕来、丁易体例的异同。为了更好地选择自己的史著体例，方修还认真研读了陆侃如、冯沅君的《中国诗史》。这为他描述马华文学的嬗变，把各种文学现象处理得不枝不蔓、脉络分明，提供了极好的参照系。

　　充分占有史料，是方修取得成功的另一重要原因。所谓文学史研究，是人们了解分析、理解文学现象、文学思潮和文学创作过程的一种活动。对方修来说，他用得最多的是文献研究法。尽管殖民地时代没有言论自由，造成有些资料无法在文学史中公诸于世；此外，吉隆坡的资料比新加坡难找，槟城的资料更是残缺不全，无法全面搜求，但方修后来还是尽可能将其弥补。

　　综观方修马华文学史的研究著作，不难感到他在马华文学研究领域的贡献是多方面的，其中最重要的是：

　　第一，方修是自马华文学诞生以来系统深入研究马华文学的第一人。以前的马华文学研究，多局限于作家作品评论及某些文学论争的评价和文学现象的描述上。自从方修的《马华新文学史稿》、《马华新文学简史》出版后，马华文学才开始成为真正的一门学科，基本上改变了"马华文学研究不算学问"及"马华文学无史"的局面。

　　当然，方修用现实主义文学观来描述马华文学史，难免有欠周全之处。因而他的马华文学史研究，还不能说是这门学科的成熟标志。但必须强调的是：马华文学自来无史；有之，则自方修始。正因为我们把方修的论著看作是马华文学作为一门学科创始的标志，故此后关于马华文学史的研究著作，尽管运用的研究视角和方法及取得的成绩与方修不甚相同（如杨松年的论著），可在整体思路和框架设计上，无疑参考过方修的论著，吸收过他的研究成果。至于中国学者编海外华文文学辞典一类的工具书，大段大段引用方修的著作，也不在少数。因而可以毫不夸张地说，在马华文学研究领域，至今仍未脱离"方修时代"。

　　第二，方修是对马华文学的性质和特点作出科学界定的第一人。

　　方修认为："反侵略反封建"是马华文学的特质。值得注意的是，方修在研究马华文学反侵略思想问题时，强调不同时期有不同的内容：在本地面对外来的侵犯胁迫的时期，反侵略的内容侧重在反对外侮，抗敌卫马。但在和平时期，反侵略的内容则侧重在反对内在的殖民统治者对本地人民的掠夺与奴役，也即是"反殖"与"反侵略"相同，是"反殖"、"争取独立"的意思。

现代马华文学史，是不是一部马华文学的自立运动史，是另一个有争议的话题。当然，方修的论述还需进一步补充、展开，尤其是战前的本土意识部分，但他有关从"南洋文学"到"马来亚文学"、"马华文学"的看法，毕竟自成一家之言。

第三，方修是对马华文学的源头和分期作出合理界说的第一人。

马华文学究竟从什么时候算起？对这个众说纷纭的问题，方修认为可靠的说法应为1919年。在这年的10月初，出现了一定数量的具有新思想新精神的白话文章，这是马华新文学史的发端。

第四，方修在海外华文文学界是本地人写本地文学史的第一人。

海外华文文学研究，本土学者的研究占有重要地位。他们有感同身受的体会，掌握资料全面，因而常常受到其他国家学者的高度重视。但由于海外华文文学研究力量薄弱且为"稻粱谋"的缘故，多数人的文学研究偏向作家作品评论，很少有人愿做无经济效益的文学史编写工作，因而编撰海外华文文学史（包括国别文学史）的任务，几乎都落在中国学者的头上。方修是唯一的例外。是他的研究，影响了中国的学者对马华文学乃至新华文学的研究，而不像研究别的国家的华文文学，是中国学者"包办"了文学史写作。

此外，方修在研究马华文学思潮、文艺论争及戏剧创作方面也取得了突出的成绩。

王润华（1941-），生于马来西亚，毕业于台湾政治大学西语系，后转入威斯康星大学攻读硕士及博士学位。曾任新加坡国立大学中文系教授、台湾元智大学人文学院院长、马来西亚南方大学副校长。出版有诗集、散文集数种，论著有《中西文学关系研究》、《鲁迅小说新论》、《从新华文学到世界华文文学》、《老舍小说新论》、《华文后殖民文学》、《跨界跨国文学解读》、《跨界跨国》等。

从台湾披上现代诗人衣衫的王润华，到美国深造后发现现代派早已成为"过去式"，他便轻解现代彩衣，回归"天然去雕饰"的风格。他在努力把新加坡及东南亚华文文学带向国际文坛的同时，运用自己学贯中西的长处，从事比较文学研究，就连写单篇论文也常用比较方法，如《沈从文小说创作的理论架构》以及《从沈从文的"都市文明"到林燿德的"终端机文化"》。王润华还从学术史的角度，探讨中国文论的建构以及学者之间的学术交流和影响，如《典范转移：卢飞白、"芝加哥批评学派"与中国文论》，重点评介了芝加哥批评学派的批评典范及主要成员卢飞白为建构中国文论所进行的实践活动，也就是在西方文论的基础上努力建构中国文论，用此方法来重新诠释中国文学。

作为新加坡学院派批评代表的王润华，无论是研究新华文学还是探讨世界华文文学，他所强调的均是学理性。他虽然也是一位多产作家，但他一旦操起批评的解剖刀，便讲究学理背景，注重学术积累，强调知识传统和学术规范。和写诗、写散文的王润华不完全相同，从事评论与研究的王润华有一种学院批评身份确立的诉求。在20世纪六七十年代中国大陆学术研究陷入低谷时，王润华和司马长风、夏志清等人一直在从事为沈从文恢复名誉的活动。王润华在研究沈从文的作品时，用唐人张操"外师造化，中得心源"的名言，说明将思想移入自然造化之中，正是艺术品所应表现的最高境界。正如杨瑞仁所说："王润华的批评无疑拓展了人们对沈从文作品中象征意义的认识。"[14]对马华文学的研究也是如此。如王润华提出的"从'双重传统''多元文化中心'看世界"[15]的观点，所做的就是一种学术清理工作。这一工作所确立的是新华文学也是世界华文文学的一个中心，而不能认为只有中国文学才算中心或只有一种中国文化传统。从这个角度看，王润华的学术成果并不是案头式、书斋式的研究，而是有很强的实践性与批判性。其所批判和扬弃的是新华文学是中国文学的延伸或充其量只是"边缘文学"的观点。

从新加坡建国后到现在的华文文学评论与研究，大致可分为两个系统：一为从中国南来的，二为新加坡土生土长的。这两者难免有交叉，但越到后来，其文学概念均不再从中国哪里简单移植过来，而是生根于本土，立足于本地。这就不是中国的文学评论，而是具有新华文学个性及主体性的评论。以研究新加坡华文文学发展史为例，过去的研究者均把注意力投射到中国"五四"文学的影响上面，以及来自中国的政治及社会思潮的左右力量。而王润华研究新华文学史，他的着重点是"新加坡当时的社会因素"对新华文学发展所造成的重大影响，即"新加坡文学的形成及发展，应该看作新加坡国家之成长的一环，这样更能准确地寻找出它发展的正确方向及精神内涵"。王润华本人虽然

---

14 杨瑞仁：《域外学者关于沈从文与世界文学比较研究略述》，《文学评论》，2002年第6期。

15 王润华：《从新华文学到世界华文文学》，新加坡：潮州八邑会馆文教委员会出版组1994年，第267页。

没有写过新华文学史，但他的《论新加坡华文文学发展阶段与方向》[16]，简明扼要地叙述了新加坡华文文学从"最早期的华侨文学"到"南洋文艺的提倡"，再到"马华文艺的诞生"、"马华文学之独立"的过程，并展望了新华文学的走向，它和黄孟文的《新加坡独立以来的华文文学》[17]一样，是研究新华文学必读的参考文献。

作为自觉认同学院派评论家身份，又沐浴过欧风美雨的知识分子，王润华对新加坡文学评论另一贡献是把比较文学方法引入新华文学的研究领域。还在研究沈从文的《边城》时，他就把《边城》和海明威的《战地春梦》加以比较。在《比较文学与新马华文文学研究》[18]中，王润华把中国现代文学"感时忧国"的社会意识与新华文学中出现的中国情结加以比较，然后肯定从浪子到鱼尾狮的华人困境意象是战前新马华文学的最大特色。《从中国文学传统到海外本土文学传统：论世界华文文学之形成》[19]则把新马与中国文学的关系，扩大到新马与其他国家的关系，显出作者视野的宽广。在评希尼尔、郭永秀、伍木、黎紫书、林幸谦等人的作品时，把宏观研究落实到个别作家作品的分析上，其中还涉及与新加坡国内其他语文的关系。这种微观研究，对认识本地的文化根性，反思新华文学的文化空间，仍有启发意义。

学院评论其本质是一种书斋批评而不是媒体批评。在消费时代，媒体批评鼓吹消费至上，批评家一旦参与其中，批评就会变成一种广告，这与文学批评的职能是相悖的，但不能由此完全把传媒与学院批评对立起来。只要不是媚俗的大众化媒体，那这种媒体对文学批评只会有益无害。像王润华在某些传媒如《新华文学》上发表的评论，既没有时尚性、瞬时性，也没有夸饰性、商业性，仍然保留了学理批评的功能。这说明作为学院的高度专业化的评论家，王润华进入的不全是一种高度自立、自律至自我封闭的场域。大学分工的专门化，并没有削弱他的公共参与能力。相反，他还长期担任了新加坡作家协会会刊《新华文学》杂志负责人。像他1999年主持的"人与自然——环境文学"国际研讨会，其论文集就作为《新华文学》专号出版。他在媒体批评中融进学理批评成分，不把学理化批评与传媒批评对立起来，更不因学院批评转向传媒批评取消了学理批评的功能，这对化解媒体与学院的矛盾，无疑是一个很好的示范。

16　王润华：《从新华文学到世界华文文学》，第3页。
17　黄孟文：《新华文学评论集》，新加坡：云南雅舍1996年版，第3-14页。
18　王润华：《从新华文学到世界华文文学》，第86页。
19　王润华：《从新华文学到世界华文文学》，第256页。

　　王润华众多学术著作中有《越界跨国文学解读》、《鲁迅越界跨国新解读》。对"越界跨国"一词，他有独到的理解："我们平常研究文学，研究《红楼梦》常常是讲《红楼梦》的版本是高鹗续写还是谁续写，因为研究文学从来没有用非文学的角度来分析。我的老师周策纵对中国的印刷术很清楚，就根据清朝印书的技术来考证《红楼梦》。《红楼梦》里面有鼻烟壶，我的老师到法国、英国、美国的博物馆去看鼻烟壶，发现那些图案跟曹雪芹写的一模一样。这就是越界了，走出纯文学去考古，考古文物是非文学的，再回到文学分析，过去我们的文学研究很少这样做，不过王国维写元代戏剧史已开始使用这个治学的方法。有时候，跨国也要有跨越民族的想法，过去我诠释作品通常会从传统中国文化的观点来权衡，但是我们可以用后殖民文学、妇女文学这些新的研究方法来分析。我经常要越界跨国，换一个角度，换一种方法，甚至不要用自己民族的感情去分析。"

　　王润华是一位经常注意更新文学观念的批评家。他在韩国召开的东亚现代中文文学国际学术研讨会上发表的《从政治文化图腾看香港、台湾、新加坡的后殖民文化》[20]，视野开阔，在三地比较时注重从文化图腾角度切入，从中发现图腾的建构与当地后殖民文化相似之处。涉及台湾时，他指出"傲慢的殖民者走后，台湾去中国化，提倡单一的本土文化"，其后果是使"政治与社会充满了乱象"，这种看法有着作者感同身受的体会。他最重要的评论著作《华文后殖民文学——本土多元文化的思考》，是一本学术界期待已久的研究世界华文后殖民文学的著作。它虽然只是论文集，但作者以多元文化、本土知识、后殖民边缘性的对话，"一种新的文化视觉与创造力，解读中国大陆、中国台湾、东南亚各地区的华文文学，呈现出跨国族文化的新意义，也帮助我们重新认识世界华文文学的地图，对多元文学中心的肯定"[21]。像他论述鲁迅，与中国大陆学者的角度完全不同。他不从政治思想上着眼，而是论述鲁迅在后殖民文学中的位置，鲁迅如何使人吃惊地在东南亚曾先后成为反殖民英雄与殖民霸权文化。此外，他还"发掘出老舍的《小坡的生日》《二马》及评论康拉德热带丛林小说中的殖民帝国思想书写，是世界上最早最重要的后殖民文本与理论"。该书对白先勇《台北人》小说的研究，也是采用全新的角度，认为这篇小说蕴藏着移民殖民地的后殖民文本的结构。他这些研究成果说明："在全

20 载韩国首尔朴宰雨主编：《东亚现代中文文学国际学报》，东亚现代中文文学国际学会发行，2005 年 8 月创刊号。

21 王润华：《华文后殖民文学——本土多元文化的思考》自序。

球化与本土化冲击下，跨国界的流动多元文学现象，已不能只用现代西方或传统中国文学为典范发展出来的解释模式去诠释，要不然对华文文学会造成严重忽略与误读。"[22]

第四节　顾彬和陈思和

这节评述的，一位是德国学者眼中的中国文学，另一位是大陆学者眼中的华文文学。

顾彬（1945-），生于德国下萨克森州。1966 年起学习神学，后又转习汉学，兼修哲学、日耳曼学及日本学，并于 1973 年以《论杜牧的抒情诗》一书获波鸿鲁尔大学博士学位。1981 年在柏林自由大学以《空山——中国文人自然观之发展》一书，获得教授资格。自 1995 年起，任波恩大学汉学系主任。

顾彬的研究领域以中国古典文学、现当代文学以及中国思想史为主，中文著作有《中国文人的自然观》（1990）和《关于异的研究》（1997），另担任《袖珍汉学》等期刊主编。

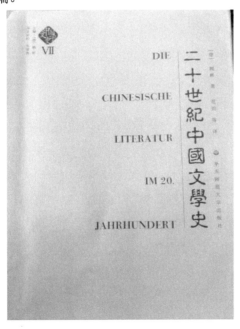

十多年前，上海文广新闻传媒集团制作了十集大型纪录片《中国通》，介绍与中国有着深厚渊源的国际名人，从基辛格、中曾根康弘到顾彬（Wolfgang

---

22 王润华：《华文后殖民文学——本土多元文化的思考》，2002 年，第 227 页。

Kubin）。"顾彬"一集开场白云："顾彬是三位一体：诗人、学者、翻译家。"后为了纪念他七十五华诞而出版的近两百页的《顾彬成果目录》，更使人感到他有多种身份，其中最重要的是德国著名的汉学家。早在二三十年前，中国读者已经见识了顾彬的两部中译本：《中国文人的自然观》和《关于异的研究》。然而，诗歌吟诵会上的另一个顾彬，那个颇具感染力的诗人顾彬，很多人倍觉陌生，尽管中译本《顾彬诗选》在十年前已经出版。好多年前，方维规曾邀请他到北京师范大学做过一个系列讲座，而他讲的是当代德国哲学，好些听众有点纳闷儿，一个汉学家讲哲学？而对方维规来说，"'汉学家'早已无法用来给顾彬'归类'。"23

半个世纪以来，顾彬将自己的精力献身于中国文学研究之中。他认为从事中国文学研究其中当代文学部分比古代文学要难，因为古代文学多半有定论，而当代文学作品浩如烟海，无法一一追踪，且可供参考的资料不多。

引起顾彬研究中国文学兴趣，那是在 1967 年大学钻研神学时，从宠德的译文中发现了李白，从此他热爱上了中国的抒情诗。他研究中国文学，不就文学论文学，而是注意中国社会的发展，注重中国思想的深度和历史的探求，并注意方法的更新。他研究中国文学的代表作为《二十世纪中国文学史》24，此书共分三章：现代前夜的中国文学，民国时期（1912-1949）文学，1949 年后的中国文学：国家、个人和地域。前两章人云亦云的较多，最能见其学术个性的是第三章。如他谈到台湾文学时，引用郑树森观点：在台湾出版审查制度的淫威下，使得作家不能明白地写，比如"同志"只能改为"同事"，五星红旗的"五星"改为"四星"——"红星"还会使人联想到红军，便将其改为"蓝星"。像这种材料是鲜为人知的。顾彬还把怀乡文学称为"机场文学"，很有新鲜感，这是因为台湾人期望有一天能坐飞机回故乡，而不是指那些能够在候机时读后就扔在机场的软性读物。但顾彬有些看法纯属偏见，比如他认为日据时期台湾作家用日文写作"就不能归入中国文学史"。这说明他分不清"日本文学"和"日本语文学"的界限。所谓"日本语文学，"是指日本殖民统治下用异族母语书写的文学作品，而不是指所有用日语书写的作品。和"日本语文学"不同，台湾的"日本文学"是专指日据时期居住在台湾的日本作家用日文创作的作品，这是殖民地特有的文学现象。如吴浊流的作品，虽然没

23 方维规：《顾彬："往前走，找你自己"？》，《读书》2021 年第 8 期。
24 华东师范大学出版社，2008 年。

有用中文写作，但写的是中国事，其中有强烈的中华民族意识，故不能称之为"日本文学"。

顾彬研究中国当代文学最受争议的是"垃圾"说。还在1994年，他在苏州举行的散文国际研讨会上，他就说中国文学是"垃圾"，引发在场的台湾作家余光中、美国华文作家思果、大陆学者孙绍振等人的强烈质疑。在2006年，顾彬接受"德国之声"采访时，再次说中国文学是"垃圾"。这应该说是美丽的误会，他毕生热爱和研究的中国文学，怎么可能是"垃圾"？这里面有语言沟通的障碍。他说的应该是个别作家写的作品，而不是指整个中国当代文学。他瞧不起女作家卫慧写的小说《上海宝贝》，"垃圾说"由此而来。他这种看法被一些媒体炒作，被一些好事之徒无限夸大，西方也有人赞同这种说法。用词过苛的顾彬，伤害了一部分中国作家的自尊心。对很多人来说，顾彬的中国文学研究是与"垃圾说"连接在一起的。这种误读，极大地提高了顾彬的知名度。其实，了解他的人都知道：注重语言本一对思想和道德的塑造作用，并将汉语看成是自己的故乡之一。他对中国当代文学有恨铁不成钢的情感。在他心目中，中国当代诗歌成就很大，小说的成绩却一般。当然，他对中国当代诗人也不是同等看待，比如他对台湾郑愁予的诗就不以为然，以致在台湾引发出一场"台湾作家定位"的讨论。北京清华大学肖鹰认为：顾彬是批评性汉学的标志性人物。而批评性思维，正是常从事"友情演出"的中国当代文坛所十分缺乏的。

顾彬受过良好的学术训练，他的《二十世纪中国文学史》的注解长达50页，而且外文占了大部分。当然不能说他的学问都在注解中，但他博览群书还是值得肯定的。

陈思和（1954-），祖籍广东，生于上海。现为复旦大学中文系教授，著有《中国新文学的整体观》、《未完稿》等。

陈思和在现当代文学研究中，提出了自成一体的"整体观"的研究方法。所谓"整体观"，就是把新文学看成时空上构成的开放型整体，注意新文学与世界文学的有机联系，把传统与发展作为一种方法提出。他还提出用科学精神与多元主义的哲学，对以往所做的结论重新进行审视，清醒地发出独立的声音。这种富有实践意义和创新精神的研究方法，不仅体现在陈思和早期的巴金研究中，也体现在他后来对世界华文文学探讨中。

在人们的印象中，陈思和是一位杰出的中国新文学研究家，可人们不太知道，这位没有在"中国世界华文文学学会"担任职务，也从不出席台港澳暨海外华文文学研究活动的学者，以及他主编的影响广泛的《中国当代文学史教程》，没有写台港澳文学[25]，但这并不影响他成为一位华文文学研究专家。他从1988年开始，就研究港台文学的外来影响。是年，罗门和林燿德来复旦大学访问，但当时两岸之间交流程度有限，无法联合建立一个他参与策划的"两岸青年作家联谊会"。1997年以后，他对台湾文学有了整体的认识，从而打开了现当代文学研究领域的整体思路。从1980年末至2013年，自称"偶尔为之"的陈思和发表了有关台湾新世代作家总论和科幻小说等方面的论文近百篇。他还从事两岸文学交流工作，为对岸主编了一套三十种的"中国现代文学传记丛书"。2003年主编《上海文学》月刊时，他亦为海外及两岸华文文学交流做了不少工作。他还把台湾第一个台湾文学博士许俊雅引进大陆[26]。

陈思和对大陆文学研究有许多精辟的见解尤其是和王晓明共同提出"重写文学史"的主张，影响和震动了整个中国大陆学界。他有开阔的视野，时刻关注着世界华文文学的走向。对世界华文文学能否成为一门独立学科，他有信心，但对这门新学科的命名，他不太同意刘俊用"跨区域华文文学"[27]的概念来取代"台港暨海外华文文学"的提法。虽然刘氏这种见解有许多合理因素，也不失为这门新学科在内涵的概念之间的矛盾做出新的解决办法，但陈思和认为刘俊的看法仍有不完美之处。在他看来：

> 香港文学与大陆文学割裂开来的研究思路本身就造成了很大的局限性，以至于用"中国文学"来命名的许多课题都是残缺不全的。现在香港澳门已经回归多年，更加没有理由把它独立成一个单独的门类来研究，就如我们没有专门的北京文学、上海文学和武汉文学，为

---

25 这是因为陈思和不愿做"拼车式"的工作，可一时又找不到台港文学与大陆文学融于一炉的方式，而不是不重视境外文学。

26 陈思和把许俊雅的著作《有音符的树——台湾文学面面观》，推荐给广西师范大学出版社2003年出版，并为之作序，这引发台湾左翼文坛领袖陈映真的强烈不满，除在《华文文学》杂志不点名批评外，还在一个会上批评陈思和。因为许俊雅参加了不认同中国的"台湾笔会"组织，并担任理事；还把自己著作中的"日据"一律改为"日治"。但不能由此将许俊雅定位为台独学者。因为许俊雅的著作主要以学术性见长，她给人最深的印象是台湾文学研究尤其是为日据时代的台湾文学做了许多填补空白的工作，其学术性远大于政治性。2003年陈映真给陈思和写了一封短信，说他过去误解了陈思和，向陈思和道歉。陈映真去世时，陈思和专门在台湾《文讯》总第375期写了悼念文章《我所认识的陈映真先生》，这也是两岸文学交流的一段佳话。

27 刘俊：《越界与交融——跨区域文化的世界华文文学》，人民文学出版社，2014年。

什么要有专门的香港文学和澳门文学呢？台湾的文学从日据时期的
殖民地文学到 1945 年以后国民政府统治下的台湾文学，都是中国社
会政治历史变迁的一个组成部分。既然中国现代文学史没有把"满洲
国"文学和沦陷区文学单独划分出去，也没有把国统区文学划分出
去，为什么同样是殖民地文学和政党执政下的台湾文学，中国文学史
就不能给以一个有机的整合呢？所以，我觉得"跨区域华文文学"应
该是一个大学科概念，它是由"中国现当代文学"和"比较文学"
及"世界文学"两个学科组成，中国现当代文学下面包括中国大陆文
学和台湾文学等；而比较文学下应包括跨区域华人文学研究，其研究
对象应该是中国地区以外的华人（华裔）的文学创作，主要是华语创
作，但也包括非华语创作。由于跨区域文学本身具有研究对象流动的
特点，所以还是从"跨区域华文文学"的大学科概念出发来整合其中
多种关系，这样也许会清理得比较顺一些。[28]

这种看法，不失为一家之言，但台港澳文学毕竟与大陆文学有众多不同的
地方。人们常说，台港澳文学与大陆文学"同根同种同文"，其实也有不"同
文"的时候，如日本占领台湾期间，作家不能用汉语写作，被迫用日文写作，
澳门也有用葡萄牙语写作的"土生文学"。陈思和强调香港和澳门已经回归，
由此推论出两地文学也应该"回归"，可九七回归以后香港文学并没有变为
"特区文学"即深圳文学，仍然具有自己鲜明的主体性。澳门文学也与"珠海
文学"大异其趣。大陆的权威学术机构"中国当代文学研究会"，一直没有把
台港澳文学纳入自己的研究范畴，[29]故台港澳文学在学科层面上，仍然有独立
出来的必要。

陈思和还有一篇重要论文是《旅外华语文学之我见》。他一直认为，"来
自中国大陆或者台港的第一代海外移民作家，他们的写作还没有融入在地国
的文学体系，他们用华语写作，创作内涵是从母国带来的生活经验，发表作品
的媒介基本上是在海峡两岸范围，主要的读者群也来自两岸。这一类旅外作家
的创作，应该属于中国当代文学的一部分。"当然，以白先勇为代表的第一代
海外移民作家在某种意义上也可称为中国台湾文学，但其跨界、交叠、混杂的

28 陈思和：《学科命名的方式与意义——关于"跨区域华文文学"之我见》，《江苏社
会科学》，2004 年第 4 期。

29 "中国当代文学研究会"评奖极少评华文文学的研究专著，其多届负责人几乎不
研究华文文学，以致有人认为这个学会应正名为"中国大陆文学研究会"。

"第三空间"的写作实践,与中国当代文学有许多异质性。他们写的毕竟不是
"侨民文学",应视为海外华文文学才更为贴切。

　　学养丰厚的陈思和,在比较文学研究领域做出了突出贡献。他研究华文文
学,不忘吸收比较文学的长处。他坚持学科之外、整体之中的独特视野,把材
料第一、思行合一作为研究的基点。[30]他认为:"世界华文文学可以成为独立
的学科,但不要成为孤立的学科。"这个意见和他有关学科的再生性的看法,
均非常精辟。2019 年,《华文文学》杂志复刊时,陈思和成为该刊编委,这是
华文文学圈内首次对陈思和作为华文文学研究专家的肯定——其实,他并不
在乎这个头衔。他有关华文文学的重要论文已经收入在《行思集——台港澳暨
海外华文文学论稿》中。[31]

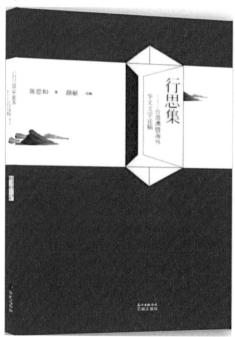

第五节　古继堂和刘登翰

　　在改革开放后的中国大陆,最早研究台湾文学的是古继堂和后来居上的
刘登翰。

30 颜敏:《学科之外,整体之中——陈思和的台澳暨海外华文文学研究》,《南方文坛》,
　　2013 年,第 3 期。
31 陈思和著、颜敏选编,花城出版社,2014 年 10 月。

古继堂（1934-），武汉大学毕业，为中国社会科学院文学所研究员，现居加拿大。出版有《台湾新诗发展史》、《台湾小说发展史》、《台湾新文学理论批评史》等著作多部，并主编《台港澳暨海外华文文学新诗大辞典》。

早在 1936 年，胡风就从日文编译出版了《山灵——朝鲜台湾短篇集》，不愧为中国大陆推介与研究台湾文学的第一人。另有上海作家范泉于 1946-1947 年在上海和香港的报刊上发表过有关台湾文学的评论计 11 篇。由于两岸的对峙，使得 1949 年至 1978 年的 20 年间，大陆的台湾文学研究出现了断层，这断层由古继堂于 1978 年接续。他利用自己在"中央调查部"（现为"国家安全部"）工作的机会悄悄地收集台湾作家作品，为每一个作家和社团建立档案。正如有人所说，他这个档案袋装着一个台湾文坛。然而他的写作条件极差，他发表的论著末尾常常写着"万寿寺寒舍"。这个"寒舍"两间房加一个 7 平方米的"客厅"，再加上过道、厨房、厕所总计 40 多平方米。大房间 14 平方米作为书房，让给书住。夫妇两人住 11 平方米的小房间。在这种拥挤的环境里，古继堂"宁可委屈人，而不委屈书，这就是中国知识分子的性格。"[32]房间小还是次要的，更使人苦恼的是，在当时的氛围下无法发表和出版研究成果。他不惧这些，在暗室里秘密地撰写着半成品的台湾文学评论。

---

32 杨月：《台湾文学研究的重镇——古继堂专访》，《台港与海外华文文学评论和研究》，1997 年第 2 期。

众所周知,大陆研究台湾文学的重镇在闽粤两地。此外,还有京汉两地的"二古"[33]。"二古"尤其是"南北双古"这一说法,正式见诸于严肃的学术研讨会,并公开发表论文当关键词处理的是台北教育大学孟樊《主流诗学的盲点》[34]。孟樊之所以认为"对岸的'主流诗学'以'大陆双古'(古继堂、古远清)为代表",是因为古继堂除出版了反响深远的《台湾新诗发展史》外,另还出版有《台湾爱情文学论》、《台湾青年诗人论》、《静听那心底的旋律——台湾文学论》,编著有《台湾女诗人十四家》。

两岸的诗歌交流始于台湾开放大陆探亲。台湾诗人在探亲时送了许多诗作给大陆学人。大陆学人读了后大开眼界,并通过别的途径收集到别的作品,由此开始了研究并有了一定的成果。像古继堂的《台湾新诗发展史》,是他台湾系列文学史《台湾新诗发展史》[35]、《台湾小说发展史》[36]、《台湾新文学理论批评史》[37]中的一部,也是这套书的首部,是两岸有关台湾新诗史的奠基之作。它构思于 80 年代中期,80 年代末期结集出版,其中有两个版本,北京人民文学出版社略前,台湾文史哲出版社稍后。他写作此书是为了展现中国诗歌版图的完整性,让大陆读者知道海峡那边还有祖国一片诗的神奇的土地,还有一大批值得骄傲的诗人,如郑愁予、洛夫、余光中、罗门、周梦蝶等不同流派和风格不一样的诗篇。他首次为台湾新诗概括出"崛起——西化——回归——多元"的发展演化规律,体现了他的史识,在史笔方面也有鲜明特色。

新诗和小说"发展史"出版后,台湾资深评论家叶石涛在美国《世界日报》发表评论,表示"脱帽致敬古继堂先生超人的毅力。"[38]李魁贤也说:"由远在台湾海峡彼岸,未尝到过台湾的作者,完成此第一部台湾诗史的力作,令人感佩。也不禁为台湾本地学术生态环境感到汗颜。"

改革开放初,台湾新诗的引入仅限于爱国思乡的诗作,提到的也多半是前行代诗人。即使这样,它仍强烈地刺激了大陆的诗人和学者,如 1983 年流沙

---

33 "二古"并非兄弟,更非新加坡作家方然说的是"父子关系"。古继堂是河南人,古远清是广东人,两人同在武汉大学中文系 1964 年毕业。

34 孟樊:《主流诗学的盲点》,台北,《台湾诗学季刊》,总第 14 期,1996 年 3 月。

35 台北,文史哲出版社,1989 年。

36 台北,文史哲出版社,1989 年。

37 春风文艺出版社,1993 年。

38 转引自古远清:《台湾文学焦点话题》(下册),台北:万卷楼图书出版公司,2021 年,第 52 页。

河出版了《台湾诗人十二家》（重庆出版社），1985 年他又推出了《隔海说诗》（三联书店），暨南大学的翁光宇也几乎同时选析了《台湾新诗》（花城出版社）。此外，还涌现了湖南的李元洛、福建的刘登翰等有知名度的台湾新诗研究家。只是这些人的论著，多半是诗人诗作的个案研究，而非宏观性的文学史研讨。古继堂的《台湾新诗发展史》，正好把大陆兴起不久的台湾新诗研讨，从一般性的评介上升到高层次的文学史研究新阶段。

　　衡量一部文学史著作成就的高下，除了看史料是否掌握得翔实和可靠外，主要是看史识和史笔。古继堂的《台湾新诗发展史》出版后之所以能在海内外掀起层层波浪，一个原因是这本书具有与众不同的史识。在台湾新诗的归属及如何摆正它的问题上，该书纠正了过去含混不清的看法，如少数台湾诗人和学者认为，台湾新诗和日本诗歌联系密切。有人甚至说把台湾新诗史纳入中国新诗发展史的轨道，是不尊重台湾与大陆隔绝数十年的现状。另有人认为，台湾新诗走的道路并非是"纵的继承"，而是"横的移植"。这种"横的移植"代表者为纪弦，他在五十年代的台北组织"现代派"。按照这些人的看法，台湾新诗的根长在美国或在西方，古继堂用了许多事实批评了这种看法。当然，作者并不否认台湾新诗初期受到日本短歌和俳句的熏陶较深，后来又在西化的路上狂奔。但在作者看来，唐诗、宋词、元曲和五四新诗对台湾新诗影响更深。如果说台湾新诗与大陆新诗有什么差异的话，那是它的诗人和诗刊之多，全中国任何一个省区都难于比肩。另方面，它的群体意识突出。作者就这样通过比较的方法尤其是后面对空前的乡土回归运动浪潮的评述：不管经过什么曲折和磨难，台湾的诗园总是贴着母亲的胸怀开放出中国的民族之花。正是基于对台湾新诗特征的这种看法，该书较全面地描述了受大陆五四影响的台湾新诗发展的轮廓；评述时以评论老一辈诗人的成就为主，对青年诗人和诗歌运动也不忽视。全书涉及的诗人面非常大，这是当年海峡两岸已出版的任何一部研究台湾文学的史书难于做到的。

　　对于"现代诗"、"蓝星"、"创世纪"等三大诗社的变迁及互相竞争所带来的重大事件，古继堂也没有搬弄现成的定论，或根据个人的主观情感任意月旦诗人，而是在占有充分材料的基础上去粗取精、去伪存真。在处理诗歌运动、诗歌潮流与诗人诗作的关系上，同样表现了古继堂的史识。如上篇第一章将五四运动与台湾新诗的萌芽生长联系在一起。作者用台湾新文学史上的第一部诗集《乱都之恋》写于北京以及发表于《台湾民报》的史实，证明五四运动为台湾地区新诗孕育了反帝反封建思想性甚强的诗胎，又为台湾新诗培养了开疆辟土的诗人。这种不是孤立地评介诗人诗作，将诗史处理成诗人诗作的汇编，而是力图将文学运动与新诗发展结合起来，着眼于文学思潮对诗歌发展的影响。在后面的章节中，也勾划出台湾新诗不同阶段发展的风貌。

新诗创作和研究无法超越政治。在不违反大陆学者的立场、观点的前提下，古继堂对台湾各派新诗做出自己的独立评价，将笔锋转向正面的学术建树。在作者看来，不管台湾新诗发展过程有多少回流曲折，它万变仍不离其宗，脱不了这四大时期：一是从 1923 年 1945 年的台湾新诗顶着日本军国主义侵略者的高压，顽强地成长；二是从 1945 年至 1955 年前的省思、恢复和融合期；三是从 1956 年至 1970 年的向西天取经期；四是从 1971 至 1986 年的回归期。这种分期和结构是以台湾新诗为主要线索，以历史与美学的综合理论为尺度，寻找台湾新诗发展的内在发展规律，使自己真正进入了台湾新诗史研讨的角色。古继堂著作的格局和体例，反映了史家的开拓精神与创新精神。

《台湾新诗发展史》就这样从台湾诗人创作实际入手，尤其是从文本实际出发进行研究。古继堂的"三史"影响最大的是这部《台湾新诗发展史》，争议最少的是《台湾小说发展史》，写得较逊色的是《台湾新文学理论批评史》。

古继堂是位快手，他以顽强的拼搏精神每天可手写七千字到一万言。十万字的《评说三毛》，只用了九天。他这位"人工电脑"，写作时牢记上级的教导，和古远清说的"用政治天线去接收台湾文学频道"[39]相似。不过，他比古远清更激烈，更突出政治。此外，他不似古远清对余光中情有独钟，而是对其持批评态度。《谈"多妻主义者"——与苏丁先生商榷》[40]，便是他的代表作。

刘登翰（1937-），厦门人，北京大学毕业，现为福建社会科学院文学研究所研究员。出版有《台湾文学隔海观》、《文学薪火的传承与变异》、《华文文学：跨域的建构》、《华文文学的大同世界》、《跨域与越界》等著作。

刘登翰还在北京大学求学的 1959 年就和同窗谢冕、孙玉石、孙绍振、洪子诚、殷晋培等人在《诗刊》连载《新诗发展概况》。毕业后，在闽西北山区

---

39 古远清：《用政治天线接收台湾文学频道》，《文学报》，2014 年 11 月 6 日。
40 《文艺报》，1991 年 1 月 12 日。

工作近 20 年。1980 年回归学术岗位。最初参与新诗潮的讨论和《中国当代新诗史》的撰写，从 1982 年起转向台港澳暨海外华文文学和闽台区域文化研究，兼及书法一类的艺术评论。他越界所涉及的研究领域，从中国大陆新诗到台港澳文学，从中国境外文学到海外的美华、菲华文学。他在作家作品论和文学史编纂的基础上，对华文文学的基础理论进行探讨。他从文学研究走向文化研究尤其是华文诗学的研究，一直站在世界华文文学学科的前沿，并注意扶助新人。

　　刘登翰是世界华文文学学科的奠基者和领航人之一，虽然他比古继堂晚四年才涉及当时尚属陌生而神秘的台湾文学，但他步伐快，研究面比古继堂宽，比如他很快又转向香港文学和澳门文学。当别人还在撰写台港澳作家介绍时，他就开始思考香港文学和台湾文学有何不同，香港文学又和澳门文学如何区隔。他也使用"台港澳文学"的概念，但他对这三地文学不是同等对待而是将其鲜明地区分开来，然后又和大陆文学比较，放在中国文学的整体视野中考察，并提出"分流与整合"的概念。按计璧瑞的研究，在刘氏这一理念构想中，"分流"特指共同的文学传统。由于原有社会整体的局部"碎裂"而出现的从主体逸出的特殊现象，即从中国文学主体分流出去的台港澳文学及其异于原有传统的文学形态；"整合"则是在对文学分流的考察基础上，"建立一个能够整合所有分流地区文学创造和经验的 20 世纪中国文学的整体观念和架构"。两者的关系即"民族文化的同一性是分流的前提，也是整合的基础。分流是文学发展的'同'中之'异'，而整合则是寻求文学发展的'异'中之同。"正视分流的存在也就创造了整合的空间。这种以对 20 世纪中国文学的总体把握和概括为前提，又包含对未来中国文学发展前瞻性认识的理念，首先是基于文学发展的现实可能性，其次有着明确的针对性，所针对的不仅是长期以来台港澳文学研究内部存在的不同领域之间及这些领域与中国文学研究整体之间缺乏联系的局面，而且是中国文学研究界一向占据主体地位的大陆文学研究对台港澳文学的不见。它既是研究实践经验的总结和学科发展规律的概括，也意味着寻求学科整体化、体系化的一种努力。[41]

　　刘登翰还时时注重华文文学基础理论的探讨和研究方法的更新。他研究台湾文学没有局限在台湾文学本身，而是从闽台文学关系去讨论，用文学地理学

41　计璧瑞：《个人与学科——刘登翰教授与世界华文文学》，载刘小新主编：《他的天空博大恢弘》，江苏大学出版社，2017 年，第 87 页。

方法研究台湾作家作品的地理分布及与福建的地缘关系。他坚定地认为台湾文学是中国文学的一部分，这不是图解政治，而是从地缘、血缘、文缘方面进行分析。即使是对岸有些不同观点的学者，都佩服大陆学者这种"三缘论"。

作为世界华文文学学科最基础的工作，刘登翰先后主编了《台湾文学史》、《香港文学史》、《澳门文学概观》、《双重经验的跨域书写：20 世纪美华文学史论》。"刘登翰以他的敏锐前瞻性、组织号召力、整体建构意识以及坚韧不懈的学术劳作，绘制出了一幅壮观而复杂的文化地图。"[42]。作为"领航"人，他有较高的理论自觉。他从华文文学研究中迫切感受到，研究的深入不能止于空间的拓展，还必须有不同于中国现当代文学或比较文学的理论建构，包括学科的内涵和外延、性质、特征的界定。为此，他提出"华人文学诗学"概念，这是华文文学研究范式的转移。所谓"文化诗学"，对于华文文学研究有启发意义的是：重新认识文学的文化政治功能，和建立文学的历史维度，还有文化诗学的文学批评方法学，首先是文本的开放意识与文本互涉的研究方法。这方法正是理论界一直在探索的批评理论和方法。虽然这不是最好的和唯一的方法，但"文化诗学"概念的提出，确实提升了世界华文文学研究的水准，为这门新学科的建设奠定了深厚的理论基础。

除用文化视角去研究台湾文学外，刘登翰还在前人的基础上重提"华文文学大同世界"的建立。他用辩证的眼光，既注意"大同"，又看到其中的诸多"不同"。这一"正"一"反"所诠释的是"共相"与"殊相"的互相关系。在他看来，"大同"是对界域的消解，华文文学的"大同"祇是一种整体视野的考虑，既有文化层面的考虑，也有学术层面的设想。世界华文文学包括不同区间，比如东南亚华文文学、北美华文文学、欧洲华文文学等；而在东南亚华文文学内部，又可分为马华文学、新华文学、泰华文学、菲华文学、印尼华文文学等等。1988 年新加坡作家协会与歌德学院联合主办的"第二届华文文学大同世界国际会议"最先提出这一概念，刘登翰同意并接受了这一概念。其实，强调大同的另一方面是肯定和突出差异。没有差异，就不会有大同。强调华文文学走向大同，就间接承认了华文文学内部的差异存在和差异的合理性。[43]

42　刘小新：《一个人的精神行旅与文化地图》，载《刘登翰对话录：一个人的学术旅行》，刘登翰自印，第 18-19 页。

43　《刘登翰对话录：一个人的学术旅行》，刘登翰自印，页 199-200。

　　刘登翰指出，华文文学是一跨域建构的概念，因为它是"华文"的（或华人的），便有着共同的文化脉络与渊源；又因为它是"跨域"的，"便凝聚着不同国家和地区华人生存的历史与经验，凝聚着不同国家和地区华文书写的美学特征和创造。它们之间共同拥有的语言、文化背景与各自不同的经验和生命，成为一个可以比对的差异的空间。"有差异便有对话，而对话将使人们更深刻地认清自己，不仅是自己的特殊性，还有彼此的共同性。"华文文学的跨域建构就是在共同的语言、文化背景下肯定差异和变化的多元的建构。每个国家和地区的华文创造，既是'他自己'，但也是'我们大家'。这就是我们所指认的'华文文学的大同世界'。"[44]这一命题正如有的研究者所指出：具有总纲的性质，对于华文文学研究具有纲举目张的意义。也就是说，刘登翰在设置其研究总纲时，就已贯彻了辩证的思维，这种思维方式自然遍布于刘登翰所有相关研究中。

　　对王德威等人提出的"华语语系文学"，刘登翰肯定其价值的同时，指出他忽略了华语的文学书写与其他诸如英语语系、法语语系、西班牙语系的文学不同，它是伴随华人的世界性移民而来的母语书写，是在抵御异质文化的困扰中构建华族身份和文化记忆的坚守。无论在西方还是在东方，即使在某些华人经济占有优势的国家，华人和华文都是弱势族群和弱势语言，完全不同于殖民宗主国的语言强势和霸权。"对于被殖民国家而言，伴随殖民而来所形成的前殖民地国家和地区的所谓英语语系文学、法语语系文学……是语言殖民的结果。相对而言，华文（华语）主要是在华人圈子流通的母语，对华人而言，是一种母语书写，而曾经被殖民国家的英语、法语、西班牙语等，则是一种被迫的非母语书写，这是必须分清的。"[45]

　　总之，作为中国大陆世界华文文学研究的最早一批的投入者，刘登翰不仅是参与研究活动的重要组织者，而且是有沉甸甸的研究重要成果的贡献者以及华文文学学科理论的创新者。作为华文文学学科史的一个巨大存在，他的学术地位得到学界的一致公认；作为"跨域与越界"方法论意义的提示，刘登翰无疑是世界华文文学界的领航者。四十年的学术生涯。他与华文文学相敬终生，与学术旅行白头偕老，是一位令人尊敬的学术前辈和学科的奠基人之一。

---

44 《文艺报》，2007 年 12 月 13 日。

45 《刘登翰对话录：一个人的学术旅行》，刘登翰自印，页 203-204。

第六节　饶芃子和杨匡汉

中国世界华文文学学会，有两位配合默契的长者：一是首任会长常致开幕词的饶芃子，二是逢会必做"学术总结"的监事长杨匡汉。他们为世界华文文学学科的建立作出了巨大的贡献。

饶芃子（1935-），广东省潮安人。现为暨南大学教授、中国世界华文文学学会名誉会长。出版《世界华文文学的新视野》、《世界文坛的奇葩》、《饶芃子自选集》等著作 10 多部，另主编《台港澳暨海外华文文学大辞典》、《中国文学在东南亚》等。

饶芃子

在大学执教 58 个春秋的饶芃子，前二十几年从事的是文艺学的教学与研究工作。在改革开放初期，她对被视为"禁区"的一些文艺理论问题进行过辨析。

正是在教研实践中，饶芃子逐渐认识到海外华文文学作为一种世界性的文学现象，具有多种中外文化复合的跨文化特色，与比较文学有一种不寻常的天然的学术联系，于是将其作为比较诗学的一个对象进行研究，特别是对当中所包含的独特的跨文化诗学命题进行"解读"，发表了《90 年代海外华文文学研究的思考》、《海外华文文学的命名意义》、《海外华文文学的新视野》、《海外华文文学与比较文学》等系列学术论文，在学界倡导比较文学视野下的海外华文文学研究，并于 1994 年首次提出将海外华文文学与海外华人非母语文学

"打通"研究。饶芃子加盟华文文学研究队伍，为提高华文文学研究的理论水准，改变华文文学研究中存在着的种种偏颇，使其逐渐成为一门学科方面起了重要作用。

对中国学者来说，开展海外华人文学中具有特殊意义的诗学问题研究，是一个极具民族特色、探讨中华文化和文学通向世界的特殊文论领域，是应当重视并进一步去拓展的新的学术空间。近30年，饶芃子将主要的精力投注在此项研究上，她和学生费勇合作的研究著作《本土以外：论边缘的现代汉语文学》带有浓烈的理论色彩。90年代中期，当台港文学研究者在争论是沿用老名称"台港澳暨海外华文文学"还是启用"世界华文文学"的新名称时，他们两人合作在《文学评论》发表的《论海外华文文学的命名意义》，就显示了他们独特的理论个性。此文虽没引起讨论和争吗，但不妨碍此文追问海外华文文学的命名对其他文学学科所造成的震动。他们后来发表的《海外华文文学的中国意识》、《海外华文文学与文化认同》，仍延续了他们对海外华文文学的一贯思考。他们的思考方式是：研究世界华文文学必须建立一种博大的世界性文学观念，即从世界文学的格局来审视、研究。他们写的《海外华文文学整体观》、《世界华文文学与中华文化》，正是这样做的。这些论文尝试将海外华文文学置于多元的声音背景中，在一种流动的状态中把握其整体性的内涵，是海外华文文学研究所取得的重要成果之一。

饶芃子研究海外华文文学另一个特点是注意在求"同"中明"异"。求"同"，是为了探索海外华文文学的发展规律；明"异"，则有助丰富和整合世界华文文学的整体形象。无论是求"同"还是明"异"，《本土以外：论边缘的现代汉语文学》一书均借助了比较方法的运用。他们在华文文学整体观照下，将中国本土文学与东南亚华文文学相比较，在比较中探索东南亚华文文学的发展脉络；或像《欧洲华文文学简论》那样，将同一地区的不同国家的华文文学加以比较，在比较中看出不同国家华文文学特殊存在的方式和美学模式。这样做，不只是求"同"和明"异"，而是使读者对研究对象的存在方式的认识更加全面和深刻。

把文学研究与文化研究相结合，是饶芃子研究海外华文文学又一特色。她著文不就作品论作品，而是将海外华文文学放入文化的传播与影响中去研究、考察，如《中泰文化融合与泰华文学个性》，用比较的方法围绕中泰文化交流这种现象，在不同的文化背景中进行相互比较和阐释，使其研究更具开放性和丰富性。《菲华女性写作的文化精神》，则注意到性别与文化的结合，即以女性主义批评与文化研究相结合的方法，去考察菲华女作家作品，探讨其文化身份的共同性、差异性对文学创作的影响。

饶芃子虽擅长宏观研究，但不忽视微观研究。《本土以外：论边缘的现代汉语文学》中的第五辑论司马攻的小说、论梦莉的散文、论马森的小说及论凌叔华、白洛、简政珍等人的作品，就说明著者研究边陲地带的文学现象时，对被忽略的某些文类和作家作品，也做了认真扎实的研究。他们在研究时，一方面将其放在整体意识中去观照，另一方面注意提出与众不同的见解。

要将海外华文文学建设成世界华文文学学科的一个分支、一门学科，必须做好学科"底部"的理论奠基工作。饶芃子对海外华文文学学科所做的求"同"中明"异"的学理式探究，无疑对中国文学与世界文学的交流，对中国文化的自身建设具有理论价值和实践意义。

饶芃子在文艺学和华文文学研究中引进比较文学的视野和方法，增添了文艺学的学科内涵，也深化了华文文学这一新兴学术领域的探讨，为建立中国特色的文艺理论探索道路，体现了一位文艺学学者开放的学术视野和人文情怀。

研究世界华文文学，这样一种边缘的现代汉语文学，最后能否形成一门学科？对此，不少人的看法是：世界华文文学还未形成一门学科。现在许多评论家所从事的还是资料的收集整理和具体的作家作品评论工作。它的零碎性、即时性以及这支研究队伍成份的单一性，使世界华文文学学科的建立被打上了问号。正是由于有饶芃子这种非现当代文学专业的学者的加入，使这问号在逐步演变成句号。

杨匡汉

杨匡汉（1940-），上海人，中国社会科学院研究员。出版有《海外华文文学知识谱系的诗学考辩》等著作。

杨匡汉用《扬子江与阿里山的对话——海峡两岸文学比较》、《中国文化中的台湾文学：中华文化母题与海外华文文学》一类有深度的文学论著，让华文文学研究突破作家作品评论的框架，拥有了更广阔更深邃的文学研究空间。他又用专著《古典的回响》，让中国当代文学对接传统与追寻崇高的境界，让人文性资源与本土化策略得到有机契合。他还用知识创新、理论创新、艺术创新的"三新"，为当代文学家探索着一条通向文学经典的道路。

杨匡汉研究华文文学，不以个案研究见长。他无论是对论题的深挖，还是对表现方式的追求，都体现了不竭的创造力和守护文明的学术品格。

杨匡汉是从写诗评走向文学评论道路的。他也注重对当下文学的诊断，这诊断有更深的现实意义和价值。他深知，如今的文学充满了喧哗与躁动，城头不时变幻大王旗，从来没有像今天这样承受着"西学东渐"的风气之重，因而作家必须保持清醒头脑，打破或超越二元对立的思维模式，让自己的作品对接传统、具有历史文化的维度、生命体验的维度，在现代性的视域与文学语境中，要反对文化霸权主义，同时要反对文化关闭主义，要抵制文化的极端民族主义。因为这三种"主义"都有强烈的排他性，与海纳百川的胸襟不兼容。作者历来鼓励和而不同，并期待时空共享。

华文文学经常碰到作品经典化问题。什么样的作品才称得上经典，对于可以上文学史的经典作家应具备哪些条件？杨匡汉认为：

> 原创的，即对文化／文学发展有建树意义，有较高的认知价值的；"归赵"的，即曾经被遗忘、被埋没的文学精灵，经过打捞而"完璧归赵"的；积淀的，即长时期能受到普遍关注的，经得起反复阅读、反复阐释的；"张力"的，即作为华人身份认同的一种文化符号与标识。能以有深度的陌生化形态，体现中华文化经验与人类普适价值相绾结且呈示张力的；艺术的，即鲁迅说的"技巧的上达"。

如符合上面的条件，那么，在远远近近的华文文学传统中，便可以选出"经典"。

作为一位具有前卫学术视野和较深厚理论功底的文学评论家，杨匡汉迄今已出版有关当代文学、诗学原理、文学评论等多种著作。在杨氏琳琅满目的著述中，台港澳暨海外华文文学是他耕耘的重要领域。他独著的《中华文化母题与海外华文文学》[46]，从文学中母题的意义与价值、双重边缘性与母性的声音、海外华文文学中的文化母题、母题的艺术变奏等四个方面，紧紧围绕着中华文化母题的沉积与远行问题，探讨了境内外、海内外作家如何"把汉字钉入鞋底走路"的文化实践。杨匡汉多次呼吁研究世华文学要有全球目光。《中华文化母题与海外华文文学》正是他全球目光的实践。作者没局限在海外华文文学，而是把从中国文学分流出去的台港澳文学纳入自己的研究视野。如第二章论述华文文学中的文化母题时，便分析了余光中作品所表述的"乡愁也是一种国愁"的主旨。在《古典的与现代的》中，又把琦君的书写当作乡土性的典型个案剖析。此外，杨匡汉还把以钱锺书《围城》为代表的大陆文学作为台港文学的对照组加以论述。这虽然是陪衬，不是该书主干部分，但在杨氏眼中，中国大陆文学显然也属世界华文文学的组成部分。杨匡汉以自己的研究实践表明：研究世界华文文学既然要有全球目光，就不能将研究对象仅局限于台港澳暨海外华文文学，还应把大陆文学包括进去。不应用"习惯提法"或"约定俗成"的看法遮蔽大陆文学。所谓"世界华文文学"，它本应是"世界"的：包括陆港澳台暨海外；它当然是华文的，用中文或汉语创作的。如果把同是用华文创作的大陆文学挤弃在世界华文文学之外，这样的研究必然是片面的。

与全球视野相配的是文化视野。多年来，世界华文文学研究者所沿用的大都是历史批评和审美批评方法。杨匡汉不放弃这些方法，但他更重视用文化视野去探讨世界华文文学。在他看来，世华作家的作品，不仅具有历史价值、审美价值，同时也深具文化价值。基于这种看法，他尝试以主题学、类型学与原型批评相结合，从母题研究入手，着重探讨海外华文作家对祖邦母语文化传统所实践的范式，这无疑有助于他以文化认同增强漂泊他乡的作家的文化归属感。在母题的民族性与人类性等章节中，他还用民俗学、种话学、民间文学去研究华文作家作品。关于这类妍究，杨匡汉可说是开风气之先的学者。这是一种跨学科、跨文类的探索。尤其应肯定作者没有以文化研究取代文学研究，如对聂华苓《千山外，水长流》的美境与美语的分析，以及对新加坡诗人周粲《滴入唐诗的水》、菲华诗人和权《千岛》的品评。

杨匡汉的论著，均不是就作品论作品，而是从作品分析提升到创作规律高度来认识，像《因果母题》对林语堂、汤婷婷、哈金等人创作的分析便是这样

---

46 杨匡汉：《中华文化母题与海外华文文学》，长江文艺出版社，2008年。

做的。对别人论述过的放逐诗学问题，杨氏也能层层拓进。

杨匡汉研究海外华文文学有四个着眼点：着眼传统，着眼整体，着眼文本，着眼和而不同。这四个着眼点，均以问题意识带动，并结合华文作家古今中外的创作特征及其衍变进行探讨，从而打破了各占据一领域，各守一种文体的惯常研究状态。

和陈贤茂不同，杨匡汉是赞成使用"世界华文文学"概念的，他这方面的论文有不少，这里从略。

第七节　朴宰雨和梁丽芳

朴宰雨是韩国继许世旭后又一国际知名的华文文学研究家。梁丽芳则是中外文化交流的使者。

朴宰雨

朴宰雨（1954-），韩国人，首尔国立大学中文系毕业后留学台湾大学中文研究所读博士，现为韩国外国语大学中文系荣誉教授。历任韩国中国现代文学学会会长、韩国世界华文文学协会会长。

朴宰雨从 1991 年开始研究韩国对中国现当代文学接受史。1992 年韩中建交之后，开始对二十世纪中国文学作品里的韩人形象进行发掘与研究，也从事中韩比较文学研究。

朴宰雨早就关注中国现当代文学的翻译，1986 年将巴金的《爱情三部曲》与茅盾的《腐蚀》、包括毛泽东《在延安文艺座谈会上的讲话》在内的《文学与理论与实践》等三部各以笔名朴树人、姜永、赵星等名义翻译出版。主编了韩文版《日帝时期中国现代文学接受史》三部，出版了中文专著《韩国的中国现代文学研究通论》，又出版了韩文专著《韩中现代文学交流史》。从 1992 年起展开对中国现当代文学中的韩人形象的发掘与研究，陆续发表有《中国现代韩人题材小说研究（1917-1949）》等论文，并将其研究成果汇集为《二十世纪中国韩人题材小说的通时考察》。

朴宰雨从 1974 年开始进行鲁迅研究：1982 年参与策划翻译丸山升的《鲁迅》。从 1996 年开始中国现当代作家作品研究，后来汇集成《中国当代文学的理解》出版。至于台港海外华文文学的研究，朴宰雨从发表《韩国的台湾文学研究的历史与特点》开始，代表作有《韩国华文文学：探索四个来源与现状》。

朴宰雨 1992 年 10 月邀请中国台湾的陈映真、吕正惠、林瑞明和日本的松永正义等在首尔举办台湾现代文学国际研讨会。这对当时只以中国古典文学为业而歧视现代文学的韩国中文主流学界来讲，带有突破性，后来韩国学界也慢慢关注台湾文学研究了。当时除了许世旭偶尔简单介绍台港与海外华文文学动向外，很少有人像朴宰雨那样关注台港文学与海外华文文学。

2004 年朴宰雨创立了"韩国台港海外华文文学研究会"，在首尔以"东亚文化里的台湾香港文化与韩国"为题，邀请新加坡的王润华、中国香港的梁秉钧和潘耀明、日本的藤井省三与山口守、中国台湾的陈芳明等东亚学者和韩国学者们举办了第三届东亚中文文学国际学术研讨会，这使韩国成为世界华文文学研究的一个重镇。

朴宰雨具体的研究成果如下：

第一，为了在韩国推动台港及海外华文文学研究，朴宰雨将华文文学区分为台湾文学、香港文学、海外华文文学三个领域，陆续发表《韩国的台湾文学研究历史与特点》、《香港文学在韩国：认识、翻译、研究、定位、展望》、《海外华文文学在韩国：认识、创作、翻译、研究、定位》。

在《韩国的台湾文学研究历史与特点》中，朴宰雨按照时代背景与翻译研究的发展情况，分为五个时期：从 1936 年首次在韩国的介绍报导到 1945 年光复之前；从 1945 年到 1980 年代初，包括许宇成的首次介绍文《今日自由中国作风》的发表（1954）和首次的翻译本谢冰莹《女兵自传、红豆、离婚》的韩文版出版（1964）；从 1982 年左右到 1991 年左右；1992 年韩台断绝外交关系到 1999 年；从 21 世纪以后。其中第一时期以现实主义文学的零星介绍为特点；第二时期以长期对现代主义文学的关注为主；第三时期就回归到黄春明、陈映真等批判现实主义文学的关心；第四时期为对韩台文学比较研究的关心渐起；第五时期对韩台比较文学的研究，深化到放在东亚视角里。

在《香港文学在韩国：认识、翻译、研究、定位、展望》中，朴宰雨提到，在韩国香港文学作品的实际上的翻译与出版，从金庸的《射雕英雄传》的韩文版（1986）和徐速的《星星、月亮、太阳》韩文版（1987）开始。不过，真正研究香港文学是从柳泳夏 2001 年发表在韩国的《投影在黄维樑散文的香港文化的全球现代性》开始。

在《海外华文文学在韩国：认识、创作、翻译、研究、定位》中，朴宰雨分三个领域来考察：第一，1949 年左右离开中国大陆后，直接去美洲定居或经过台湾、香港定居海外的，或纯粹是台港出身而定居海外的作家们写的作品，包括张爱玲、白先勇、聂华苓等；第二，1970 年代末与 1980 年代改革开放之后移居海外的新移民作家的作品，包括顾城、严歌苓、虹影、张翎等；第三，1980 年代末前后漂泊海外从事文学活动的作家包括北岛、刘再复和诺奖获得者高行健等。写过有关海外华文文学的学者也超过十多位，有金顺珍、陈性希、高慧琳、高赞敬、吴秀卿、梁楠、朴宰雨等。朴宰雨撰写有《加拿大华文文学与韩国：交流、翻译、研究》。

第二，朴宰雨研究世界华文文学的贡献在于建构韩国华文文学。2014 年，朴宰雨在韩国发表《韩国华文文学：探索四个来源与现状》；2018 年，在中国发表《韩国现当代华文文学的历史与现状》；2022 年，在台湾发表《韩国现当代华文文学的发展脉络与近年动向》。以前提起韩国华文文学，以许世旭的华文诗歌与散文为代表。朴宰雨 2011 年首先整理出许世旭华文文学创作全貌，然后撰写了《许世旭先生对中华圈读者介绍韩国文学的功劳》。他又确认自己用华文创作的几十篇散文，以及金惠俊创作的多篇散文，是承继许世旭传统的一个系列，可以算作"留华韩国学者文人的华文文学。"他 2014 年发现新的华文文学领域，那就是日本帝国主义侵略韩国时期革命者到中国大陆去参加韩国独立运动与中国革命活动，从中学到华文写作能力，结果在中文杂志上登载华文诗歌与小说。他首先找到 1941 年和美国尼姆威尔斯一起用英文撰写过《Song of Ariran 阿里郎之歌》的韩国革命者金山的系列中文作品，和金英明一起发表《通过韩国革命家金山的华文作品看其思想的变奏》，后来他又发现流亡中国的韩国独立运动队伍 1940 年左右创刊的《朝鲜义勇队通信》、《韩国青年》、《光复》等杂志里的韩中抗日斗士用华文撰写的华文诗歌 27 首，考证韩人的创作有 14 多篇。就在四川师大韩中人文交流会议上，朴宰雨作了《韩中联合抗日斗争的铁证：韩国华文抗日诗歌》的发言。这一系列华文作品，可以称为"日帝并吞韩国后流亡中国从事抗日独立斗争的志士的华文文学"。在这样的基础上，加上"传统韩国华侨的华文文学"和"韩中建交后定居韩国的华人（包括中国少数民族出身）的新移民文学"两个系列，朴宰雨将整个韩华文学分成四个系列，论述每个系列韩华文学的发展脉络与重要个案，从而建构出韩华文学的框架和体系。

第三，朴宰雨一方面将整个韩华文学的框架和体系逐步推向成熟，另一方面将自己近三十年坚持下来的另一个研究领域"中国现当代文学中的韩人形象"作品引进到台港及海外华文文学的研究上来。他有关香港文学的论文有《通俗作家与经典作家之间的文学革命家：金庸》、《金庸在韩国及其小说中的韩国人物》、《金庸小说在韩国的翻译》。有关海外华文文学的有《严歌苓在韩国：缘起、电影、翻译、研究、展望》。他还有对日帝下有留韩、留日经历作家比较长的研究，从而拓宽了这个研究领域。

第四，朴宰雨纯粹研究海外华文文学的另有《试探菲律宾华侨的抗日与华文抗战文学的特点》。

作为韩国的鲁迅与中国现当代文学研究的主要推手的朴宰雨，不但是韩国鲁迅学和东亚鲁迅学、世界鲁迅学之间交流和发展的推动者，而且是中韩现当代文学关系与交流研究和中国现当代文学里韩人题材文学作品的发掘和研究的开拓者。称他为韩国华文文学的建构者与韩国世华文学研究和创作的引领者，也当之无愧。[47]

朴宰雨不但努力从事文学研究，而且作为纯粹的外国文人也用华文创作有散文近四十篇。

梁丽芳（1948-），广东台山人。现为加拿大阿尔伯达大学东亚系教授、加拿大华裔作家协会执行会长。著有《柳永及其词之研究》（1985 年）、《早上的太阳：中国失落一代作家访问录（英文本）》（1994 年）、Contemporary Chinese Fiction Writers: Biography，Bibliography and Critical Asessment（2016 年）等。

梁丽芳是中加文化交流的桥梁，在文化活动与著作两方面并驾齐驱。她经常访问中国，作过题为"当代中国文学在加拿大的翻译与接受"的讲座。远在

---

47 本节写作来自朴宰雨提供的资料。

1979 年，她在叶嘉莹推荐下，义务为人民文学出版社编了《台湾小说选》、《台湾散文选》与《台湾诗歌选》，第一次把台湾文学介绍给大陆读者。当时由于政治因素，不便署海外学者的名字。

1985 年 8 月，梁丽芳完成了英属哥伦比亚大学研究院博士论文《论后毛泽东时期小说中的青年形象》，这是海外比较早以知青小说为题的学位论文。同年 5 月，她获聘为加拿大阿尔伯达大学东亚系助理教授。这时她开了三门课，其中一门是 20 世纪中国文学，她借这个机会开始研究和讲授中国新时期小说。过了两年，她单独开了一门"后毛泽东时期小说"，这是加拿大高等学府里面最早开设的课程。90 年代后期，为了回应海外先后出现的英文传记与回忆录，她又加开了传记与文革回忆录这门新课。

英语教材的缺乏，是讲授中国新时期文学的大问题。为了解决这个问题，她着手编写介绍新时期中国当代作家的生平和作品，出版了西方第一本研究知青作家专著 Morning Sun。后来为了在香港出版，又用中文重写一遍，改名为《从红卫兵到作家：觉醒一代的声音》，1993 年分别在港台两地出版。

到了 2008 年，梁丽芳在收集众多资料的基础上，提前离开大学，专心写全方位推介中国当代小说家的专著，出版了中文书名为《中国当代小说家：生平、作品、评价》。该书囊括了 80 位当代小说家，结合生平与作品进行评述，展现文革后 40 年来中国大陆文学多方面的发展与成就。该书选择的作家，必须符合四个条件：作品具有历史意义的作家、在艺术手法上有所创新的作家、在题材的开拓上有独特成就的作家、有争议的作家。这本书把中国当代知名的小说家，几乎一网打尽。至于海外作家，由于牵涉面太广——尤其是移居海外后才开始写作的作家，则属于另一个研究的范围。

《中国当代小说家：生平、作品、评价》是梁丽芳多年关注中国文坛和研究的总结。这本书对海外读者来说是打开了一扇窗口，让世界的受众了解中国当代作家的现状，让中国当代文学进入世界视野，让翻译家能够从中选出优秀的作品来翻译，进而增进中国与世界文坛的交流。

中国文学是中国文化的重要分支，也是中国文化在世界各地传播的载体，在中外文化交流中扮演着不可小视的角色。根据历史发展的趋势全面系统地考察中国与加拿大的文学关系，成为当前学术界的一件重要工程。梁丽芳 2015 年参与主编出版的《中外文学交流史·中国——加拿大卷》，立足于世界文学与世界文化的宏观视野，展现中国与加拿大文学与文化双向多层次交流的历程，在跨文化对话、全球一体化与文化多元化发展的背景中，把握中国与加拿大文化相互碰撞与交融的精神实质。梁丽芳主编的这本书，全面厘清加国文学与中国文学系统之间生动而丰富的交流关系，全面展示中华文化所具有的世界历史性意义，为比较文学在理论和实践的多个层面上的推进研究提供了有价值的经验。该书内容全部都是基于一手资料，具有学科的奠基作用。一是加拿大汉学，从古典到现当代与海外华人文学；二是重构了加拿大前期的华人文学（从十九世纪后期到1967）；三是后期（1967至今）的华文文学。

作为这一领域的开山之作，《中外文学交流史·中国——加拿大卷》介绍了加拿大翻译中国当代文学的三个历程：50-70年代，北美亚洲图书馆翻译的主要是李準的《不能走那条道》等"十七年"时期的作品；80年代初，随着中国的改革开放，加拿大开始出现了某一专题的翻译文学选本，比如伤痕文学、寻根文学等；到了90年代，才出现某些作家的单行本，其中被译得最多的作家是张贤亮和莫言。此外，该书也谈到了加拿大华人流散写作的情况，他们创作的主要是关于六、七十年代的回忆录。梁丽芳认为，这已成为海外华人流散写作的一个研究领域。这方面的代表作有凌耿的《天仇》（Revenge of Heaven，1972）、梁恒的《革命之子》（Son of the Revolution，1984）、郑念的《上海的生与死》（Life and Death in Shanghai）、张戎的《鸿：三代中国女人的故事》（Wild Swans-Three Daughters of China，1991）。

梁丽芳的研究领域第一个是古典文学，第二个研究领域是中国当代文学，第三个领域是加拿大华人文学。梁丽芳在加拿大40多年，亲临华人文学的发展，有些事情她也是参与者、目击者。她是第一个将用英语写作的华裔作家余兆昌、李群英、崔维新系统介绍到中国的学者。1997年，梁丽芳参加了海外华文文学研讨会，首次发表了《打破百年沉默：加拿大的华人英语小说》，她一直都觉得加拿大华人文学其实包括了用英语、法语写的与中文写的作品，国内研究海外华文文学的视野应该扩大，包括研究用居住国语言写的作品。她还发起成立了加拿大华裔作家协会，是该会创会副会长，会长是卢因。这个会是历史最悠久、活动最多、与国内交流密切的文学团体。

2003年，梁丽芳还在《华文文学》发表了《扩大视野：从海外华文文学到海外华人文学》。这个提法，在中国大陆引起较大的反响。

第八节　黄万华和陈瑞琳

下面说的两位在北美华文文学研究方面均有骄人的成绩，不同的是黄万华研究方面更广，更注重理论深度。

黄万华（1948-），浙江上虞人，现为山东大学教授，出版有《新马华百年华文小说史》、《中国和海外：20 世纪汉语文学史论》等多种著作。

黄万华主要研究领域为中国现当代文学与海外华文文学。将中国大陆（国统区、敌后抗日民主根据地、沦陷区）和台湾、香港地区、海外华侨社会抗战时期文学打通了展开研究，出版有《中国抗战时期沦陷区文学史》、《史述与史论；战时中国文学研究》等专著。

1999 年迄今黄万华出版了十多种华文文学研究专著，其中《新马百年华文小说史》，是中国第一部海外国别华文文学专史。不仅以翔实的史料描述了东南亚最重要的华文文学重镇新加坡、马来西亚华文小说的百年历史进程，并在文学史的分期依据、内在线索、观照角度、容纳视野等方面均有新的探索。《美国华文文学论》是中国首部海外国别华文论。《旅行中拒绝旅行——华人新生代和新华侨华人作家比较研究》，是研究 1980 年代后的"新移民文学"的专书。《传统在海外——中华文化传统和海外华人文学》，则是国内研究民族文化传统和海外华人文学关系的专著，考察了中华文化传统在海外华人文学中的创造性发展，思考文学中传统和现代的关系，并提出、处理了中华民族文学内部跨文化交流的重要问题。《文化转换中的世界华文文学》系统提出"华文文学整体观"，并分别以"台湾文学研究"、"香港文学研究"、"东南亚华文文学研究"、"欧美大洋洲华文文学研究"等专题展开华文文学历史与现状的研究。《中国和海外：20 世纪汉语文学史论》将包括中国大陆、台湾、港澳在内的百年中国现当代文学与海外华文文学置于"汉语文学"的文学史框架中研究，突破了以往只关注中国大陆文学研究的局限，既以中国大陆作为 20 世纪中华民族文学最重要最有作为的空间，也以"边缘"与"中心"以及互为参照的研究视角考察同一文学课题上台港澳、海外华文文学的创作，并注重文学经典性的揭示。《跨越 1949：战后中国大陆、台湾、香港文学转型研究》在中国现当代文学的历史整体性和丰富差异性中，展开中国大陆、台湾、香港文学互为参照的研究。

此外，黄万华和新加坡合作出版的《新加坡华文文学史初编》，承担了小说、戏剧的全部内容；在饶芃子、杨匡汉主编的《海外华文文学教程》中，承担了《欧洲华文文学》的撰写，最早进入了全面研究欧华文学的领域。他应友人之约研究"华文文学与中华文化"，完成了《欧洲大洋洲华文文学与中华文化研究》专著，并专门论及东西方华文文学的比较。他以一人之力在同行中研究华文文学涉及地区、国别最多，其成果基本覆盖了各大洲、各地区华文文学。

黄万华在研究"台湾文学史"、"香港文学史"、"海外华文文学史"时，作家"入选"的价值尺度坚持文学的经典筛选性和文学史的历史传承性，既有"饮誉世界的文学大家"，也有"其创作明显指向经典性，反映出中华民族新文学达到的高度的重要作家"，还有"代表或引导了地区、国别一个时代审美趣味的改变，从而在那一时代的典律构建上产生重要影响的作家，更有在各个文学领域中以其独异个性取得艺术突破，或在其居住国文学史中以其开拓性创作占有重要地位的众多作家，其作品往往也有着不可忽视的经典性或潜经典性。这些作家的创作实践构成华文文学版图最丰沃的疆域，'三史'将这些作家的文学行踪聚合绘成一种地图，由此出发思考华文文学和中华文化关系的一些重要问题。"

黄万华的华文文学研究从多角度展开。在较为完整把握了百年华文文学历史的学术背景上，2011 年后开始从文图关系角度展开华文文学研究，完成"百年台港澳文学与图像关系史"的初稿。

黄万华的研究专长在于 40 余年来一直致力于从"中华民族现当代文学"的角度打通中国现代和当代文学研究，"整合包括中国大陆、台湾、港澳、海外华侨华人社会文学在内的中华民族文学资源"，多角度地凸现文学的整体性和经典性研究，其努力被学界称为"一向习惯于在流行性文学史视野之外作扩张式开拓，并以其原生性的对象发现和原创性的观念建构回过头来影响和改变现有的文学史认识"。黄万华有自觉的学科建设意识，那就是推动中国现当代文学和世界华文文学两个学科建设性对话，也沟通世界华文文学与比较文学、文艺学等学科的联系。其研究自觉注重以世界华文文学强调的互为参照的学术视野和多重的、流动的文学史观照推进对中国现当代文学转型的深层次机制的把握；以生活于中国大陆、台湾、港澳、海外等不同历史时空的中

国人 / 华人提供的"历史逻辑修正"所揭示的无法同化的原创性，来揭示作品累积中的经典性；以对民族语言的根的充分关注走出国族意识的局限，使其学术期待、努力更好地回归文学。同时，以现当代文学研究的学术积累严格把握世界华文文学的文学批评尺度，对中国大陆、台湾、港澳、海外的创作，坚持相对统一的"汉语文学经典化"的价值尺度，严格"入史"的文学标准。研究强调世界华文文学的"跨文化性"和"世界性"，更关注其本身包含的"离散性"、"本土多元性"以及"中心和边缘"、"国家认同和文化认同"、"民族和世界"、"东方与西方"等课题。[48]

黄万华 2022 年出版的《百年海外华文文学研究》上、下册，是世界华文文学科建立的一个重要标志。王德威曾多次撰文肯定黄万华的文学史研究。2004 年，王德威为马来西亚学者的著述作序中肯定黄万华海外华文文学史研究"做得相当不错"，在"为另一种史观——流动的、多重的、跨国的史观——做准备"，是"其中的佼佼者"。

陈瑞琳（1962-），陕西人，西北大学文学硕士。1992 年赴美，曾任国际新移民华文作家笔会会长，出版有《北美新移民文学散论》、《海外星星数不清——陈瑞琳海外文学评论集》等。

在海外华文文学的研究中，美国华裔文学评论家陈瑞琳是一位富有开拓精神的学者。从二十世纪九十年代中期开始，她以自己的学术功底致力于海外新移民文学的研究和评论，雕刻出栩栩如生的"北美新移民作家"群像，向中国大陆读者与及学界推荐了众多新人新作。与此同时，她以宽宏远瞩的目光为世界华文文学的学术阵地拓疆辟土，为推动中华语言文化的海外传播做出了贡献，并奠定了她在海外新移民文学研究中的历史地位。

陈瑞琳对海外华文学的关注，要追溯到当年在陕西师大中文系教当代文学。那时沿海地区已开始研究港台文学，她却处在西部地区的高校首开深受学生欢迎的港台文学选修课。1992 年，她来到美国在休斯顿定居，在文风鼎盛的美国南部，当年在课堂讲述的作家如白先勇、於梨华、罗兰、赵淑侠、陈若曦、施叔青、李昂、余光中、郑愁予、洛夫、痖弦竟然走到了她的面前。她思考文坛应是后浪推前浪，在海外那些来自中国大陆的新移民作家，在六、七十年代台湾作家卷起的"留学生文学"的浪潮之后，他们也应该有自己成长道路，于是她开始转移研究方向，把目光投向中国大陆赴美的新移民作家。这一

---

48 本节内容来自黄万华提供的资料。

关注就是二十多年，海外新移民文学的发端、成长和壮大，她不仅是见证者，而且也是他们中的一员。

由于陈瑞琳的笔耕成绩，美国《侨报》于 1999 年约她首开"海外新移民文学作家扫描"专栏。通过这个专栏，陈瑞琳得以让一个个正在奋斗中的新移民作家登台亮相，并展示他们的文学创作成就。2005 年，陈瑞琳与作家融融合作编著《一代飞鸿——北美中国大陆新移民作家小说精选与点评》，由美国轻舟出版社出版，这是北美新移民作家的首部作品专辑。此书在 2008 年由"中国文联出版社"再版。同年，她与吴奕锜等合作的评论集《新移民文学漫论》，由中国"作家出版社"出版。2006 年，陈瑞琳评论专著《横看成岭侧成峰——北美新移民文学散论》，由中国成都时代出版社出版。2011 年陈瑞琳主编《当代海外作家精品选读》，由吉林出版集团出版。2014 年，《海外星星数不清——陈瑞琳海外文学评论集》，由九州出版社出版。正因为陈瑞琳在海内外发表的大量学术文章，2005 年她荣获中国《文艺报》评选的海外唯一"理论创新奖"，也是因为她在文学评论上的独特建树，2011 年 3 月 8 日中国中央电视台第四台"华人世界"特别播出"凿碑立传的文学女人"专访节目，2014 年她荣获国际新移民作家笔会颁发的"杰出贡献奖"。

陈瑞琳编著的《一代飞鸿——北美中国大陆新移民作家小说精选点评》，共收入四十六位活跃在北美华文坛的作家作品。上面提及的另一著作《横看成岭侧成峰》分"纵论""散论"和"情论"三辑，主要论及北美新移民文学的发生发展，包括陈瑞琳对北美新移民文学的纵览、追踪和特质的评论，涉及的作品有小说、诗歌、散文、传记文学等文体。这些作家作品的专论对北美新移民文学的发展起到了有力的推动作用，不少华人作家作品就是经她此书的评介之后，开始进入中文读者的阅读视野，并吸引了专业文学研究者关注的目光。

陈瑞琳最重要的选集《海外星星数不清》沿用了《横看成岭侧成峰》的风格与体例，这本文学评论集分"横看成岭"、"侧看成峰"、"四海涛声"和"他人他语"四辑。近二十多年来，陈瑞琳的重点学术文章有：《风景这边独好——海外新移民文学纵览》、《从"花果飘零"到"落地生根"——留学生文学到移民文学探踪》、《开掘美华文学的世纪长河》、《"离散"后的"超越"——论北美新移民作家的文化心态》、《试论海外"三驾马车"对当代华语文坛的现实意义》、《来自两个世纪的回响——鸟瞰当代"海外新移民文学"的时空坐标》、《北美华文文学的历史贡献》、《海外华文女作家的历史挑战》、《众声喧哗：看世界华文文学的新格局》、《关于海外华文文学的新思考》、《寻找华语文学的高地》、《文坛对话：从海内到海外》等。

　　关于作家的个案研究，陈瑞琳发表过论严歌苓、论张翎、评哈金、陈谦的小说以及《黄运基：美华文学的一座丰碑》、读刘荒田散文集、《沈宁，为历史作证》、美国新移民散文十二家札记、《方丽娜：异军突起的欧华作家》等。正如饶芃子所说："无论是从事创作还是评论，陈瑞琳的目光从未离开过海外新移民的生活体验的和艺求想象。她总是在新移民文学之幽深处与佳胜处作一次又一次艰难而愉悦的探寻。她从新移民的角度，解读作家们在作品中表现的精神漂泊形象、心志，有一种发入省思的意义。"[49]的确，读陈瑞琳的北美新移民文学散论，感觉她对新移民文学前沿的钻探，比别人深入，比同类评论家敏锐而及时。她论北美新移民文学，视野宏阔，资料新颖，文笔清丽。她的解剖刀温柔、细腻，同时也显得雄辩，一语中的。她写的《横看成岭侧成峰——海外新移民文学管窥》，其论述呈运动感，给人一种清晰完整印象，充分体现

---

49 见陈瑞琳《海外星星数不清》序言，花城出版社二〇〇四年版。

了一位海外评论家的艺术敏感和穿透力。《从"花果飘零"到"落地生根"》，是一篇全面评述"留学生文学"和"新移民文学"的论文，做到了史识与史实相结合。这两篇洋洋洒洒的论文，对陈旧的海外华文文学研究秩序作了勇敢的冲击，从理论上启动了新世代评论家的批评感觉与理论意识，使他们的研究不再成为"原地打转的陀螺"。陈瑞琳的文学评论，开辟了海外华文文学研究的新领土，激活了华文文学研究的探索和实验的空气，为海外华文文学研究打开新的空间，找出了新的学术生长点，尤其是为北美新移民文学整体浮出水面作出了重要的贡献。

正是因为陈瑞琳对新移民文学坚持不懈的倾力推动，尽其所能为海内外文坛牵线搭桥，许多海外作家、特别是北美作家及其作品才逐渐进入公众视野，并广受普通读者和专业研究人员的关注，新移民文学才会拥有今天的繁荣局面。

海外作家的创作，没有功利诉求，他们创作的冲动来自于"生命移植"的文化冲击，这一点赢得了陈瑞琳的尊敬和爱戴。与海外作家的无功利创作一样，陈瑞琳写评论也是无关乎稻粱谋。她二十多年来执着于海外华文文学批评，热心扮演华人作家作品的伯乐和推手，完全是出于一种文学自觉的使命感，蕴含着她对世界华文文学美好蓝图的由衷关怀和殷切期待。[50]

第九节　黄维樑和朱寿桐

在港澳，最著名的研究家有两位，一位是香港本土学者黄维樑，另一位是"南来"的澳门文学研究家朱寿桐。

黄维樑（1946-），广东澄海人，1955年到香港。先后任美国威斯康星大学客座副教授、香港中文大学中文系以及台湾佛光大学、澳门大学教授。著有《香港文学初探》、《香港文学再探》、《活泼纷繁——香港文学评论集》、《壮丽：余光中论》、《大师风雅》等。

《香港文学初探》是香港当代文学史上最早的一本以香港文学为评论对象的专著。在黄维樑之前，也有不少人写过香港作家作品评论，但大都显得零碎，出集子时都没集中在香港本地文学的评论上。

《香港文学初探》最值得重视的是第一辑"通论"部分。它显示了作者有

---

50 本节内容由陈瑞琳提供。

容乃大、兼收并蓄的宽阔文艺胸怀。长期以来，人们对香港文学缺乏共识：到底是专指严肃文学，还是既指严肃文学，又包括通俗文学？黄维樑本身主要是从事严肃文学评论与研究的，搞创作也以严肃文学为主，但他并没有因此轻视通俗文学，把武侠小说、流行爱情小说排除在香港文学大门之外。他认为雅俗应互相取长补短而不是互相拆台，只有这样香港文学发展的道路才能愈走愈宽，而不是愈走愈窄。

在各种文体批评中，黄维樑最擅长的应是诗论。但在《香港文学初探》中，有特色的文体是第五辑"文学批评论"。这是鲜有人注意的领域。在这部首次较为系统研究香港文学的著作中，作者中肯地评论了胡菊人《文学的视野》、余光中《分水岭上》的文学批评成就。对内地学者评价较高的司马长风的《中国新文学史》，黄维樑不仅取存疑态度，而且独具慧眼指出司马长风成书仓促，治学态度不严谨。黄维樑的香港文学批评方法，更重要的是用了广泛联系、纵横比较的方法。

在《香港文学初探》中，黄维樑认为香港不仅有文学，而且"相当繁荣"，有许多人就不赞成。其实，就香港这块弹丸之地来说，能出现像刘以鬯这类严肃文学的彩笔雅笔，像梁锡华这类框框杂文的快笔健笔，像梁羽生、亦舒这类武侠、科幻、爱情小说的奇笔幻笔，确实是不简单的事。可以说内地众多城市乃至某些省区，在文学的多元化和丰富多彩方面，都难与香港并肩。当然，繁荣不等于没有问题。如严肃文学陷入困境，文学批评空气薄弱，就是香港文学繁荣气象后面所隐伏的危机。

黄维樑还是台港两地著名的比较文学研究家。他有关比较文学的论文，收在《中国文学纵横论》等书中。这里讲的"纵"，指历史；"横"，指地域。与作者过去出版的《中国诗学纵横论》，堪称姐妹篇。这两本书所讨论的问题均"尽可能放在中国文学整个传统之中，作历史透视，也尽可能和西方的文学作不同地域的观照"。和"诗学纵横论"不同的是，"文学纵横论"论的不仅是诗，还包括小说。此书写得最有分量的是《五四新诗所受的英美影响》和《艾略特和中国现代诗学》。

博学的黄维樑还是余光中研究专家。他的余光中评论与研究，具有下列特色：

一是全方位评论余光中。他不仅把余光中作为一位诗人去研究，而且没忽略余光中的散文建树和文学理论批评的建树。

二是对余光中的诗文风格作出"清新郁趣，博丽豪雄"[51]的概括。这里讲的"新"，是指创新；"郁"，兼指情思的沉郁和风格的郁茂多变；"趣"，则是指幽默和趣味；"博"，指有广博的学问以供驱遣；"丽"，指瑰丽，即余氏笔锋刚健壮丽，文气充沛，另一方面是指余氏创造了不少清丽柔美的意境；"豪雄"，是指"体势雄浑，且有一股自豪之气"。余光中以风格多变著称，对他的创作风格概括实属不易。

三是对有争议的问题作出了自己独立的判断。陈鼓应认为余光中狂热迷恋美国，竟忘了自己是哪一国人，"他的'灵魂'早已'嫁给旧金山'了"。黄维樑认为余诗所写的"九缪思，嫁给旧金山"，指的是美国诗坛的事。余光中并没有"嫁给旧金山"，因为他对中国的感情太深厚太浓烈。

四是为"余学"的建立作了巨大的努力。诗人戴天看了黄维樑编著的《火浴的凤凰》后，创了"余学"一词。[52]黄维樑对余光中作品的微观研究与宏观研究，无疑为"余学"的建立奠定了基础。

黄维樑还发表了很多其他文学评论，重视对作品的具体评析，力求文章情采兼备。他谈论中西文化，服膺钱锺书的"东海西海，心理攸同"说。他大半辈子心之所系，离不开文学；手之所作，离不开文字的挥洒或雕琢。总之，他是"永葆文心，致力雕龙。"

黄维樑关于世界华文文学的宏观论文主要有《学科正名论——"华语语系文学"与"汉语新文学"》[53]和《大师的评定——试论华文文学研究的一个难题》[54]。前者作者运用他丰富的中西文化知识，一针见血指出"华语语系文学"中"语系"两个字是多余的。后者谈到评定文学大师的标准和难题。他认为有多种角度，至少有六个方面去衡量大师的标准，即为"六大"：大格局、大篇幅、大创意、大好评、大影响、大销量。他心目中的华文文学大师有两人：一是香港的金庸和台湾的余光中。这是有争议的话题。黄维樑另有《瑞典马大爷和华文作家小蜜蜂——论华文文学与诺贝尔文学奖》[55]，对做不到"无私于轻重、不偏于憎爱"的马大爷也就是马悦然，语多讽刺，读之令人喷饭。

---

51 黄维樑：《火浴的凤凰》，台北：纯文学出版社，1979年，第16页。

52 转引自黄维樑：《香港文学初探》，香港：华汉文化事业公司，1985年，第285页。

53 《华文文学》2019年第1期。

54 《福建论坛》2013年第1期。

55 载黄维樑：《文学家之径》，浙江古籍出版社，2022年，第129-141页。

　　朱寿桐（1958-），江苏盐城人，现为澳门大学南国人文研究中心主任、澳门文艺评论家协会主席。主编有《澳门文学编年史》等著作。

　　朱寿桐的《澳门新移民文学与文化散论》，论述了作为中西文明近代交流的第一回廊的澳门，为甚么是近代以来移民文化高度发达的特殊地域。在朱寿桐看来，澳门绝大部分的文化遗存都残存着移民文化的痕迹。1949 年以降，一拨又一拨新移民通过各种方式来到这个赌城，为澳门带来了多元的文化，而且也开拓了移民文学和新的发展模式。此书共分五编：导论、澳门文学研究与新移民文学地位的凸显、澳门新移民文学的肌理与内蕴、澳门新移民文学家的文化情怀、澳门新移民艺术概说。全书用文化视角观照澳门新移民文学，在同类研究著作中脱颖而出。

　　作为"澳门文化丛书"之一种的《汉语新文学与澳门文学》，由"汉语新文学与澳门文学的重新认知"、"汉语新文学视阈中的澳门意象"、"澳门文学对汉语新文学的贡献"、"汉语新文学格局中的澳门文学事业"等四编组成。此书牵涉面广，作者重点阐释了澳门文学与汉语新文学的关系，以及澳门文学在中华文学发展语境下的发展历程与处境，每一部分均在掌握丰厚的史料基础上提出新见解。与别的论著不同的是，该书从整个汉语文学世界的宏观角度审视澳门文学，重新发掘出澳门文学在华文文学的地位和价值，具有开拓性的意义。此书视野宽广，不局限于澳门文学，或者说通过澳门文学提出了健康的文学生态理论，以此刷新了经典文学理论。

　　有两个朱寿桐：南京的朱寿桐与澳门的朱寿桐。南京的朱寿桐在内地工作时已蜚声论坛。他于 2007 年成为澳门的朱寿桐后，理所当然把精力放在港澳文学研究上，其中他对澳门文学的重要贡献是主持编撰了五卷本《澳门文学编年史》。中国本有悠久的修史传统，撰史则有纪事体、纪传体、编年体等，《澳门文学编年史》属于后一种，它涵盖了文化事业的兴衰、文学制度的变迁、新旧文学的发展、各种文体沿革、文学社团沉浮等项。各卷重点不同，如第一卷兼容并包，在编年的同时辑录重要作品。第二卷历史记载简短明晰，就事论事。这部皇皇巨著，由细小的历史片断甚或每日发生的历史事件，连缀而成宏观的历史叙事，以编年体方式对澳门六十余年来特殊而又复杂多元的文学创作轨迹进行了细致的勾勒，其中牵涉政治、经济、文化、社会、宗教以及中葡关系诸方面。在史观、史料、内容方面，该书极大地超越了前人的研究成果，丰富和完善了"澳门学"研究的内容。

《澳门文学编年史》以崭新的体例重回 1920 至 1984 年澳门文学现场，它重考据、重实证，用传统的"朴学"精神，通过对文学史的原始资料的发掘、整理、钩沉、甄别、对照和胪列，深入剖析澳门文学的来龙去脉，逐日逐条书写澳门文学的发展轮廓，形塑出一部"用史料说话"的文学史，从而全面展现出作为中国文学一部分的澳门文学的独特文学景象、发展规模及其寄生于报刊的文学生产方式，尤其是《总序》及各卷内容，使其成为迄今为止对澳门文学资料整理和论述最为全面和系统的著作，填补了华文文学这一领域学术上的空白。

《澳门文学编年史》的编撰和出版，本是为了进一步丰富澳门文学的形象。编撰者为充分体现澳门特色，在华文文学世界中形塑出自己的影响力，但又没有停留在澳门文学自身特色的定位，更没有在特色的形象中画地为牢。朱寿桐强调："倘若作为一种凛然、严正的概念加以过于严肃的应用，甚至作为一种文化招摇的标签加以不无炫耀地对待，或者作为一种自甘边缘的借口以做不思进取的固守，最后可能导致严重的身我设限，导致澳门文学总体创作力趋减。"[56]这种论述并非主观臆造，而是因为现实中确有论者没有把澳门文学放在整个"澳门学"的整体思考把握中，以致使澳门文学在狭窄的逻辑关系里构成对澳门文学理论的牵绊，造成了负面影响。

《澳门文学编年史》另一特色是不局限于文学，常渗入澳门丰富的历史文化，注意澳门既不同于台湾文学，更不同于香港文学的复杂文化构成。该书通过富于魅力的文化层面，诠释澳门文学发展的历史。朱寿桐领头的团队，面对

---

56 朱寿桐：《澳门文学编年史·总序》，广州：花城出版社，2019 年版，第 2 页。

澳门文学原始资料大量丧失的困难，始终重视文献构成乃至文学历史构成的不同阶段出现的差异，因而没有要求整齐划一的体例。具体说来，第一卷将重要的文化教育活动和文言诗词容纳进去，这非常符合澳门新文学起步时期的实际，以让文学融入文化教育等历史环节中，让新旧文学处于互补的状态中。这种状态到了 20 世纪 50 年代以后，澳门文坛的秩序重新作出洗牌，尤其是随着现代化传媒的出现，澳门文学开始进入独立发展的轨道，编年史的内容也就不再包罗万象。

和朱寿桐的论文《汉语新文学概念建构的理论优势与实践价值》、《汉语新文学：作为一种概念的学术优势》、《论汉语新文学的文化归属感》、《汉语新文学的文化伦理意义》一样，《澳门文学编年史》也是用"汉语新文学"概念贯穿全书，将其处理成一部澳门汉语文学编年史。当然，在适当的地方也容纳非汉语写的作品。这是朱寿桐研究境外及海外华文文学即汉语文学的一大特色，这次他又在《澳门文学编年史》中进一步阐明了华文文学其实将正名为现代汉语文学这一事实。至于他主编的《汉语新文学通史》（上、下卷），和 2004 年黄万华著的《中国和海外：20 世纪汉语文学史论》、2007 年曹万生主编的《中国现代汉语文学史》（上、下）不同：它不属于"史论"类，也不是以大陆文学为主，而是真正意义上的第一本包括海内外的《汉语新文学通史》。

在香港，新时期南来的评论家有黄子平、许子东。这"二子"到港的时间虽然比朱寿桐长，但仍以研究内地文学为主；虽然也写过香港文学研究的文章，但他们毕竟是旅港评论家，而非严格意义上的香港文学评论家。而朱寿桐不同，他虽然主编有《汉语新文学通史》等专著，但他去澳门后，最引人注目的成果是研究澳门文学的著作。除"编年史"外，还有正在起步的《澳门文学大系》。可见，他不是一般意义上的旅澳文学评论家，而是成了名副其实的澳门文学研究家。当然，他不光是研究澳门文学，还客串研究香港文学，他这方面的重要成果是他任执行主编的《香港新诗发展史》[57]。

第十节　刘俊和赵稀方

世界华文文学学科的新世代才俊不少，一南一北的刘俊和赵稀方是突出的两位。

---

[57] 北京，人民文学出版社，2014 年。

刘俊（1964-），南京人，南京大学教授。著有《悲悯情怀——白先勇评传》、《从台港到海外》等专著。

刘俊的研究，在一定程度上反映了新世代学者的研究特点。在若干重要方面，则反映了世界华文文学作为一门学科的某些面貌和研究走向。和其他学人一样，刘俊研究世界华文文学，首先从较易取得资料的台港文学入手。鉴于台港文学史或类文学史的著作出版过不少，还由于世界华文文学研究的体系建立和一些基本理论问题的探讨不可能一蹴而就，故他把工作定位放在作家作品的个案解剖方面，从一砖一瓦入手去建构自己的学术殿堂。

在台港作家中，刘俊最先选择的是白先勇研究。他在别人研究的基础上，作了深化的工作。如用"悲悯"二字概括白先勇精神世界的核心，就很到位。在《白先勇评传》的基础上，刘俊进一步对白先勇小说中的意象群落、小说的语言艺术和别人容易忽略的散文创作作细读式的研究，对一些重要的艺术手段进行更细缜和更深入的把握。此外，对大陆学术视野中的白先勇（1979-2000）作出评述。这评述，不是把各家的观点罗列在一起，而是在肯定成绩的基础上指出研究的盲点，作为今后改进的参考。

有关台湾文学研究在大陆这方面的文章，别的学者也写过，但刘俊别出心裁选取"以一九七九-一九九九人大复印资料"为视角作切入点。作者除作了详细的统计和分类外，还对如何深化台湾文学研究提出建设性的意见。

　　刘俊在白先勇研究取得一定成绩后，再把视野扩大，在研究空间上加入海外华文文学。最能显示刘俊在这一领域取得理论深度的是《论海外华文文学的总体风貌和区域特征》。它首先明确了海外华文文学的性资。针对中国文学而言，海外华文文学其实是一种"外国文学"。乍看起来，这没有什么惊人之论，但一想到北京有关部门做的国家级课题指南，至今仍把海外华文文学算在"中国现当代文学"的名下，就会感到这种论述有现实针对性。此外，刘俊在海外华文文学的区域性、不平衡性、多样性和复杂性的论述基础上，对东南亚华文文学与北美华文文学的区域特征作了深入的分析，从而使读者感到海外华文文学作为一个集合体不仅其构成成分上复杂多样，而且在文化构成上也显得丰富多元。在研究方法上，他并不单纯从文艺社会学的角度进行研究，而是注意运用叙事学、文体学、文化语言学等理论来分析文学现象和作家作品。除此之外，他还引进后殖民理论来深化自己的研究，如《"他者"的存在和"身份"的追寻》，在对美国华文文学的解读方面，就有一定的创意。

　　重绘世界华文文学地图，首先要打破随众意识，另辟蹊径开拓自己的独特研究领域，此外要设立新的论述方式。在这两方面，刘俊均在努力追求。以美国华文文学中的留学生小说而论，他在时间上从六十年代跨越到世纪末，从於梨华的情感论述谈到严歌苓的洒脱叙事，便涵盖了二十世纪后半叶美国华文文学中留学生题材的小说发展史。另方面，对於梨华、查建英和严歌苓三人进行比较，不仅看出这几位作家的作品如何深深地打上了隶属于她们各自时代的历史烙印，而且更注意到这三位作家中的个人风格。这里虽然重绘的是留学生的文艺地图，但窥一斑可知全豹，可看出刘俊在这方面所作的努力。

　　进人新世纪后，世界华文文学研究不再是死水一潭，而是有了理论交锋。正是在思考争论和探案中，刘俊的华文文学研究在稳步中前进，并不断取得新的成果。像这种跨区域的华文文学的多元审视，其实是一种学术边界的开放，以图打破现有的封闭研究格局。正因为世界华文文学研究领域有像刘俊这种显示着某种研究潜力的后起之秀的介入，才使新世纪的华文文学研究在向前发展的同时，还能显示出更强劲的发展势头。这"势头"表现在刘俊围绕着世界华文文学研究，涵盖了相当丰富的议题，呈现出世界华文文学创作从现代到当代、从"外岛"到"特区"、从南洋到北美蓬勃发展的图景，体现了历史延伸、台港兼容、区域跨越的三大特色。作者用自己的独特研究视角，独具慧眼提出用"跨区域华文文学"取代"台港澳暨海外华文文学"等五花八门的名称。《"跨区域华文文学"论——界定"台港暨海外华文文学"》，是刘俊论文中最具学术著述原创性与品质的一篇，是他不人云亦云的表现。让读者窥见世界华文文学创作之于时代和文化的动人魅力。

作家作品解读，一直是刘俊研究世界华文文学的重要内容，且已形成他的独特诠释方式。这种方式不是直接与政治话语连结，也不将作品与外来的述语机械地对接，而是进入到文学作品的内部，从结构、语言、修辞、叙事等形式因素角度切人。但刘俊探讨时并不完全是从审美上去着眼，有时他也不会忘记作品文学形式所表现的思想内涵。在他看来，不仅作品的主题及其传达的社会信息具有思想价值，而且它的形式也不可能完全脱离内容，其叙事方式难免涂上意识形态的色彩。比如20世纪从鲁迅到张爱玲的性别描写，其意义就不可能局限于创作题材的选择，而是作家反思和批判社会的一种手段。这种书写之所以打动人心，归根到底在于作品反映了时代的要求，表现出社会的变迁，如张爱玲等人的小说所体现出来的"崩解与新建"，只有在和解构男权中心发生内在关联时，才会体现出强大的生命力。但刘俊毕竟不是社会学家或文化学者，而是文学评论家，故他只能把自己的探讨落实在世界华文文学作品如何呈现中西文化冲突，如何书写移民生活，如何表征20世纪中国上海的历史上。为出新，他一方面采取"拿来主义"，借鉴异域理论，同时又不全盘照搬，而是经过自己消化。在两者的复合互渗中，在历史的断裂与延伸处，他努力寻觅世界华文文学研究的新出路。

从《白先勇评传》到《复合互渗的世界华文文学》、《世界华文文学：历史·记忆·语系》，每一本书的出版都是刘俊评论风采的展示。面对世界华文文学学科诸多理论问题，刘俊用《论20世纪中国文学中的上海书写》、《北美华文文学中的两大作家群比较研究》、《"历史"与"现实"：考察马华文学的一种视角》、《"华语语系文学"（概念／理论）的生成、变异、发展及批判——以史书美、王德威为论述中心》、《新移民文学：跨区域跨文化的华文文学》等一系列的扎实论文，传递出对世界华文文学的热爱，用"我的声音和我的存在"以及"华文文学与中华文化研究"，参与世界华文文学学科的建构。

赵稀方（1964-），安徽人，中国社会科学院文学研究所研究员，著有《小说香港》、《后殖民理论》、《历史与理论》、《翻译与现代中国》、《报刊香港》等著作十多种。

在香港回归前后研究香港文学的赵稀方，引起世界华文文学研究界广泛关注的是《小说香港》[58]。此书上、下篇由"历史想象"与"本土经验"构成。上篇呈现英国殖民者故事、中国大陆国族叙事、香港地方性叙事的差异面貌。下篇则对香港的本土书写进行文本分析，作品包括现代主义、写实文学、都市小说、言情小说和武侠小说等。该书的特点是在两岸写作的视野下突出作为"中间地带"的香港文学的特殊性，建构香港文学不同于内地文学的本土性。同是香港文学研究者的白杨指出："《小说香港》的出现标志了大陆香港文学研究的一个新起点，其在理论建构、文学分析等方面表现出来的宏阔视野、学术深度和敏锐的艺术感受力，无疑将影响并改变人们对香港文学的印象与研究路向。"

赵稀方不以内地视角研究香港文学，不大力表彰"南来作家"对香港文学的所谓"领导作用"，不走别人使用过的新旧对立、左右对峙的香港文学研究模式，也不用"爱国、进步、健康"去概括香港文学的主流，实事求是正视香港文学雅俗对峙的实际情况。

赵稀方觉得要深入研究香港文学，离不开报刊的研究，这不仅是因为报刊是香港文学作品的载体，还因为报刊本身就是一部浓缩的香港史，它正可以为香港文学史建立一个实证的基础。他在《羊城晚报》发布的"从小说香港到实证香港"的内容，就涵盖了不"纯"的起点的《遐迩贯珍》、王韬与副刊问题的《循环日报》、新发现的《中外小说林》、"五四"新解的《英华青年》、被忽略的《小说星期刊》，还有《伴侣》、《红豆》等现代期刊，再到美元文化时

---

58 北京：三联书店，2003 年。

代的《自由阵线》、《人人文学》、《中国学生周报》，代表现代主义文学新思潮的刊物《诗朵》、《文艺新潮》、《新思潮》，直至后来的《四季》、《诗风》、《海洋文艺》。香港文学发展历程历历在目，由此给学界带出许多新出土的资料。

在香港，有研究香港文学期刊著称的黄康显，其代表作是《香港文学的发展与评价》[59]。在香港报刊副刊的起点问题上，赵稀方与黄康显的不同之处，在于不再使用纯文学的角度，而改用泛文化的形式进入香港报刊的世界。学界普遍认为刘以鬯在《香港文学的起点》中所说的是王韬在 1874 年创办的《循环日报》，可赵稀方翻阅大英图书馆、香港大学图书馆所藏的《循环日报》，发现该报在创办时并无副刊，到了 1904 年才设有副刊，但王韬在 1884 年已离港，并于 1897 年去世。可见《循环日报》副刊的创设与王韬毫无关系。王韬于 1862 年正式来港，其在港的文学创作早于《循环日报》的创办，尽管其人堪称香港文学的开山祖。

初生之犊不畏虎。赵稀方的专著《报刊香港：历史语境与文学场域》[60]不仅为刘以鬯纠错，还为内地的文学史家阿英匡正。阿英在《晚晴文艺报刊述略》中所说的于 1907 年问世的《小说世界》、《新小说丛》是最早的香港文学期刊，其实应是《中外小说林》，其前身创刊于 1906 年 8 月 29 日的《粤东小说林》，该刊 1907 年 5 月 1 日迁移香港并改名为《中外小说林》。对有香港文学研究史料第一人之称的卢玮銮，他也不同意她说的《红豆》由梁之盘接办的时间是"1937 年 7 月 15 日"。据赵稀方本人的考证，《红豆》早在 1936 年就结束了。对香港文学见证人侣伦说的改版后的《红豆》"由上海生活书店经营"，这也不对，因为上海"生活书店"总经售的时间是三卷一期，而不是二卷一期。

赵稀方一直认为前人在香港文学研究虽然做出了成绩，但史料从基础工作做起还有差距。虽然香港文学资料大部分在内地找不到，做起来难度大，但他不畏艰难。在 2013 年冬，他决定放下手头工作，开始研究香港报刊。他花了将近一年时间看文白夹杂的《小说星期刊》。不过以史料考证见长，只是《报刊香港》特色的一个方面。在赵稀方看来："现代报刊一方面是历史材料，另一方面是自身同时也是一种历史建构。"因此，他研究百多年来的香港报刊时，其目的是用文献去重构历史。他既注意史料考证，也注意历史线索。对于

---

59 香港：秋海棠文化企业公司，1996 年。
60 香港：三联书店，2019 年。

香港早期报刊，该书作了较多的考订，从而呈现出不同的历史维度。对于后来人们知道较多的报刊，则不再详论，而是从大的时段上来把握时代脉络。

赵稀方曾用"执迷不悟"形容自己研究香港文学的执着和耐心，二十多年不改研究初衷，这"执迷"也就由"不悟"变为"不悔"。"在赵稀方看来，香港文学版图如璞玉一般值得精细琢磨。如果说，《小说香港》以'身份'为底色，描绘一座香港'城'的兴起，《报刊香港》则以'报刊'为线索，建构香港'史'的脉络。星垂野阔，月涌江流，香港文学之历史面目，越来越清晰地呈现于我们的眼前。"[61]《香港的作联与作协》[62]，便属这样的作品。

还应提及的是赵稀方对理论、文本、史料的全方位覆盖，以及对翻译与新时期话语实践、二十世纪中国翻译文学史新时期部分、翻译现代性即晚清到五四的翻译研究，还有翻译与现代中国，使赵稀方又多了一个翻译家的身份。此外，他对后殖民理论的研究也很有成就。解决了三个问题：第一个讲清了"殖民主义批评"、"新殖民主义批评"、"后殖民主义批评"、"内部殖民主义批评"的分别在哪里；第二个是阐明了"后殖民主义"是由那些理论家组成，又如何历史地构成。第三个是阐明了"后殖民主义"与"后现代主义"、"女性主义"、"民族主义"、"马克思主义"的复杂关系，并在此基础上指出后殖民主义在陆港台的理论履行情况。

赵稀方从不满足已有的成绩，不像别人一样受制于某一学科。他在近现代文学、当代文学、香港文学、苏俄文学等不同学科间来回穿梭，在哲学、历史、文学、社会等多种领域自由驰骋，在现代主义、女性主义、后殖民理论、启蒙主义等多种理论资源中信手拈来，格局开阔，纵横通连，[63]不愧为新世代学人的佼佼者。其新作《何种"想象"，怎样"共同体"》[64]，对本尼迪克特·安德森在中国风行一时的著作《想象的共同体：民族主义的起源与散布》作出重估，发人深省。

61　方同：《〈报刊香港〉描述历史行迹与文学倒影》，香港：《大公报》，2019 年 7 月 15 日。本节吸收了此文的成果。
62　《当代文坛》，2022 年第 3 期。
63　张娟：《学术的炼金术士——赵稀方素描》，香港：《文综》，2022 年夏季号。本节吸收了此文的研究成果。
64　《文艺研究》，2022 年第 6 期。

余论　世界华文文学学科远景

　　探讨世界华文文学学科远景，有点像用后视镜来看前路的危险，但也不妨一试。

　　趋势大师约翰·奈思比曾经说过预测未来最可靠的方法就是了解现状，而现状是华文文学学科已经走出了青涩期。这世界华文文学学科，本是创作者与研究者的演出场，是华文文学动态的资讯站，也是华文文化现象的反思空间。

　　华文文学研究一直呈动态的改革中，有时改革得比中国新文学学科还快，而变得更有魅力。有时变革跟不上创作步伐，变得压力较大，以致有人认为这门新兴学科发展存在着危机。危机是有的，但不能过分夸大。

　　华文文学学科的发展，不出其三：第一是将意义扩大，有更多的学校开设这门课；二是华文文学学科会脱离创作的依赖，而走向更独立的道路，以致自成一派；三是研究方法不再停留在社会历史学的批评格局中，而从多学科互渗的交叉研究和在中国文学的整体格局中评价台港澳文学的成就和发展趋向。

　　世界华文文学学科所面对的是华文作家与学者、读者，只有通过调查，才能知道这门学科的走向。剩下的华文文学学科所面对的有如一片茫茫大海。我们必须去设想：未来的学者的研究范畴、方法如何超越前人。别的不说，仅开课而论，至少未来各高等学校开设华文文学课，会越来越多的学者会具有"世界"意识、"世界"情怀，会倾向使用"世界华文文学"这个概念，这便恢复了世界华文文学研究的纯正性，并以主流形式出现在高校和论坛。即使有少部分学者在使用"华语语系文学"或"汉语新文学"等概念，但不太可能再去使用老名称"台港澳暨海外华文文学"。不过，当概念过度整齐划一后，学科也就容易走向死板化。过度的规范本来是对学科发展的一种束缚,华文文学概念的驳杂与丰富,正是学科的一大胜利。

如同华文文学创作离不开海外漂泊、家园怀念和双向认同的模式一样,世界华文文学研究也有自己"离散"一类的话语体系和经验。尽管"世界华文文学学科"在名称和研究对象方面仍存在着诸多争议,以至"中国世界华文文学学会"所在地处处均少用以致遮盖了"世界华文文学"作为"教程"和"学术平台"和研究丛书的命名,他们给人潜在的印象是用"海外华文文学"取而代之,但这种做法不一定会得到大家的认同。是"世界华文文学"还是"海外华文文学"的争议,至少说明这是一门有潜力、有生机、有众多学术生长点、大有发展前途的学科,可以持续发展的学科。

在研究题材的选择上,实行"拿来主义",通过实践检验完成自主创新的命题,也就是说不再原地踏步。像北美华文文学研究,不再局限在於梨华、聂华苓、严歌苓等明星作家身上,会增加新出现的文学新人。港台文学研究也是如此:在继续研究白先勇、陈映真、刘以鬯、董桥等人的同时,把新生代作家的研究提上议事日程。在文学史写作上,台湾不会再让大陆独占鳌头,有可能迎头赶上。以往期望本地学者写出自己的台湾新诗史,却千呼万唤不出来,如今在北京学者古继堂著作的刺激下,台湾已出现张双英、郑慧如、孟樊和杨宗翰等人写的台湾新诗史,以后可能还会出现,甚至还有可能出现台湾小说史、台湾散文史。至于香港本土学者写的香港文学史,以前一直缺席。在有了陈国球主编的两套《香港文学大系》后,这种空白也有可能填上。

《世界华文文学学科史》不属"重写文学史"而属"初写",但受"重写文学史"思潮的影响。陈思和等这些倡导"重写"者不仅要改良《中国新文学史》学科的性质,而且还要改变世界华文文学研究的文艺观:把华文文学史研究从那种仅仅以思想伦理为出发点的狭隘的研究思路中解放出来,对原来在华文文学史上缺席的作家重新补上和审视。这种审视,就是对过去夸大文学中的政治因素、人为地把华文文学区分为主流、支流乃至逆流公式的质疑,对那种以左右对峙唯一选择文学主潮论的质疑。华文文学研究者所追求的是一种在艺术标准下自由争鸣的风气,以改变过去的大一统学风,对过去出现的许多有争议的现象重审,在新的美学标准下涌现众多新的评价。

有了程抱一、金枝芒、余光中、白先勇、哈金、高行健、严歌苓等人的作品,大陆学者就不会再按研究中国新文学的话语模式来研究华文文学。因为左翼话语不全适合境外和海外华文文学。这不仅解放了研究对象，而且有助于填平台港澳与大陆文学分隔的鸿沟。华文文学这种无定型的学科命名，使研究者能充分发挥主观能动性，对华文文学史做出崭新的解释。此外，它设定的作为大背景的世界文学与世界华文文学中的关系构图，有利于研究者寻找华文文学的源头和认识它与世界文学尤其是与比较文学发展的同步性，确认华文文学发展成就决不比世界其它语系的文学逊色，这有利于增强民族的自尊心。华文文学理论、文学史和文学批评的三位一体，又有利于提高华文文学的研究水准。

进入 90 年代以来，世界华文文学拥有了更多的理论资源，为寻求新的学术生长点激活学科，研究者无不在做跨界也就是跨地域的延伸，其研究范畴在日益扩大，旧的研究模式由此进一步瓦解。所谓旧的研究模式，就是运用中国现当代文学的研究方法去套台港澳文学或海外华文文学。这种模式从文学与社会的关系、内容与形式的问题、人物与环境的描写、语言的艺术性等方面对作家作品进行评价，且评价作品时激动、兴奋远多于冷静的思考、论证。今后他们将不会再局限于以社会学、政治学为根基的传统批评路径。在面对新思维挑战的时候，会使用精神分析、叙事学、结构主义、解构主义、女权主义、后现代主义、后殖民主义、比较文学、文化人类学的批评方法，努力站在客观立场，好处说好，坏处说坏。

世界华文文学学科本是发展中的学科，也是有一定"风险性"的学科，它的不确定性与移动性和一些作家作品的前卫性，不是建立一门新学科的障碍而应视为获得生机的重要因素，也是区别于兄弟学科的一个重要地方。因此，世界华文文学研究者应具有更浓烈的学科意识，应允许不同途径去研究它，具体来说在中国高校是研究课题化与个人化同时并存。国家社会科学基金和教育部人文社会科学项目，均设有台港澳地区及海外华文文学部分，但台港澳文学研究由于众所周知的原因，很难中标，这类课题的立项已明显呈下降趋势。即使有，也是研究左派作家和百年中国文学叙事、中华文化共同体这类符合主旋律的题目。由于申报台港澳文学研究立项很难，一些不愿被边缘化而坚守阵地的学者在从事这方面研究时，以自由选题和由个人兴趣出发为主。鉴于在大陆出版这方面的著作相当不易，审批时间又长，因而有个别学者到境外发展。那里出版速度快，且不会大量删改著者的文章。不过，繁体字书校对远比不上大陆严格，且这类书在大陆高校不算成果，因而这种民间化的写作出版带有

"自娱"性质，其中以退休学者为主。陈平原曾说当前高校老师分两种：一种是"无课题有科研"，另一种是"无科研有课题"[1]。所谓"无科研有课题"，是指某些教师拿到课题尤其是重大课题有数额巨大的资助后，以"包工头"自居，他的研究生便成了"打工仔"。这些人主要是为拿课题费和升职而"研究"，所以说是"有课题无科研"。在发表、出版难的形势下，世界华文文学研究的个人化与民间化，却属"无课题有科研"这种状况。

作为一门新学科来说，世界华文文学研究面临的挑战是不可回避的，比如《世界华文文学通史》、《世界华文文学编年史》、《世界华文文学大系》、《世界华文文学大辞典》等书的编纂。这种工作要有新人去完成这种基础工程。这些选题很有可能有朝一日会提上议事日程。

总之，世界华文文学作为从中国现当代文学、比较文学、世界文学"突围"出来的新兴学科，从20世纪70年代末蹒跚起步，走过了从无到有、从逼仄到宽广、从单调到丰富的过程，然后在新世纪蓬勃发展起来，在"定位不明边缘论、学科消亡危机论与意识形态敏感论三维挑战中"[2]日益走向成熟，其发展前景日新月异，令人乐观。届时，世界华文文学作为一门新兴的独立学科，会得到越来越多人的承认。

---

1 陈平原：《人文学项目管理的利与弊》，2022年5月31日在复旦大学学术评价会上的发言，见澎湃网站。
2 丁萌：《学科话语与民间话语——〈世界华文文学概论〉的"双语"建构》，《华文文学》，2022年第3期，第122页。

主要参考书目

1. 张爱玲：《传奇》，上海：山河图书公司，1947 年版。

2. 刘以鬯：《酒徒》，香港：海滨图书公司，1963 年版。

3. 欧阳子：《王谢堂前的燕子》，台北：尔雅出版社，1976 年版。

4. 黄维樑编著：《火浴的凤凰》，台北：纯文学出版社，1979 年版。

5. 沈登恩主编：《诸子百家看金庸》，台北：远景出版社，1985 年版。

6. 黄维樑：《香港文学初探》，香港：华汉出版公司，1985 年版。

7. 余光中：《掌上雨》，台北：时报出版公司，1986 年版。

8. 叶石涛：《台湾文学史纲》，高雄：《文学界》杂志社 1987 年版。

9. 王鼎钧：《心灵分享》，台北：尔雅出版社，1990 年版。

10. 王鼎钧：《两岸书声》，台北：尔雅出版社，1990 年版。

11. 潘亚暾主编：《台港文学导论》，高等教育出版社，1991 年版。

12. 罗孚：《香港文坛剪影》，生活·读书·新知三联书店，1993 年版。

13. 王润华：《从新华文学到世界华文文学》，新加坡：潮州八邑会馆文教委员会出版组，1994 年版。

14. 黄孟文：《新华文学评论集》，新加坡：云南雅舍，1996 年版。

15. 白先勇：《白先勇自选集》，花城出版社，1996 年版。

16. 刘登翰主编：《香港文学史》，香港作家出版社，1997 年版。

17. 马来西亚华文作家协会编：《扎根本土·面向世界——第一届马华文学国际学术研讨会论文集》，马来西亚华文作家协会、马来亚大学中文系毕业生协会，1998 年版。

18. 陈贤茂主编：《海外华文文学史》，鹭江出版社，1999 年版。

19. 王晓明主编：《二十世纪中国文学史论》，东方出版中心，2000 年版。

20. 陈辽主编：《我与世界华文文学》，香港：昆仑制作公司，2002 年版。

21. 王兆胜：《闲话林语堂》，中国国际广播出版社，2002 年版。

22. 赵稀方：《小说香港》，生活·读书·新知三联书店，2003 年版。

23. 庄锺庆主编：《东南亚华文新文学史》，人民文学出版社，2007 年版。

24. 王鼎钧：《一方阳光》，江苏文艺出版社，2009 年版。

25. 吕正惠：《战后台湾文学经验》，三联书店，2010 年版。

26. 朱寿桐主编：《汉语新文学通史》，广东人民出版社，2010 年版。

27. 陆士清：《曾敏之评传》，香港作家出版社，2011 年版。

28. 陈芳明：《台湾新文学史》，台北：联经出版公司，2011 年版。

29. 郑炜明：《澳门文学史》，齐鲁书社，2012 年版。

30. 饶芃子：《世界文坛的奇葩》，花城出版社，2012 年版。

31. 古远清编著：2013-2021 年世界华文文学研究年鉴，《华文文学》编辑部、武汉大学出版社、华中书局，2014-2022 年版。

32. 陈瑞琳：《海外星星数不清——陈瑞琳文学评论选》，九州出版社，2014 年版。

33. 江少川：《海山苍苍——海外华裔作家访谈录》，九州出版社，2014 年版。

34. 藤井省三：《华语圈文学史》，贺昌胜译，南京大学出版社，2014 年版。

35. 曹惠民、司方维：《台湾文学研究 35 年（1979-2013）》，江苏大学出版社，2015 年版。

36. 王润华等主编：《新加坡华文文学 50 年》，新加坡：八方文化创作室，2015 年版。

37. 马森：《世界华文新文学史》，台北：印刻文学生活杂志出版有限公司，2015 年版。

38. （马来西亚）21 世纪出版社编辑：《缅怀马新文坛前辈金枝芒》，吉隆坡：21 世纪出版社，2017 年版。

39. 黄维樑：《活泼纷繁：香港文学评论集》，香港：华汉出版公司，2018 年版。

40. 汤俏：《北美新移民文学 30 年》，中国社会科学出版社，2020 年版。

41. 古远清编注：《当代作家书简》，华中师范大学出版社，2021 年版。

42. 《刘登翰对话录：一个人的学术旅行》，刘登翰自印，2021 年版。

43. 贺仲明主编：《"粤派批评"与港澳台地区及海外华文文学研究史》，广东人民出版社，2022 年版。

后记　人生八十才开始

俗云："人生六十才开始"，对我来说是"人生八十才开始"。正是去年八十岁时，我意外地有乔迁之喜，从竹苑搬到南湖之滨，颇得山水之胜。那里绿草如茵，旁边的公园湖水荡漾，我每天早晨到这九曲长廊漫步，一边呼吸新鲜空气，一边理清纷至沓来的茫茫思绪。我何其有幸，历尽沧桑后晚年能蛰居南湖，参悟出为学科写史的勇气和智慧。

华中师大博士生祝贺古远清八秩寿辰

有人调侃我是写作机器，其实八十岁前后出版的十多本新作，多半是整理旧作而成，以致灵感一来，视野一宽，路就多了，选题也就多了，便一口气在对岸出版了《台湾查禁文艺书刊史》、《台湾百年文学制度史》等"古远清台湾文学五书"。这些书，与我以前只写"当代"不同，还把"现代"台湾文学包括进去。像集束手榴弹出书，显得比较密集，以致形成了有大陆学者主体性的台湾文学研究场域，成为容纳新的学术成果的空间。这"场域"还有《台湾百年文学期刊史》、《台湾百年文学出版史》、《台湾百年文学纷争史》等"新五书"，这同样是一种坚实的存在，有在场和不在场的影响。

我从台港文学起步，到海外华文文学，再到世界华文文学，因而另有"世界华文文学三书"，这也是八十初度后完成的：一是凝聚了我长期对华文文学历史处境的困惑和考量的《世界华文文学概论》，2021年由中国华侨出版社出版；二是有关华文文学学科建设理论遭受时代拷问和变革需要创新的双重处境中，应运而生的《世界华文文学学科史》，以及2022年由台湾出版的《世界华文文学新学科论文选》。

我希望通过这"三书"，把世界华文文学学科建立起来。无论是"十书"还是"三书"，均凝结出我对华文文学学科创新和向何处去的追问和反思。这是老天的眷顾，顽健如牛的我不再愧对人生，不再愧对学术。能在耄耋之年，在自己喜爱的学术领域继续深耕，用马共作家金枝芒的《饥饿》一类的经典之美浸润人心，我由此有一种满足感，有一种幸福感，有一种自豪感。朋友们点赞云：这虽是你个人迈出的一小步，但却是学科发展迈进的一大步。

华文是历史的存在物，漂泊是华文创作的重要题材。我写这部学科史，是想表达我对华文作家及华文文学研究者的尊重与爱慕，但不是直线式的情感表达，而主要是用理性及严格的评判将自己的思考上升到学科史层面。这层面包括记忆重组，内含对学科的憧憬和忧虑、希望和失望，其中不乏世界华文文学学科生成的背景、生成的基础和生成的经验一类的宏观论述，另写出经典之作如何成为大家心目中的爆款，为什么会令大家趋之若鹜。

与一般文学史不同的是：本书写的是有故事的学术史。也就是说，在注意规范性的同时注意创新性。这里有淡泊中的蕴藉，也有朦胧中的清明。目前的某些文学史缺乏与众不同的"生存密码"，写得枯燥乏味，更不可能有本书某些注解中的所谓学术"秘史"。

我坚信，没有感同身受的体验，就不可能写出有温度、有深度的学科史。在这门学科史上，本来不乏饱学之士，也有沽名钓誉之徒。我在某些地方把各色人物一一登场亮相，当然是为了增强可读性，另一方面也是为了保存史料。对书中讲的"故事"，如果我不写出来，就将淹没在历史的长河中了。

我本是世界华文文学新学科建立的亲历者与参与者，当然有"料"可写。这种写法学术界有争议，但不要紧。要紧的是走自己的路，写出有个人风格的学术史。脚下的路本是唯一的路，这也是我没有听一些朋友劝告的原因。

对我来说，述说华文文学创作史不难，评说华文文学学科史则疑雾重重。写世界华文文学学科史，本是一种超前行为。到现在为止，仍有人认为世界华文文学只是研究方向，而不是一门学科。然而对我来说，从2013年编《世界华文文学研究年鉴》起，就想通过"年鉴"的方式来铭记建立学科这个必将到来的动人时刻。不过相对先贤写的全方位的文学史而言，本书的遗珠之憾在所难免，如第二章至少还可以写上一节《世界华文文学与国际汉学》，"研究名家"也还有一些学者没有写上去。至于有些史实是属于说不清也不能说清的，这些遗憾固然反映了时代和自己的局限，但也不妨视为一种新的学术史写作的探索。

在这商风像伤风一样流行的社会，从事华文文学创作是固定寂寞的，而从事华文文学研究更是加倍寂寞的事业。读书是因为孤独，写作本是因为寂寞。台湾《国文天地》记者隔海采访我时，要我回顾走过来的学术道路，有无感到孤独，有无遇到贵人相助？我肯定说有的。第一个贵人是已去世的原花城出版社副总编辑杨光治，是他引领我"下海"研究台港文学。第二个是台北的万卷楼图书出版公司，是他们不断试探拙作的学术含金量，考察我评论的尺度和不随人后的内涵，从而接纳我特立独行的书稿，并以最快的速度面世。完成"台湾文学五书"后，他们又激发出我"新五书"的写作灵感，以致不悖于精神和学术目标的书稿，有个性、有锋芒、有闪光的有如"文集"的著作一本一本在海峡那边亮相。以目前的环境和条件，是很难与大陆读者共享这最新学术成果的，但我坚信有物换星移这一天的到来——尽管这一天我不一定看得到。一想到此，我的八十岁就不再呈欢乐状而呈忧郁型了。

我用不言放弃的毅力书写《世界华文文学学科史》，受到一些朋友的鼓励，也引发一些同行的疑问和焦虑："以你的学养来说，不见得是写学术史的最佳人选。"特别是我常用溢出学术规范的笔法，更使他们担心。我不计较这些看法，人文荟萃的世界华文文学学界，最缺乏的是切磋与争鸣，何况我暮年的身影缺乏丰彩，我书中写的大哉问题回答得不令人满意。我一直把这不同意见看作是促使我写好这本书的动力。如果没有高山流水式的对话和有专业眼光的交锋，"学科史"的写作就将死水一潭，毫无生气。

世界华文文学学科，一直处在边缘；我研究它，同样成了边缘人。早在八十年代我写《中国当代诗论五十家》时，就有人说我来自第三世界。这次写学科史，也有人不屑。这同样不要紧。只要充分发掘出大跨度的离散美学的潜力，重塑世界华文文学的屋顶意向，坚信自己的确花了钩沉功夫——哪怕发苍苍视茫茫，哪怕面容倦乏凄白，哪怕为伊消得人憔悴，哪怕独自流浪在漂泊者、离散者的星群之间，只要能写出有棱角的书稿，就让他们去说吧。

鲁迅说："世界上哪有什么天才，我只是把别人喝咖啡的时间都用在了工作上。"对我来说，是把别人打麻将、旅游和跳舞的功夫都用在写书上。这书当然不同于教材，更不同于文学作品。不过，喜欢理论的人，不妨去看教材；喜欢故事的人，不妨去看小说；喜欢抒情的人，不妨去朗诵诗歌；喜欢闲情的人，不妨去悦读小品。如果这些都不喜欢，那就去读文坛上少见的这部"前无古人"但确系古氏所写的有攀登苍天豪情的《世界华文文学学科史》吧。

这"攀登"当然离不开追寻前辈的踪影足迹，我与学科的领航人本来就心有戚戚然。对他们的成就，我为之鼓掌，为之欢呼，为之低徊。低徊时吸取了众多时贤的成果，已在注解中分别说明。有些是网上的资料（如"组织机制"），无法详细注明出处，这是要请读者原谅的。

2022 年 7 月 22 日于南湖